U0135886

宿命

しゅくめい

東野圭吾 著
張智淵 譯

目錄

出版緣起　駭High，在推理的迷宮中　編輯部　004
代序一　推理小說淺談　賴振南　006
代序二　日本推理小說迷眼中的日本推理小說　稻葉吹雪　012
人性偵探東野圭吾　東京現場直擊　採訪　劉黎兒　016
楔子　029
第一章　命運之繩　035
第二章　箭　079
第三章　重逢　127
第四章　吻合　187
第五章　唆使　223
第六章　破案　275
尾聲　321
東野圭吾創作年表　341
解　說　以宿命爲名　345

出版緣起

駭High，在推理的迷宮中

編輯部

推理小說到底有什麼魅惑之力，能夠讓世界上無數的熱愛者為之癡狂？是鬥智、解謎的樂趣？是抽絲剝繭，終於揭露眞相時豁然開朗的暢快？是驚嘆於陽光之外人性潛伏的深沉危機與社會百態的詭譎複雜？還是感佩於作家佈局的巧思或高超的說故事功力？

好的小說只有一個評斷標準——好不好看（用文言一點的說法是「引人入勝」）。有的小說好看得讓人不忍釋卷，廢寢忘食，非一口氣讀完不可；有的則是讓人捨不得立刻讀完，寧可一個字一個字細細地咀嚼品味。

好的推理小說更是如此。

在台灣，歐美推理和日本推理各擅勝場，各有忠實的讀者群。推理小說是日本大眾文學的兩大顯學之一，也可說是日本大眾文學極致發展最具代表性的成熟類型閱讀，不但各大出版社都闢有「Mystery」系列，培養出眾多匠心獨運、各領風騷，甚或年年高踞納稅排行榜前茅的大師級作者，如松本清張、橫溝正史，赤川次郎、西村京太郎、宮部美幸、東野圭吾、小野不由美等，創作出各種雄奇偉壯、趣味橫生、令人戰慄驚嘆、拍案叫絕、甚或影響深遠的傑作；同時也一代又一代地開發出無數緊緊追隨、不離不棄的忠實讀者。而台灣，在日本知名動漫畫、電視劇及電影的推波助瀾下，也有越來越多人愛上日本推理小說的明快節奏與豐富的情報功能，閱讀日本小說的熱潮儼然成形。

二〇〇四年伊始，商周出版推出「日本推理名家傑作選」系列以饗讀者，不但引介的作家、選入的作品均爲一時精粹，更堅持以超強的譯者及顧問群陣容，給您最精確流暢、最完整的中文譯本與名家導讀，眞正享受閱讀推理小說的無上樂趣。

如果，您是個不折不扣的推理迷，歡迎進入更豐富多元的日本推理迷宮；如果，您還是推理世界的新手讀者，正好奇地窺伺門內的廣袤世界，就讓「日本推理名家傑作選」引領您推開推理迷宮的大門，一探究竟。從一根毛髮、一個手上的繭、一張紙片，去掀開一個角，去探尋、挖掘、對照、破解，進到一個挑逗您神經與腎上腺素的玄奇瑰麗世界！

代序一

推理小說淺談

賴振南

推理小說是日本大眾文學的兩大顯學之一，也可說是大眾文學極致發展最具代表性的類型。今天我們已對「推理小說」一詞耳熟能詳，但此一文類在歐美的發展僅有約一六〇年的歷史，在日本則僅約一百年的耕耘，然而其成長卻是枝葉繁茂、百花齊放。

推理小說在日本爲何造成這般風光盛況，歷久不衰？

在日本，推理小說歸類在「Mystery」的類別，而廣義的「Mystery」，則包含了推理小說、懸疑小說、冷硬派偵探（Hard-boiled）小說、SF（科幻小說）、恐怖（Horror）小說和奇幻（Fantasy）小說等。不可諱言的，日本推理小說受到歐美推理小說精神的餵養和形式的影響。日本推理的發展，最早是從黑岩淚香（kuroiwa ruikou, 1862-1920）於明治時代（1867-1912）後期改寫歐美短篇推理小說的翻案偵探小說開始，開啓了日本推理小說的先河，這時距離歐美推理小說的濫觴，亦即一八四一年愛倫坡（Edgar Allan Poe, 1809-1849）創作《莫格街凶殺案》（*The Murders of the Rue Morgue*）已經約有半世紀之久了。

而這段期間，英國的柯南道爾（Arther Conan Doyle, 1859-1930）於一八八七年以《血字的研究》（*A Study in Scarlet*）讓福爾摩斯登場，帶動了一波短篇推理小說創作的風潮，並讓世人對有奇妙案件及瀟灑名探所謂推理小說的新文類爲之瘋狂。大約同時，英國文壇大老G. K. 卻斯特頓（Chesterton, 1874-1936）也以「布朗神父」系列在福爾摩斯獨尊物理證據的風潮之外，開創了心理證據小說的流派，短篇推理小說的創作至此發展成熟，接下來就是迎接將愛倫坡的創作精神發揮到極致的「古典黃金時期」到來。在這段期間出場的都是身爲推理小說讀者就算未曾讀過作品，也必定聽過響噹噹名字的大師，如有謀殺天后之稱的英國的阿嘉莎・克莉絲蒂（Agatha Christie, 1890-1976），桃樂西・賽兒斯（Dorothy L. Sayers, 1893-1957），美國的艾勒里・昆恩（Ellery Queen, 1929-），范・達因（S. S Van Dine, 1888-1939），狄克森・卡（John Dickson Carr, 1906-1977）等人。

而日本方面在經過淚香及其他後人的努力之後，江戶川亂步於一九二三年在《新青年》發表〈二分銅幣〉，並發表通俗推理的創作，日本推理小說自此開始了穩健的發展，而亂步也被尊爲「日本推理小說之父」。除亂步之外，這段時期活躍的作家尚有甲賀三郎、大阪圭吉、橫溝正史、木木高太郎、夢野久作等人，都爲戰前的日本推理小說文壇留下豐富的作品。

但是在第二次世界大戰爆發之後，推理小說因爲源自歐美，遭到日本政府以敵人的文化之名加以打壓、禁止，日本推理小說的發展則進入了一段黑暗時期。

戰爭結束後，日本推理小說開始復興，戰後最重要的推理小說雜誌《寶石》也在一九四六年創刊，爲作家提供了一顯身手的園地。在戰後的第一個十年除了備受期待的「戰後五人男」（高木彬光、島田一男、山田風太郎、香山滋、大坪砂男）之外，最重要的本格推理小說支撐者，便是以名偵探金田一耕助爲主角創作一系列作品的橫溝正史，他在一九四六年發表了金田一耕助首次登場之作《本陣殺人事件》後，引領一時風潮。從這個時期起，開啓了日本本格三大家（橫溝正史、鮎川哲也、高木彬光）的輝煌年代，一直到他們去世爲止。

此外，以亂步的名義所設立的「江戶川亂步獎」也在第三屆（一九五七年）轉型爲新人獎，當年得獎作品是仁木悅子的《黑貓知情》，她在獲獎後創作不墜，有「日本的克莉絲蒂」的美稱。透過亂步獎，躍登推理龍門的新秀極多，這也成爲後來日本推理文壇發掘新秀的重要手法。活躍於現今日本推理文壇的作家，有許多人都是透過各式各樣的新人獎登場的。

在本格派作品發展到極致的同時，開始有人對於這類的紙上智力遊戲感到倦乏。而在仁木悅子獲獎出道的同年，松本清張也以《點與線》一作登場，放棄名偵探、奇怪的事件，著重人心內面的描寫以及犯罪事件與社會的關係，爲推理文壇帶來了全新的風潮，稱之爲「社會派」。清張獲得了絕大的歡迎，壓抑了當時已經顯出疲態的本格派的發展，自此社會派推理小說作家以清張爲首，森村誠一、夏樹靜子等人牢牢地佔據了日本推理文壇長達數十年。於是當時的本格派作家有人封筆，如橫溝正史；有人披上社會派的外衣，繼續創作本格推理，如創作千草泰輔檢察官系列的土屋隆夫，以及改寫律師百谷泉一郎系列的高木彬光。

而在一九七〇、八〇年代最受到日本一般讀者歡迎的推理作家，則是台灣讀者也非常熟悉的幽默推理代表人物赤川次郎，以及旅情推理之王西村京太郎。比起上述的作家，兩人的作品都能讓未曾接觸推理小說的讀者更容易閱讀，因此即使是現在的日本，還是有非常多不熟悉推理小說的人一提到推理小說，會直覺聯想到兩人。

正如「盛極必衰」這句話的道理，社會派發展到後來也逐漸混雜入風化、官能、暴力的元素，出現了衰敗的跡象。就像是對社會派的反動一般，對於老一輩的本格推理作家，如小栗蟲太郎、夢野久作的作品也興起一股再評價的風潮，而在七〇年代因爲市川崑導演的一系列金田一耕助的電影大大賣座，也掀起了一股熱烈的橫溝風潮。此外由台籍評論家傅博以研究戰前作品爲主的雜誌《幻影城》在一九七四年創刊，這對本格派復興也做出了相當大的貢獻。出身自這本雜誌的作家有栗本薰、連城三紀彥、田中芳樹等，至今都非常活躍。雖然這時候日本推理文壇的檯面上仍舊是社會派爲尊的狀態，但是本格派終究還是累積了相當的力量，準備反撲。

曾經宣言一生都要獻給本格推理小說的島田莊司，在一九八三年以《占星術殺人魔法》一書登上推理文壇。此書描寫名偵探御手洗潔如何解決一樁橫跨四十年的懸案，爲純粹的解謎遊戲，雖然受到當時的社會派風潮嗤之以鼻，卻在日本大學推理社團間大受歡迎。在他的賞識之下，一九八七年當時仍爲學生的綾辻行人推出了《奪命十角館》一作，此作開宗明義宣示了純粹鬥智的推理作品才是讀者想要的，開啓了日本推理文壇第三波本格推理高峰，一九八七年便被視爲「新本格」元年，並在二〇〇二年熱熱鬧鬧地慶祝誕生十五週年。新本格的作家除綾辻之外，尚有第一期的有栖川有栖、我孫子武丸、法月綸太郎、歌野晶午等人，並且不斷地增加中，在現在的日本推理文壇佔據了相當重要的地位。

除了新本格之外，推理小說注入了更多的元素，誕生了許多難以被歸類的作家，東野圭吾、宮部美幸、京極夏彥、桐野夏生等人非常地活躍。其中宮部更是被視爲新一代的國民作家備受期待。從以大眾文學爲對象所頒發的直木獎在一九六二年頒獎給木木高太郎之後，推理小說作家獲得此獎的人數持續增加，足以證明日本推理小說已經取得相當高的地位。

最後，爲了讓讀者對推理小說有更清晰的視界、了解上述的演進，將推理小說大致加以分類，並揭示其代表作家，以供參考：

A、本格派：阿嘉莎・克莉絲蒂《東方快車謀殺案》（*Murder on the Orient Express*）、艾勒里・昆恩《X的悲劇》（*The Tragedy of X*）、橫溝正史《本陣殺人事件》、島田莊司《占星術殺人魔法》。

B、冷硬派：達許・漢密特（Dashiell Hammett, 1894-1961）《馬爾他之鷹》（*The Maltese Falcon*）、雷蒙・錢德勒（Raymond Chandler, 1888-1957）《大眠》（*The big sleep*）、勞倫斯・卜洛克（Lawrence Block, 1938-）《八百萬種死法》（*Eight Million Ways to Die*）、生島治郎《追凶》。

C、社會派：松本清張《砂之器》、森村誠一《人性的證明》。

D、倒敘類：從犯人的視角描寫，在故事發展過程逐步揭露犯人爲何會失敗的原因。奧斯汀・佛里曼（R.Austin Freeman, 1862-1943）在一九一二年發表的《歌唱的白骨》（*The Singing Bone*）爲創始作品。美國影集《神探可倫坡系列》（*Columbo*）、三谷幸喜《古畑任三郎系列》。

E、法庭小說：以法庭內兩造攻防爲主的類型。史坦利・賈德納（Erle Stanley Gardner, 1889-1970）《梅森探案》（*Perry Mason*）系列、和久峻三《假面法庭》。

F、警察小說：以警察辦案過程或警方內部人事爲主要描寫對象的作品。麥可班恩（Ed McBain, 1926）《第八十七分局系列》（*The 87th precinct*）、橫山秀夫《半自白》。

G、懸疑小說：讓讀者對於故事發展充滿好奇，並且結局有相當高的意外性。康乃爾・伍立奇（Cornell Woolrich, 1903-1968）《黑衣新娘》（*The Bride Wore Black*）、瑪格麗特・米勒（Margaret Millar, 1915-1994）《眼中的獵物》（*Beast in View*）。

Ｈ、間諜小說：約翰・勒卡雷（John Le Carre, 1931-）《從寒冷中來的間諜》（*The Spy Who Came In From The Cold*）、葛蘭姆・格林（Graham Greene, 1904-1991）《哈瓦那特派員》（*Our Man in Havana*）。

Ｉ、驚悚小說：比起懸疑小說更不注重解謎和推理要素，主要是要讓讀者感到坐立難安。史丹利・艾林（Stanley Ellin, 1916-1986）《本店招牌菜》（*The Specialty of the House*）、艾拉・雷文（Ira Levin, 1929-）《從巴西來的少年》（*The Boys from Brazil*）。

（本文作者爲輔大日文系教授）

代序二

日本推理小說迷眼中的日本推理小說

稻葉吹雪

先從第一次看推理小說開始講起。

用我一向貧瘠的記憶力回想的結果，應該是在小學四年級左右看的謀殺天后克莉絲蒂的《東方快車謀殺案》，而且也不是三毛主編的版本，是附上了一九七四年電影劇照的版本。據說這個版本，連閱讀推理小說數十年的推理迷都不知道。如果有同好知道的話還請告知。不過當時我並沒有特別意識到這是推理小說。畢竟我是個在閱讀本書之前只看偉人傳記、歷史故事跟兒童冒險故事的小孩，對於故事中出現死人的作品，還會感到害怕——縱使克莉絲蒂的作品其實是被認爲是推理童話。（那到底是何時開始變成了堅持推理小說不死人不行，對於花了七、八百頁的巨大篇幅，居然只死一個人感到不滿的推理小說閱讀者呢？）

再來的發展就記得很清楚了，第一本讓我覺得這樣的故事眞有趣的作品，是在一年後看到了東方出版社出版的亞森羅蘋系列的《惡魔詛咒的紅圈》。老實說故事內容不是很記得了，但是在閱讀過程中那種興奮、期待的感覺卻還記憶深刻。不過，我並沒有因此對歐美推理小說情有獨鍾，一方面是因爲當時的歐美推理小說並不多，再者最重要的原因是在國中時看了克莉絲蒂瑪波小姐系列的《復仇女神》一作被狠狠地悶到了。年輕的我便任性地以爲歐美推理小說都是這副德性，絲毫提不起興致。即使到現在看歐美推理小說還是得精挑細選，實在是因爲當年的經驗令我餘悸猶存。再者因爲受限於語言能力，我對歐美推理小說的了解，一向都只能靠國內出版社主事者的自身喜好所出版的作品。單從這些作品，我勢必無法全盤地了解歐美推理小說的現況，甚至有偏頗的想法，也就不足爲奇了。

那麼再來就說說爲什麼會被日本推理小說制約吧，這樣內容也才符合標題，編輯也才不會認爲我有灌水的嫌疑。

我的國中時期剛好也是赤川次郎在台灣書市最風光的時候，在同學的推薦之下開始看起了赤川的作品，雖不至於驚爲天人。但是，對於國中生而言，這樣的作品足以構成某種文化衝擊。其中的輕快、俏皮，以及雖非驚天動地卻還是讓我驚訝不已的詭計，就是要比把我悶到不行的《復仇女神》來得有趣太多。而這時候我也從推理雜誌中找到了比赤川次郎更精采的作品——橫溝正史的金田一耕助系列，其中的耽美、灰暗跟陰濕的氣氛讓我愛不釋手。我一定是從這系列的作品開始變成推理小說不死人是不行的基本教義派。

再來，就談談讓我眞正覺得這一生非日本推理小說不看的決定性作品，就是在高二那年寒假，和《奪命十角館》的相遇。縱使是現在，我仍舊能清晰地憶起當初那個結局帶給我的莫大衝擊與感動。後來會有非推理迷問我，到底日本推理小說有什麼好，値得這樣著迷的？我一定會告訴對方，因爲《奪命十角館》的閱讀經驗太迷人，讓人無法忘懷。不過很多時候還是會換來對方的一臉狐疑。

而日本的推理小說到底有哪裡好呢？

首先，就閱讀赤川次郎的經驗來說，故事節奏快速、場景推移迅速是大部分日本推理小說的特色之一。能夠很快地進入狀況，對於我這種極容易不耐煩的讀者而言是一件相當令人感激的事情。尤其是這種節奏快速、不拖泥帶水的作品，對於初入門的讀者而言是相當親切的，想當年我就是因爲《復仇女神》的節奏不夠快，才會心靈大受傷害。

節奏快並不代表故事本身就沒有深度，但在案件開始之前先讓主角演上幾十頁的內心戲，也不一定保證有深度。例如日本直木獎作家原尞的《被我殺害的少女》，故事一開場，主角私家偵探澤崎便立刻面對犯罪事件。作者利用劇情的快速發展來帶出主角如何不屈服於幫派份子的暴力，以及警方的壓力的硬漢性格，同時也深刻地描寫澤崎的內心世界。比起我必須花上相當長的時間，甚至一輩子也看不完的某些名作，這部只花了我不到三小時的作品，卻是足以代表日本八○年代正統冷硬派小說的偉大作品。

此外，日本的推理小說中很多都具有豐富的情報功能，情報系作品是日本推理小說的大宗，從中能夠獲得相當多其實也不知道何時才能派上用場的知識。像在未識日文之前，我曾經大量閱讀了夏樹靜子的作品，她的創作絕大多數都屬於情報系小說。例如《旅人的迷路》就讓人聯想到現今也很熱門的刑事鑑定，或是閱讀檢察官霞夕子系列也是對日本檢察官制度有所了解的好方法。再來還有近年來崛起的橫山秀夫，他的作品也可以讓人對日本警察制度有相當程度的了解。

最後我想談談自己之所以最喜歡日本推理小說的原因——就是日本推理作品的多元化。任何讀者想要看的類型，幾乎都有作家可以寫出來，甚至能夠教育讀者推理小說是可以這樣寫、這樣讀的。例如京極夏彥因爲自身對妖怪的愛好，讓他在推理小說這種講求絕對理性的類型中，放入和理性精神相違背的妖怪故事，卻還是能言之成理，實在令人回味無窮。

亦或是在山口雅也的《生屍之死》中，故事的背景設定是在一個人死會復活的世界，那麼謀殺在這個世界的意義又是什麼呢？完全顛覆讀者常識的作品，作者卻仍舊能講出一個令讀者心悅誠服的故事，怎能不令人心嚮往之呢？

最後就是對於創作形式的包容性。在日本推理小說界中，形式的開創一直都是作家們努力的方向。就像是多年前帶給我巨大衝擊的《奪命十角館》，破壞讀者和作者之間默契的創作方式，使得敘述性詭計成爲重要的創作形式之一。亦或是野澤尙的江戶川亂步獎得獎之作《虛線的惡意》，到最後還是沒有揭露犯人的眞實身分。雖然在審查過程中造成了很大的爭議，卻還是得到了推理小說界新人獎的最高榮譽，足見日本推理小說界對於形式開創的贊同與鼓勵。

日本推理小說對我而言，不光只是一種類型文學、看完即丟的消耗品。它影響我在求學路上的選擇，也讓我感動，獲得往前進的力量。有人認爲推理小說應該扮演的角色是引領讀者走向美好的純文學殿堂，不過我執著地認爲在這方園地中，繁花似錦，人生之樂盡在其中，別無所求。

（本文作者爲日本推理小說迷）

人性偵探東野圭吾　東京現場直擊

採訪　劉黎兒

東野圭吾是從二十年前出道後便不斷推出形成話題痛快傑作的的天才型作家，現在是位於當代日本推理小說家最巔峰的少數的幾人之一，創作領域廣泛，超越傳統推理的框架，具有透視時代能力、嚴密細緻的結構以及因果關係，並精彩地刻畫人活著本身的無奈、喜悅，加上豐潤的物語性、高度的社會性，作品思想深度不斷加強，但卻不曾意圖賣弄純文學性，充分確保推理小說的娛樂性，展示眞正的大眾小說作家的典型。

東野作品的細膩精準，或許與其理工科系出身的背景不無關係；東野原本在日本一家大電機廠家擔任工程師，一九八五年以《放學後》得到江戶川亂步獎，九九年以《祕密》而獲日本推理作家協會獎以及入圍直木獎，其後共入圍直木獎五次，創出各式融合型的新種推理小說，確立了東野在文壇屹立不搖的地位；作品近年來如《祕密》、《綁架遊戲》（片名爲g@me）、《湖邊凶殺案》（lakeside）、《變身》、《tokio》等均相繼搬上銀幕或是拍成連續劇等，其中如《祕密》甚至對於韓片等都發生影響，東野已經成爲亞洲規模的重要作家，也是台灣推理迷喜愛的超級寵兒。

經過長期的安排與等待，終於在東京專訪到這位身材修長的日本男作家中難得的美男子東野圭吾，在相當貼近的距離裡訪談，是十分興奮而値得炫耀的，這也是東野首次接受華文媒體的採訪。以下爲訪談內容：

問：你從出道以來，便不斷向各種新領域挑戰，像是初期的校園推理，然後是各種運動推理，還有科幻小說般的作品，也有社會性很強的核能發電、變性、腦移植等作品，也有黑色幽默的小品，如果在不同時期讀你的作品的話，認識的東野就是不同的東野，像是如果不讀你最近的作品，便又不能了解「東野世界」已經換新面貌了，不知道你爲何如此不斷嘗試、挑戰？每次更換領域是否有什麼契機？

東野：最大的理由是如果反覆一直寫類似的東西，我自己會生厭，另外，自己也對許多事物都有興趣，所以有時會想寫自己感興趣的主題。我就是這樣一路寫下來的，所以每次都變成不同風格的作品。

問：不過要開拓新領域不是那麼簡單的事，人總有擅長與不擅長的領域，你是如何培養這樣的本事，你曾經表示過你喜歡找一些自己所不擅長、較弱的領域來挑戰，這是什麼樣的創作心理？

東野：的確，擅長的領域寫來輕鬆，不過人往往也會關心許多其他主題，還有許多終究不能不寫的主題。自己喜歡、擅長的領域，不需要壓力也總會去寫的，所以我反而會挑自己最不想寫、最不拿手的主題來嘗試，而不會往後順延，至少我的內心對這點一直是特別留意的。

問：這畢竟不是一般人所做得到的，誰都會從容易著手的開始；這是意志的問題嗎？

東野：我想這是「專業」吧！

問：但是向陌生領域挑戰，總會遭遇到瓶頸吧？

東野：當然會，而且是經常遭遇瓶頸。

問：眞的嗎？從作品裡完全看不出有什麼瓶頸、掙扎？這眞的讓人相信你是不管哪一類作品都能寫的天才；如果眞的有瓶頸，那你是怎麼克服的？

東野：我很棘手的領域非常多，例如，像是我的小說裡寫過古典芭蕾；老實說，我對古典芭蕾完全興趣缺缺，但是我爲了想了解其中奧妙，一年去觀賞了二十次。

問：所以你是故意選這種主題的？如果沒有寫作的契機，你或許一輩子都不可能去觀賞古典芭蕾吧？

東野：是的，因爲我勉強自己去探求陌生的事物，因此邂逅了古典芭蕾。

問：或許古典芭蕾這樣的領域是你所棘手的，其他你也寫過關於運動的推理小說如弓道、滑雪、棒球等，像著名的《鳥人》、《魔球》等，那應該算是你比較擅長的領域吧！你本人是運動健將，不過眞的能精通百般武藝？

東野：的確，我很喜歡運動。即使不見得是想要寫成小說，只要是關於運動，我都會想要徹底了解。因爲眞的很喜愛。

問：你已經挑戰過數不清的領域，現在還打算挑戰哪些新領域？或許算是商業機密，但是是否可以告知呢？

東野：有的，只透露一點點給妳，我現在是考慮寫歷史方面的推理小說。

問：你寫過關於未來的推理小說，至於歷史，你關心的範圍是到什麼程度呢？

東野：是描寫明治時代歷史事件的小說。這是日本出版社的編輯們也都不知道的事，所以就不便多說了！

問：你對於自己的挑戰永遠充滿自信嗎？

東野：我一直都是處於不安的狀態。

問：是嗎？跟作品呈現的感覺有很大的不同呢！你從一九八五年成爲專業作家至今正好滿二十

年，曾經因為「怪獸少年」而想成為電影導演的你，對於現在成為作家的自己有什麼樣的看法？

東野：現在已經不再夢想成為電影導演了，我覺得成為小說家很不錯。

問：怎麼不錯法？例如不用上班？

東野：當然不必上班很重要，但是最重要的是我獲得了自己一個人也能活下去的自信。

問：你的推理小說跟其他作家很不同的是會跟許多領域融合，是一種融合型的小說，這是你意圖如此做的嗎？

東野：因為每一種領域都有其長處，我都想截取這些不同的優點。

問：你的作品也有許多標榜是那種純粹講究邏輯的「本格推理」小說如《誰殺了她？》，讀了之後，我發現蘊含更深厚的內涵，並非單純解謎，那是因為只是「本格推理」無法滿足你嗎？

東野：那是因為寫正統本格推理的人很多，所以我並沒有特別必要去寫，所以我想寫只有我才能寫的作品。

問：你對「本格推理」的看法為何？裡面包含了什麼要素？

東野：我覺得「很理論性地解謎」的作品便算是「本格推理」，但是如果在敘述中謎團便逐漸解明，或是謎底是歸諸於很情緒性的原因，那便不算是本格推理。

問：你的作品最後的謎底常常是源自於人性或是人際關係，那是不是因為你真的認為社會上發生的事件，其根源就是在此呢？

東野：我現在是喜歡這類的謎；但是或許是對於「本格推理」，我已經不像年輕時有那麼多的idea了。

問：真的會這樣嗎？不會吧！寫了二十年，經驗應該更是老道吧？

東野：不，頭腦現在比較僵硬了。

問：我想如果你再向新的領域挑戰，應該又會有新的想法出現吧。還有可能也是因爲你現在已經比較成熟了，下筆也比出道時愼重多了。

東野：或許是吧！

問：你的作品像是《宿命》、《tokio》等都是跟記憶、時間等有密切關係，原因何在？是有什麼特別的體驗嗎？

東野：我不知道這算不算體驗，但是我覺得對於過去的事，我似乎比別人記得多了些當時不覺得怎樣或是不以爲意的體驗，後來長大成人後才發現有些是相當重大的事，才體會其中有深厚的涵意，而那些事後的感動、後悔，都成爲小說的題材。

問：這樣說來，記憶力強眞是好處多多呢！你的作品很喜歡玩時間的遊戲，《tokio》、《宿命》如此，其他如《平行世界．愛的故事》、《從前我死去的家》等作品也是，用時間、記憶來捉弄人，而且時而回到過去，時而跳入未來，你對時間的順序感覺似乎也不同於一般人呢！

東野：我基本上不喜歡「時光機器」（time machine），因爲時間改變的話，許多事物都會改變，人也會因時間而發生變化，所以時空變遷的力量非常驚人，我是比其他的作家更重視這點。

問：你爲了寫《宿命》曾經花了三個月來製作一份時間表？

東野：是的，那是因爲情節是從孩提時代開始，涉及兩代，時代範圍很長，而每一個時點的背景絲毫不能有誤呢！

問：像你這樣對於時間變化如此敏感的人，在日常生活中是否也有不同常人之處？

東野：我很會安排、訂定自己的日程表吧！並確實地按表行事。

問：那太恐怖了，那不會順便嚴格要求別人嗎？還有如果遭遇意外，無法按表行事時，豈不是會陷入憂鬱狀態？

東野：日程表與其說是嚴格要求別人，主要是我自己隨時都有份時間表，通常我是會做某種程度的保留，來對應可能出現的意外，也就是確保必要的時間、金錢，讓自己有餘裕來對應。

問：不僅是時空的變遷很多，也有許多是人格的對調、變換的作品，如《宿命》、《變身》、《祕密》、《分身》、《tokio》、《從前我死去的家》等，是不是你曾經對於什麼是眞正的自己有過懷疑呢？

東野：有一段時期，我的確對於自己的存在本身相當在意過，想得很多，例如，我現在是腦認爲、認識「我是我」，但是如《變身》中，腦袋裡移植了他人的腦時，那是否還算是自己嗎？或是自己的記憶遭到篡改時，那是否還算是自己呢？還有如果自己的肉體遭到複製時，那是是否也還是自己呢？我曾經對於其他各式各樣的「自己」的存在可能性非常感興趣。

問：那你是覺得「自己」本身是很不確定、曖昧、模糊的玩意，而對「自己」本身崩潰覺得很恐怖嗎？

東野：我那個時期發現了原來「自己」是很複雜、很脆弱的。

問：提到複製人，你的作品如《分身》出版是一九九三出版的，都較世間爲了複製人騷動更早，而且如二〇〇一年出版的《片想》（單相思）是描寫性別認同障礙的故事，也是出版後日本才有相關事件。你比日本社會早了好幾步留意到這些問題，而且反對有如此障礙的人視爲需要治療的社會少數，爲何能有這樣的先知先覺？

東野：是的，關於複製人，我剛寫的時候，各界認爲這完全是杜撰的故事、虛構的童話，並沒多理會，但是兩年後複製羊誕生，這才引起矚目！

問：這簡直像是有預言能力的天才，這是如何做到的呢？如何才能走在時代尖端？

東野：我經常會盡量將各種資訊都採擷進來，並且有隨時思考其中有什麼問題的習慣。

問：《惡意》、《殺人之門》等都是很強調殺人的動機，動機與無底深淵般的惡意、殺意相關，爲何會以動機爲焦點寫了這麼多作品呢？

東野：因爲有動機，外在的震撼舉動才會很明確地表現出來。是因爲有動機才製造了殺人事件，而自己會很想去探求動機究竟何在。

問：《偵探伽利略》、《預知夢》系列中的天才物理學家湯川是最貼近你本人的角色嗎？因爲是學理工出身，又具有豐富的科學知識。

東野：不，其實每個小說中的人物都是從既有的自己採擷一部份創造出來的，所以不論作品中哪個人物都有自己的影子。

問：日本古典的推理小說，如松本清張的小說都非常注重動機，不過現實社會裡「無動機的犯罪」不斷增加，但是你的作品裡卻依然對於動機相當執著，你對動機的看法如何？如《惡意》中還有相當詳盡的描述。

東野：動機當然是非常重要的因素；但已經逐漸不像過去那般受到重視了。因爲犯罪不僅是動機而已，還有原本的人性、環境等條件齊全了才會有犯罪，應該將這些條件一一放在燈光下來檢驗。

問：基本上動機是存在的嗎？

東野：犯罪理應存在動機，但是現實上居然是相當稀薄的，此時便應該檢討爲何如此稀薄的動機也會發生犯罪。

問：你的作品中的基本假設幾乎都是非常生活的，尤其在有關人際關係的部份都描繪得很精準而具有普遍性，跟別的作家的推理小說很不相同，這是有強烈的意識如此作嗎？

東野：我對人本身的描繪都盡力求接近眞實，不是勉強，而是接近自然，例如《祕密》是女兒的肉體有母親的靈魂寄宿的非現實的假設，登場的人便不可以是非現實的，一定要眞實自然地描寫，才會讓虛構的故事有眞實感。

問：你的作品都是相當意外的結局，似乎重點都放在結局，並非詭計，讀者都你被狠狠地騙了，這也是故意如此的嗎？

東野：是的，因爲我喜歡這樣做，這樣做比較刺激。

問：所以你在寫作過程中，算是樂在其中？

東野：那是最重要的，但是寫作本身很艱苦！

問：不過要如何維持意外性呢？像你的作品有不少都是先有連載，連載的話，常常無法修改情節，那是一開始就算計好在哪裡要讓讀者吃驚嗎？還是邊寫邊想呢？

東野：幾乎都是邊寫邊想。

問：那不是相當困難嗎？因爲要前後連貫又要製造意外的高潮。

東野：所以每次都苦不堪言呢！因爲已經登出去的東西無法收回，常常在下一次要寫時，才感覺得後悔、糟糕。不過開始設法補救時，反而會出現自己至今沒有想到的一些新主意，也就是說反而可能有意外的收穫；結果往往還比按照自己原先都想好、決定好的底案來寫還要更好，因此會有更好的作品誕生。

問：你的作品裡不時有許多孩子出現，而且都是小孩比大人更聰明懂事，像是《湖邊兇殺案》或是早期的學園系列也有許多學生比老師更講理，你是否認爲大人一定比小孩更有智慧？小孩不相信大人，這是否跟你的成長經驗有關呢？

東野：有關係，與其說是小孩比大人聰明，其實是大人不見得比小孩聰明，不是大人就比較偉大。

問：小孩反而看到許多大人所沒看到的事嗎？

東野：我在孩提時期對大人有不信感，而現在自己變成大人之後，並不覺得自己在孩提時代的想法是錯的。

問：雖然你的作品還以小孩爲主角，不過已經不寫學園推理了，是否已經完全從學園作品畢業了？

東野：那是因爲我已經沒有描繪現在的高中生的自信了，我想盡量描寫等身大的人物，儘可能自己能化身爲小說中的主角。

問：你最早的作品問世時，是二十五歲，那時寫高中生還很接近；你最近的作品則有作家、編輯或是大學助教授等，是否因爲這樣身邊的人物比較容易塑造？

東野：雖然比較容易，但是盡量不以這些人物當主角就是了。

問：不過《湖邊兇殺案》卻是依然以小孩爲主角，這是怎麼回事，你不是已經遠離孩提時代了嗎？

東野：我是想描寫欠缺自信的父母，社會上這樣的父母很多，這種欠缺自信的狀態孩子是會感受到的，我是想描寫這樣的感覺。

問：這本小說裡是以升學考試爲題材。你對這有興趣嗎？

東野：我爲了寫這書，稍微研究了小孩的升學考試，另外我朋友的體驗也非常值得參考。我的身邊有許多朋友對孩子的升學非常熱心，我很同情他們。

問：你的作品一直都會從完全不同的觀點來看事件，像有從刑警的，也有從犯人來看的，最近的作品則相當多討論到加害者家屬或是受害者家屬的立場，如《白夜行》、《徬徨之刃》等。你對於犯罪本身的看法如何？

東野：我是覺得有關犯罪這方面的討論非常不足，《徬徨之刃》是針對少年犯罪，而以遺族的「復仇」爲主題的小說。這是因爲我聽聞見識了許多有利於犯罪者的社會矛盾，從以前便覺得這是很奇怪的事，媒體也很少討論，對此覺得有點不滿，所以用小說的形式來表達，因爲社會並沒一個體系能救贖受害者家庭那種情何以堪的悔恨。

問：那你對於犯罪的裁決的看法如何？

東野：日本法律對於加害者未免太寬容了；我覺得對人活下去而言，最重要的是生命，其後順序或有不同，大致爲時間、金錢、人權；如果有一個人被殺，遺族如果想要「復仇」，就是要加害者的命；不過現代的刑罰，是加害者收監，也就是奪取犯罪者的時間，但是頂多判處七至十年便得赦免，像是二十歲殺人，服役到三十歲便出獄，時間很短，實際或許上比十年還短，這是受害者家屬所無法接受的；只有剝奪時間是不夠的，但也不能剝奪錢，否則有錢人豈不是能殺很多人？所以至少應該相對地剝奪犯罪者的人權，而犯罪者及其家屬當然應該會遭到歧視，這也是嚇阻犯罪兇惡化很重要的概念。日本對於犯罪兇惡化以及每天發生一萬件的犯罪相當痲痹。

問：你是否接觸到犯罪者家屬才寫出這類的小說？是否經過一番採訪呢？我覺得你除了與核能

發電相關的《天空之峰》以外，很少去採訪呢！那是你的一種「主義」嗎？

東野：是的，基本上我是不喜歡爲了寫小說而特意去採訪的，而是在平時就吸收許多資訊、知識，從中等待作品自然誕生。像是性別認同障礙等問題，究竟什麼時候才會寫我並不知道，只要有興趣的事物便會去查閱、蒐集，或是跟相關的人見面，而不是想要寫小說之後才去採訪人。

問：那就是等題材自然形成嘍！有的會很花費時間吧？

東野：非常花時間。

問：有可能現在寫的東西是好幾年前就已經想到的事？

東野：是的。

問：那很累，等於是平時要埋下許多種子才行？

東野：是的，每天每天都要去吸收探求。今天做的，明天不會有結果，五年後能收成就不錯了。

問：那你平時如何吸收埋種呢？

東野：像是跟人接觸時，會有許多話題，例如有人問起我是否喜歡歌舞伎，其實我現在談不上好惡，因爲我根本沒注意，那是我不擅長的領域。但是我卻不會這麼說，我反而會回答說：「我有興趣，我想去觀賞一次！」即使沒興趣，也絕對不說出口。

問：就算做表面，也要有好奇心？

東野：應該說絕對不說沒興趣，這樣下次別人可能會來邀你一起去。一旦有人邀請就去，去了就絕對會有所發現。就這樣透過人際關係，接觸一些自己不擅長的領域，藉此不斷增加自己儲備題材的內心的抽屜的數目。

「姊姊好像有點問題。」

有一天，某個較年長的孩子指著自己的頭，對勇作他們說道：「所以她才會待在這裡，爲了讓醫生治好她。」

這句話讓勇作感到震撼，他從未想過早苗病了。

自從這個謠言開始流傳後，孩子們便不太到醫院的院子玩了。似乎是因爲聽見謠言的父母們，不准孩子們接近她。

然而，勇作還是經常一個人來。每次只要一去醫院，早苗便會走過來問他：「大家呢？」聽到勇作回答：「他們有事不能來。」她便會說：「好寂寞哦。」

勇作最常以爬樹爲樂。當他在爬樹的時候，早苗就會拔拔草、澆澆花，然後等他玩累了休息的時候，不知道從哪裡變出西瓜來。

每當和她在一起，勇作就覺得心情非常平靜。她經常唱歌，對勇作而言，聽她唱歌也是一種樂趣。她唱的不是日文歌，而是外國歌曲。勇作曾問她：「那是什麼歌呢？」早苗卻回答：「不知道。」

這些事情都發生在那年夏天。

那年秋天，早苗去世了。

聽聞早苗噩耗的那天傍晚，勇作獨自前往紅磚醫院。他在開始泛紅的落葉樹下，尋找她的身影，卻看不到總會待在那裡的她。

勇作蹲在那年夏天爬過的樹下，哭了好久。

勇作的父親興司是一名警察，但他從來沒看過父親身穿制服的模樣。興司總是穿著茶色的衣服，和一般人的父親一樣出門上班。

興司似乎在調查早苗的死因，他經常帶著年輕的男人回家，長談至深夜。勇作在一旁聽他們講話，才知道早苗果然是醫院的病患，還有她是從醫院的窗戶掉下來摔死的。然而，他不清楚父親他們究竟想要調查什麼。

早苗的死也成了孩子們的話題。他們一起來到醫院附近時，有人告訴勇作早苗是從哪扇窗戶摔下來的。他抬頭仰望窗戶，想像她摔下來的模樣，只覺得胸口發悶，吞了好幾次口水。

然而，她的死也不過讓孩子們感興趣了一個星期左右。當他們的注意力被其他有趣的事情吸引後，便沒有人再提起早苗的事了。不過，勇作還是像以前一樣獨自到醫院去，眺望她摔下來的窗戶。

興司似乎在調查早苗的死因。連著好幾天晚歸，有時甚至不回家。這種時候，隔壁的阿姨會來家裡為勇作準備吃的。大概是興司打電話拜託的吧。

在那之後又過了一個星期左右，興司的上司到家裡來。他是一個禿頭肥胖的男人，看起來比興司還年輕，但從兩個人不同的用字遣辭詞來看，就連是個孩子的勇作也感覺得到，父親是這個男人的屬下。

這個男人好像是為了什麼事情來說服興司的。勇作隔著拉門聽見他軟硬兼施地講個不停。然而，興司卻似乎在頑強抗拒那個上司的說辭。不久，肥胖的上司變得非常不高興，抽動著臉頰從玄關離去，興司也很不高興。

之後又過了幾天，家裡來了別的客人。這次是一個穿戴整齊的男人。他不像前幾天那個上司那麼囂張跋扈，打招呼也很客氣。

興司和那個男人聊了好一陣子。他們在談話的時候，勇作被寄放在鄰居家。

過了不久，興司來接勇作。他們一走出大門，那名紳士正要離去。他發現勇作，定定地盯著他的臉說道：「你要乖乖聽爸爸的話喔。」

說完摸摸勇作的頭。他的眼珠子是淡咖啡色的，眼神很溫柔。

那天之後，興司恢復了原本的生活。他不再晚歸，電話中也不再提到早苗的事情。

之後，他帶勇作去掃墓，那是一座墓園中最氣派的墳墓。勇作雙手合十拜完後，問道：「這是誰的墓啊？」興司微笑地回答：「早苗小姐的墓。」

勇作吃了一驚，再次仔細地端詳墓碑後，再度合掌。

結果，勇作對於早苗的死亡內情終究一無所知。事隔多年之後，他才稍微瞭解。

快上小學之前，勇作去了好久沒去的紅磚醫院一趟。他倒也沒有特別的目的，只是自然而然地信步而至。

他到的時候，只見醫院的停車場裡停著一輛大型的黑頭轎車。他經過車旁時，伸長了脖子往車內瞧。身穿藏青色衣服的司機將頭枕在雙臂上正在打盹。

勇作離開車子，步入林間。他走在林間，想起了早苗用竹掃把掃落葉的聲音、牛奶糖的甜味、還有她的歌聲。

勇作撿起一顆掉在地上的栗子，撥掉泥土，放進短褲的口袋裡。那是一顆又圓又大的栗子，只要插上火柴棒，就成了一顆上等的陀螺。是早苗教他這個製作方法的。

就在他抬起頭正要邁開腳步時，看到正前方站著一個人，隨即停下了腳步

不過那個人，其實是個和勇作差不多年紀的男孩子。他身穿紅色毛衣，圍著灰色圍巾，白色的襪子長及膝蓋下方。勇作身邊沒有一個小孩打扮得這麼漂亮的。

兩人不發一語地彼此對看了好一會兒，或者該說互瞪比較恰當，至少勇作對這個陌生人不抱好感。

這個時候，某處傳來女人的聲音。勇作循聲望去，一名身穿和服的女人在剛才的轎車旁揮手。

於是剛才和勇作互瞪的男孩朝向身穿和服的女人走去，那女人似乎是他的母親。

勇作躲在樹後面，試著接近他們。那名看似男孩母親的女人發現了他。

「你的朋友嗎？」

她問男孩，男孩看也不看勇作一眼地搖頭。

不久，司機下車打開後車門。身穿和服的女人和男孩依序上車後，司機以恰到好處的力道關上車門。

發動引擎的同時，勇作從樹後走出來。黑色轎車排出淡灰色的煙，緩緩離去。

勇作看著車子離去。就在車子即將駛出大門時，勇作發現那個男孩回頭看他。那畫面就像一張照片，深深地烙印在勇作的腦海裡。

第一章

命運之繩

一

美佐子看著從病房窗戶照射進來的陽光，心想：「這種日子的天氣偏偏特別好。」光線經由白色牆壁反射，將室內映照得更加明亮。然而，從病房裡的氣氛看來，這種明亮卻有點不恰當。

瓜生直明躺在病床上的身影，令美佐子聯想到掛在肉舖前，羽毛被拔得一根不剩的雞隻。幾年前她嫁進來的時候，眼前的公公還頗爲豐腴。而當他說身體違和，入院接受手術之後，就像是被削掉身上的肉一般，日漸消瘦。他罹患了食道癌。雖然沒有告訴他事實，但他似乎老早之前就已經感覺到了。

「老伴。」

亞耶子蹲在病床旁，握著直明佈滿細紋的手呼喚他。不知道是不是聽到她的聲音，直明的脖子稍微動了一下。弘昌見狀，叫了一聲：「爸」，向前跨出一步，妹妹園子也立刻趨身向前。

直明的嘴微張，亞耶子馬上將耳朵湊上前去。「咦？你說什麼？」問完，她看著美佐子的方向。

「他在叫晃彥。」

於是美佐子和亞耶子交換位置，坐在病床旁，然後在面無表情的老人耳畔說道：「爸，我是美佐子。您要我對晃彥轉達什麼嗎？」

美佐子無法確定自己的聲音是不是能夠傳到直明的腦中。就算他聽得見，也沒人能保證在這種情況下，他是否知道美佐子是誰。然而，幾秒鐘之後，他又再度開口了。美佐子全神貫注，試極力想聽清楚他發出的微弱聲息。

「晃彥……」

接著他氣若遊絲地說完了一些話。而這些話，在場的人當中就屬美佐子聽得比較清楚。雖然是平凡無奇的字眼，但以父親留給兒子的遺言來說，內容讓美佐子感到意外。

「美佐子，妳公公說什麼？」

亞耶子問道。美佐子還沒來得及回答亞耶子的問題，園子突然叫道：「爹地！」這時直明宛如睡著似地閉上眼睛，於是亞耶子和弘昌也湊近他的身體。

「老伴，你睜開眼啊！」

亞耶子隔著毛毯搖晃丈夫的身體，但他卻沒有反應，只有纖細的脖子鬆軟無力地左右搖晃。

「他走了。」

爲他把脈的醫師，聲音有些顫抖地說道。隔了一會兒，亞耶子開始號啕大哭，接著園子也哭了起來。

美佐子感到眼眶發熱，視線隨即模糊，而直明灰色的臉龐也變得扭曲變形。幾年前兩人初次見面時的情景，鮮明地浮現腦海。

妳眞是麻雀飛上枝頭變鳳凰唷！——婚事決定時，美佐子的朋友都這麼對她說。那是距今五年十個月前的事了。

美佐子舊姓江島，娘家的經濟不至於到貧窮的地步，但也絕對稱不上富裕。美佐子本身既不是特別出眾的女孩，也沒有什麼特長。

進入UR電產股份有限公司，使得她和瓜生家攀上了關係。

UR電產是日本屈指可數的電機廠商，在全國擁有六座工廠，其中四座在縣內，因此可說是這一帶規模最大的企業。

她隸屬於這家公司的人事部，負責人事業務。話雖如此，人事部員工並非待在人事部的辦公室內，而是被派遣到各個工作單位。有的人在生產現場，也有人在公關課。

美佐子收到的人事命令上寫著：「董事室特別祕書」。董事室特別祕書即意謂著她必須打點董事身邊的大小事。同期進公司的人當中，只有她一個人被派到這份工作。

「江島小姐，妳眞是太厲害了，這可是萬中選一的機會呢！」

人事部的資深員工有些亢奮地告訴她。原來新人被分派到董事室是非常罕見的。

她的辦公桌位在專任董事的辦公室裡。第一天上班的早上，人事部主任帶美佐子去打招呼，專任董事還特別從椅子上起身，笑容可掬地說道：「我等妳好久了，請多指教。」

「請您多多指教。」美佐子也緊張地低頭致意。

這就是她與瓜生直明初次見面的情景。

直明的身材不高，恰到好處的贅肉，顯示出他的威嚴。眼睛和嘴巴微微聚攏在國字臉的正中央，可以看出他良好的出身背景和沉穩的個性。

實際上，他在之前的工作生涯當中一直是一名超級菁英份子。畢竟，他的父親瓜生和晃在昭和（譯註）初期成立精細零件製造公司，爾後將事業領域擴大至電氣製品，是今日UR電產的前身。所以，他當時的頭銜雖然是專任董事，但肯定是下一任社長。

和直明兩人獨處並不如當初想像的那般令人喘不過氣。在一起工作的時候，他總是多方設身處地為美佐子著想。他的語氣溫柔，話題也很豐富。她曾聽在其他專任董事或常任董事底下做事的資深員工說，有些董事會令人覺得很有壓迫感，但直明卻完全不會讓人有那種感覺。

她進公司一年左右，接受了直明的邀約。他問美佐子下班後要不要一起用餐，看到她猶豫的樣子，他微微一笑道：「妳不用擔心，我沒有不良意圖。其實是我有個朋友，他的法國料理店今天新開張，我想去捧個場，我太太和兒子也會來。妳平常幫了我很多忙，我想藉這個機會，好好請妳吃頓飯。」

接著他拿出那家店的宣傳單。美佐子聽到他的家人會來，又猶豫了。不過，這次不是擔心直明心懷不軌，而是害怕身處在家世背景迥然不同的人當中，或許會覺得自己的境況很悲慘。

然而，美佐子最後還是答應了這項邀約。她心想，太過強硬的拒絕可能也不太禮貌。

於是那天晚上，美佐子見到了直明的妻子亞耶子和長男晃彥。

亞耶子年輕貌美，鳳眼和尖細的下顎給人一種些許冷酷的印象。她的年紀坐三望四，但從那具有彈性的肌膚來看，說她才二十多歲也行。不過，她當時已經有兩個就讀小學的孩子了。

晃彥是直明前妻的孩子，當時二十五歲。他的長材高䠷健壯，臉型小巧，銅鈴般的大眼配上單眼皮卻依舊炯炯有神。直明介紹美佐子的時候，晃彥一直盯著她的臉，弄得她喘不過氣，只好

譯註：一九二六年至一九八九年。

低下頭。

菜肴上桌之後，眾人一面動著刀叉，一面交談。

美佐子沒想到晃彥目前居然還留在大學的醫學院裡做研究。她理所當然地認爲，晃彥一定會像直明繼承第一任社長的位子一樣，也在UR電產任職。

直明用輕鬆的語調說道：「這傢伙從來不聽父母的話，所以選了一個和我的工作最不搭的職業。不過，倒是好過那些仰賴父母庇蔭的男人。」

「可是能夠就讀統和醫科大學，眞是太了不起了。」

美佐子老實地說出心中的想法。別說是縣內，附近的幾個縣也認爲這所大學是最高學府。聽到她的誇讚，晃彥問道：「妳覺得哪一種比較好呢？」

「咦？」美佐子反問，他又說了一次。

「就是醫生和企業人啊。換句話說，就是我這種人和我父親這種人，妳會選哪一種？」

「這個嘛……」

美佐子頓時語塞。如果這是一個輕鬆的玩笑話，她總有辦法答得出來。可是，晃彥的語調中卻帶有一種特別的認眞意味。她兩手拿著刀叉，什麼也答不上來。

「你別亂問人家莫名其妙的問題，會造成江島小姐的困擾。」

直明含笑說道。亞耶子接著應和：「我倒是哪種都好，反正兩種都很棒嘛。」

直明聽了一笑，美佐子也緩和了嘴角的線條。僵局被亞耶子巧妙地化解開來，晃彥也不再繼續追問她了。但就在話題結束之前，他開口道：「那麼，我改天再問。」

「好的。」美佐子也面露笑容。

但老實說，美佐子沒想到當時他說的「改天」竟然會眞的來臨。因爲她心想：「那一定是句客套話。」然而，晃彥四天後卻眞的打電話到辦公室給她。

「妳喜歡聽音樂，還是看運動比賽呢？」

晃彥報上姓名之後，冷不防地發問，令美佐子措手不及。

「咦？怎麼突然這麼問……」

「我在問妳有什麼興趣，對於活動的喜好。既然要約妳，去妳喜歡的地方應該比較有趣。」

「啊……」美佐子這才發現晃彥在邀約自己。同時，她的心跳加速，連她自己也知道自己臉紅了。她往直明的方向偷看一眼，他正在位子上看資料。

「我跟我父親說過了，說我改天會約妳。」

晃彥彷彿看穿她內心的動搖似地說道：「所以妳不用客氣。妳明天晚上有空吧？」

「嗯。」她猶豫了一下之後回答道。

「那麼，再次請問妳喜歡什麼？」

「啊，什麼都好。」

美佐子因爲在意直明就在身邊，不禁壓低了音量。於是晃彥稍微想了一下之後說：

「那麼就去看音樂劇吧。那樣的話，之後吃飯的時候也比較有話聊。請妳六點在公司前面等，我去接妳。」

「啊，好……我知道了。」

放下話筒之後，美佐子依然心情激動。她看了直明一眼，直明似乎沒有發現到她的表情有異。

隔天晚上，美佐子和晃彥並肩而坐欣賞音樂劇，接著一起用餐。他和直明說話的方式不同，但都很會說話。他會從一個話題像樹枝向外延伸般地將一件小事講得精采萬分。無論話題朝哪個方向發展，也都能展現他廣博的知識，不同於一般人對有錢人家少爺的印象。

晃彥不光是自己口若懸河，也很擅長讓美佐子滔滔不絕地暢所欲言。美佐子平常是不太講話的人，不過在他面前，美佐子覺得自己好像都變得很會說話。

晃彥詳細地詢問她孩提時代和家人的事情，關於她的健康情形更是問得深入仔細。美佐子邊說：「我沒別的長處，就是身體最健康。」心裡邊想，「醫生果然會對這方面感興趣。」

吃完飯後，晃彥送美佐子回家。雖然她婉拒，但晃彥卻說：「我父親吩咐我一定要送妳回家。」

也就是說，直明也知道今天晚上的事。

此外，他在開車送美佐子回家的路上對她說道：「醫生和企業是站在敵對的立場。」他的口氣斬釘截鐵，美佐子察覺到這是前幾天話題的延續。

「企業對人的身體並不感興趣，他們無視人體的健康，日益追求發展。結果醫生就得拚命幫企業擦屁股，這就像是一根根地重新種植被推土機踐踏的幼苗。」

「我懂。」美佐子說。「所以你想當醫生？」

「是的。」晃彥回答。沉默了一會兒，他繼續說：「但是比起推土機，最可怕的還是農藥。

結婚將近一年之後，她的心裡開始感到不安。

不安來自於她的內心。結婚那麼久了，她還是無法感覺到對晃彥的愛意。她和結婚之前一樣，對晃彥抱持某種程度的好感，尊敬他、信任他，但卻僅止於如此而已。

她不認為這是生理上的問題。她認為她們的性生活應該和一般人一樣頻繁，而且自己也能感到相當程度的快感。但是，如果有人問：「對方非得是晃彥不可嗎？」她總覺得似乎也不是那樣。

為什麼無法愛他呢？

從客觀的角度來看，晃彥完美無缺。結婚之後，他也和交往的時候一樣，會設身處地為她著想，只要是她想要的，他幾乎都會滿足她。雖說是夫妻，但他不曾踰越夫妻之禮，或侵害她的個人隱私。許多男人一旦結婚，就會變得神經大條、粗魯無禮。就這點而言，晃彥可說是一個理想的丈夫。

但是美佐子認為，這些應該不是愛一個人的條件。至少自己不是如此，她需要的是能夠瞭解對方。

自己能夠瞭解晃彥嗎？

答案是否定的。住在一起一年了，但她對他的事情卻一無所知。不論是他如今的煩惱、希望，還是夢想，她都不知道。她只知道他喜歡吃什麼、討厭吃什麼，還有每天的部分行程。

美佐子自認很努力地試著瞭解他，但卻怎麼也無法觸碰到他的內心。原因很簡單，因為他不願對她敞開心胸。

「妳說什麼？」

聽到她那麼說，晃彥皺起眉頭。事情應該是發生在某天吃完早餐，他在看報紙的時候。

「所以我拜託你，請你告訴我。」美佐子抓住圍裙裙襬說道。

「告訴妳什麼？」

「一切，所有你隱藏在心中的事情。」

「妳別說些莫名其妙的話！」

晃彥將報紙折好放在茶几上。「妳說我隱藏了什麼？」

「我不知道，我只知道你隱藏了什麼。你告訴我的盡是一些無關緊要的雞毛蒜皮小事，眞正重要的事情你卻都瞞著我。」

「我自認沒有隱瞞妳任何事情。」

「你騙人，不要敷衍我。」說著說著，淚珠就滾了下來。兩人非得這麼說話的事實，讓美佐子覺得非常悲哀。

「我沒有瞞妳，也沒有敷衍妳。」晃彥一臉不悅地站起來，把自己關在房裡。

當時的對話，讓美佐子覺得自己第一次接觸到了晃彥的內心，他從來不曾如此動搖過。同時，她確信他的確隱瞞了什麼。

從那個時候起，美佐子待在主屋的時間變多了。她認爲，多和晃彥的家人相處，說不定多少能夠塡補和他之間的鴻溝。晃彥希望過著完全獨立的生活，但他似乎認爲美佐子去主屋可以消除一些壓力，所以也就任由她去。

和瓜生家一起生活，既不如想像中的令人喘不過氣，也不無趣。沒想到她和年輕的婆婆竟然很合得來，晃彥的弟妹弘昌和園子也很敬重她。

然而，美佐子即使和他們的交情更深，卻仍無法更瞭解晃彥。那是當然的，因爲亞耶子也不瞭解晃彥。

「晃彥的內心？我也拿他沒輒。」

美佐子和亞耶子在談天的時候，亞耶子舉起雙手。

「我投降。自從我以繼室的身份到這個家以來，他從來不曾對我敞開心胸。他對弘昌和園子也是一樣，雖然會善盡兄長的義務，但我卻不認爲那是手足之愛。」

「這種狀態持續了好幾年？」

「好幾年囉。」亞耶子說道。「大概今後也會一直那樣吧，晃彥只對妳公公敞開心胸。我原本以爲妳可能會是他第二個眞心相待的人，看來還是沒辦法啊。」

「爲什麼呢？」

「不曉得……」

亞耶子聳聳肩，無力地搖頭。「我不知道。我一開始也努力地讓他認我爲母親，不過卻是白費工夫。他雖然會叫我『媽』，但對他而言卻不過是一個單純的形式，所以他不會像對自己的母親一樣對我撒嬌。」

美佐子點頭。亞耶子講的一點都沒錯，他們之間的關係也不過僅止於夫妻的形式。他們每一天都像是在扮演一對相敬如賓的夫妻。

在那之後，美佐子花了好長的一段時間，試圖多瞭解晃彥一點，努力去多愛他一些。然而，她覺得她越是焦急，兩人之間的鴻溝越深。

最近，美佐子開始思考另外一件事情，那就是晃彥爲什麼要選自己爲妻？他的家世身份足以讓任何女人點頭下嫁，實在沒有理由選擇這個一無是處、平凡無奇的自己。

美佐子心想，該不會是因爲那條看不見的命運之繩吧？這世上果然存在著那條命運之繩，操控著自己至今的人生。

二

美佐子初次感受到「命運之繩」的存在已經是十多年前的事了。

當時，父親在電力公司的外包公司工作。他長年在做當地的電氣工程，收入並不多。而母親波江雖然個性柔順，在錢的方面卻管得很緊，這才能夠勉強不舉債渡日。身爲獨生女的美佐子，倒也沒有特別不滿的地方。

美佐子唸高二的時候江島家突發劇變，父親壯介在工程中發生意外。當時他在大樓外牆作業，腳一邊打滑便從七、八公尺高的地方摔下來，不但腳骨折了，頭部還遭到強烈撞擊，引起腦震盪。

壯介被抬進最近的一家綜合醫院，治療了腳部傷勢後還請腦外科的醫生診視頭部。

壯介對妻女說：「沒有什麼太不了的。」所以美佐子和波江也就沒有太過擔心。然而，當腳部骨折快要痊癒的時候，病情卻有了轉變。壯介突然被轉到別家醫院。

「頭部好像要做很多種檢查。」

壯介和波江對擔心的美佐子這麼解釋。雖然從兩個人的表情感覺不出事態嚴重，但美佐子心中的不安卻沒有消失。

「可是，在現在這家醫院也能做檢查吧？」

「應該可以，不過醫院一定也有擅長和不擅長的部分。」

「沒問題的，妳不用擔心。」兩個人開朗地說道。美佐子總覺得有哪裡不對勁，但父母看起來又不像在隱瞞女兒父親惡劣的病情。

壯介轉到了上原腦神經外科醫院。那間醫院的建地當時還有著紅磚建築，令人感受到其典雅的格調與悠久的歷史。

壯介在這間醫院裡遇到了熟人，院長上原雅成和壯介是舊識。美佐子並不知道詳細情形，但上原似乎是壯介年輕時的友人。上原院長看起來比壯介年長許多，但行爲舉止謙和有禮，從他身上完全看不見醫生特有的妄自尊大。

壯介在這家醫院住了兩個月左右。直到如今，美佐子還是不太清楚爲什麼父親要住院住那麼久。她也不知道父親究竟接受了什麼檢查與治療。她幾乎每天都會去探病，但父親的身體卻看不出任何變化。

更加令她懷疑的是，住院那麼久，壯介和波江卻完全沒有把住院費用放在心上。波江的答案是：「沒有接受什麼大不了的治療，所以費用不高。」但就連當時還在唸高中的美佐子也知道，連續住在個人病房兩個月，住院費用一定相當可觀。就算是舊識，上原院長也不可能會如此通融。

總之，兩個月過後，壯介出院了。一切又回到了從前的生活，但只有一件事情不同，那就是壯介換了一個工作。上原院長考慮到他的年齡和體力，幫他介紹了一個新的工作。

他下一個工作的地方，是一家叫做UR電產的公司，據說那家公司的工程部當時在找曾經做過電氣工程的人。聽到這件事的時候，美佐子霎時無法相信。

畢竟，那是當地最大型的企業，說到這一帶的一流出路，就是進入UR電產工作。四十多歲的壯介有可能到那樣的公司工作嗎？別說美佐子了，其他人一定也會對這件事感到懷疑。

然而，壯介卻毫不起疑，開始到新的職場上班。不但工作比想像中輕鬆，也不常加班。美佐子原本擔心，父親說不定會被指派繁重的工作，但事實卻否定了她的猜測。

這個時候，她開始覺得有什麼地方不對勁。這一切未免太順利了，她有一種不祥的預感，總覺得可能有人在什麼地方設下了陷阱。但在那之後卻也沒有發生什麼特別奇怪的事。

令人難以置信的幸運降臨，讓江島家持續過著安穩的生活。一年後，美佐子進入當地大學的英文系就讀。

大學生活平凡無奇，沒有發生令人印象特別深刻的事情就過去了，壯介還是每天準時上下班。這個時候，美佐子漸漸遺忘了這個數年前的幸運事件。直到她四年級的時候，才又再度想起。

她的夢想是成爲英語教師，然而，當她畢業的時候那條路變得頗爲艱辛。當地的高中老師供過於求，能夠以兼任老師的身份任教還算是好的了。但話說回來，要進入一般企業也非易事。當時，四年制大學畢業的女性就業情況遠不及今日。

當她在爲工作煩惱之際，父親壯介問她要不要接受UR電產的入職考試。美佐子以爲父親在開玩笑。

「別說那種天方夜譚了，考了也是白考。」

「怎麼會白考呢？就算考不上妳也不會少一塊肉，能考就考考看！」

「一定考不上的啦。」

然而，在壯介的強力勸說之下，美佐子決定在接受其他公司考試之後，順便前往UR電產一趟。她到百貨公司買了一套灰色的兩件式套裝，穿著那套衣服，一共接受了四家公司的考試。

結果，三家公司寄來不錄取通知，唯一決定錄用她的是UR電產。

美佐子感覺自己像是在作夢。壯介和波江很爲她高興，但她眞正的感想卻是一種沒來由的恐懼。接著她又想，這件事背後一定有問題。

自從壯介遭遇意外以來，幸運便接二連三地到江島家報到。但她覺得，這些事情不光只是好運兩個字就能解釋得清。她強烈地感覺到，有一股強大的力量隨時隨地監視著自己和家人，操控他們的命運，以免翻出常軌。

收到錄取通知的那天晚上，美佐子告訴父母她的感覺。當然，兩人都推翻了她的想法。

「妳說的那種感覺是有可能的。」

聽完女兒的話之後，壯介淡淡地說道：「一旦好事接連發生，人就會相信神明的存在。爸爸也曾經有那樣的感覺。」

「不是那樣的。我感覺到的不是神明那種不確定的東西，而是更爲具體的力量。」

美佐子堅持己見。

「妳想太多了。」波江說道。「再說，我不認爲天底下有那麼幸運的事。何況妳眞正想要當的是老師，考上UR電產是因爲妳的實力。」

然而，美佐子搖搖頭。她就是因爲知道自己有幾兩重，才會覺得冥冥之中有一股看不見的力量。

隔年四月起，美佐子開始到公司上班，隸屬於人事部。對於沒有數字概念的美佐子而言，她並無法勝任會計相關的工作，而她也不擅長需要與人來往的業務，所以她覺得人事部還挺適合自己的。但是不管怎麼想，她都不認爲自己是一塊適合待在董事室裡負責人事業務的料。

於是後來，她遇見了瓜生直明。

遇見他是否也是受到「命運之繩」操控的結果呢？——每當美佐子對自己和晃彥的婚姻生活產生疑問，就會回想起當時的事。

三

美佐子打開玻璃窗，盡情地做了一個深呼吸。徐徐微風從庭園的樹木間拂過，吹進房內。攤開的書本翻動了兩、三頁。

「不得了，眞是不得了。」

背後傳來講話聲。美佐子回頭一看，舊書商片平抬頭望著比他身高還要高上許多的書櫃。

「每一本都很珍貴，讓人不知從何選起。」

「那麼，你願意全部帶走嗎？」晃彥若無其事地說道。「那樣我比較省力。請你訂個適當的價格，我會盡量配合你的期望。」

「這樣啊。」片平又抬頭看了一次書櫃，沈思了好一陣子之後開口道：「這裡的藏書量那麼龐大，能不能讓我稍微考慮一下。兩、三天內我再跟您聯絡。」

「好吧，那再請你跟我聯絡。如果我不在的話，你告訴我太太一聲就行了。」

晃彥稍微回頭往美佐子的方向看了一下。片平對她輕輕點頭致意。

直明死後過了四十多天時，晃彥決定要在七七之前，處理掉直明擁有的大量藏書和藝術品。帶片平來的人是從剛才就不斷在書庫裡東張西望的尾藤高久。這個擔任直明祕書的男人，有一張線條略顯纖細的臉。大概是因爲這樣，他的年紀明明應該坐三望四了，卻有人覺得他比晃彥還小。

晃彥之所以能夠依自己的意見處理直明的遺物是有原因的。根據葬禮之後公開的遺書，直明幾乎將名下的所有財產都給了長男晃彥。

美佐子如今依然能夠清晰地想起，律師宣讀遺書時的情景——弘昌和園子既驚訝又失望的表情、亞耶子木然的眼神。眾人當中只有晃彥面不改色，彷彿這件事情和自己無關。

「對了，我從剛才就一直很好奇。那個保險櫃是？」

片平望向屋內一角。

「保險櫃？噢，那個啊。」

那是一個黑色的舊式保險櫃，高度及腰，正面煞有介事地裝著一個轉盤式密碼鎖。放在這間房間裡，的確與周邊的事物顯得很不搭調。

「那是我父親愛用的古董，不值一文錢。」晃彥回答。

「裡面裝了什麼？」

「不值錢的破爛，看了也只會讓人覺得掃興而已。」

「話是這麼說沒錯，但我很感興趣。」

片平一臉急不可耐的表情，但晃彥卻像是沒聽見他說的話似地，從安樂椅站起來，伸出右手。

「不好意思，今天百忙之中讓你抽空前來。書就麻煩你了。」

片平見狀好像也放棄了，說「哪裡的話」，與晃彥握手。

在玄關目送舊書商離去之後，美佐子在一樓的客廳稍微歇了一會兒。女傭澄江倒了紅茶過來，美佐子將茶端到茶几上。內田澄江是一個老手，已經在這個家裡工作超過二十年了。平常只有她一個人，忙的時候，還有一個叫做水本和美的年輕女孩會來幫忙。

「接下來是藝術品。對方什麼時候會來呢？」

晃彥將大量的牛奶倒入紅茶中，詢問尾藤。

「預定是下星期。」尾藤回答。「對方是一家瓜生社長長年往來的店，我想應該會出蠻好的價錢買下。」

「價錢好壞不要緊，只要肯幫我處理掉就行了。」

晃彥冷淡地說。尾藤一副窮於應答的樣子，用湯匙在茶杯裡攪拌，然後問道：

「剛才說的那個保險櫃也要交給藝術商處理嗎？」

晃彥半邊臉頰扭曲地笑了。

「我不是說了那不值一文錢嗎？那個不賣，我自己留下。」

「放我們家嗎？」美佐子驚訝地問。

「應該沒那麼礙事吧？我打算放在我的房間裡。」

說完，晃彥啜飲了一口奶茶。

過沒多久，亞耶子出現了。她問美佐子：「結束了嗎？」美佐子回答：「是的。」

「那麼，尾藤先生，可以借一步說話嗎？」

亞耶子的語調有點客氣。大概是顧慮到晃彥在場吧。然而，他卻一臉沒事的模樣。

「好的，當然可以。」尾藤從沙發起身。

「關於七七的準備事宜，我有很多事情要跟尾藤先生討論。」

亞耶子解釋道，但晃彥還是不發一語。於是美佐子說：「對不起，都是媽在辦。」

「沒關係啦，畢竟這是我份內的事。」亞耶子微微一笑。

兩個人離開客廳之後，晃彥說：「妳不用在意。如果媽無愧於心，她就不用說對不起，也不用那樣陪笑臉。只要說她要準備七七的事，大搖大擺地現身就行了。」

「也許吧……」美佐子把話吞了回去。

「哎呀，來得眞不是時候。」

晃彥隔著露台往大門的方向看，美佐子也將目光轉過去。正當亞耶子和尾藤要出去的時候，身穿藏青色制服的園子回來了。美佐子心裡也想：「原來如此，眞不湊巧。」

園子站在門柱旁邊，低頭等父親的前祕書和母親從身邊經過。然而，兩人卻沒有默默地和她擦身而過，而是站在她的面前。亞耶子好像對她說了什麼。園子的嘴動了動，但依然低著頭。

亞耶子和尾藤坐上車後，園子朝晃彥他們跑了過來。

「哎呀，是誰回來了呢？」

澄江聽見粗魯地開關大門的聲音，從廚房出來應門。

「公主大人呀。現在最好別接近她，以策安全。」

晃彥笑著拿起報紙。

美佐子留晃彥在客廳，出門購物。經過佛堂前的時候，她看見園子穿著制服在佛壇前合掌。美佐子聽亞耶子說，園子一從學校回來，會先去佛堂再回房間。美佐子隱著腳步聲朝玄關而去，以免讓園子分心。

大概是因爲晚年得女，直明很溺愛園子。美佐子不曾見過直明責備園子，而且對她幾乎是有求必應。看在美佐子的眼中，直明寵愛園子的方式與其說是父親疼女兒，倒比較接近祖父疼孫女。說的更直接一點，就像是老人在疼小貓。

直明視園子爲掌上明珠，呵護備至，所以直明的死似乎讓園子大受打擊。畢竟，她從守夜到葬禮都不發一語。在焚化場撿骨的時候，園子甚至還因爲貧血而當場昏倒。

男人們的小團體反映出他們在公司當中的地位，眾人以須貝正清為中心聚在一塊兒。另一方面，他們的妻子們也自成一個圈圈，在這裡也是由正清的妻子行惠手握主導權。她在女眷當中原本就是年紀最長的一個，加上丈夫登上了公司的龍頭寶座，她也就理所當然地摘下了女眷當中的后冠。亞耶子因為自己是繼室的關係，在這種場合總是保持低調。

她們的話題沒完沒了地在每個人的孩子身上打轉，包括適婚年齡的女兒、繼承的問題。其中，話題特別放在行惠的獨生子俊和的未來發展上。俊和今年剛進UR電產。當然，他沒有接受新進員工訓練，也沒有到現場實習，直接就步上了儲備幹部之路。如此一來，女性眷屬最感興趣的部分，自然也就集中在俊和要娶誰家的女兒為妻這一點。她們認為，那最好是個和自己關係匪淺的女孩。

「這種事情不嫌早。要是現在不開始找交往對象，到時候可就怎麼也找不到了。」

「是啊。再說，如果是來路不明的女孩，行惠妳也會很傷腦動吧？」

女眷們妳一言我一語。行惠只是默默地聽大家七嘴八舌地講話，臉上浮現充滿自信和泰然自若的笑容。話題人物俊和一直坐在正清身旁，根本不和瓜生家的人打招呼。他明明是個膽小如鼠，外加神經質的男人，但傲慢這點倒是和他父親如出一轍。

美佐子看到這種情況，心想晃彥說的果然沒錯。當直明倒下，正清接任社長時，他說：

「這下瓜生家的時代也結束了。」

奠定UR電產基礎的人是晃彥的祖父瓜生和晃。然而，自從他去世之後，公司由他的妹夫，同時是他屬下的須貝忠清，也就是正清的父親接管。在那之後，瓜生派和須貝派幾乎是以輪流的方式掌握實權。但到了最近，他們之間的勢力消長完全失去了平衡。兩股勢力失衡的最大原因在於直明的骨肉比須貝少。直明雖然有個長男晃彥，但他卻選擇了一條和父親迥然不同的路。跟隨沒有繼承人的將領不會有好處，於是直明在公司裡漸漸遭到孤立。即使如此，還是有幾個人因為他的人望而擔任他的臣下，但他們也在直明倒下的同時為須貝派所吸收。正清的基本方針並不是排斥瓜生派，而是將人才納為己用。

然而，還有一個人尚未被瓜生派吸收，就是松村顯治。他和直明並沒有親戚關係，但從年輕時就一直擔任直明的左右手，貢獻良多，目前高居常務董事的職位。公司內流傳著正清也對松村很頭痛，不知道如何處置他才好的風聲。

松村和晃彥面對面坐著不知道在說什麼，於是美佐子也回到晃彥身旁的座位，順便休息一下。

「哎呀，夫人，真是辛苦妳了。」

松村拿起啤酒瓶，表示慰勞。美佐子拿著杯子說：「一點就好。」松村說：「哎唷，有什麼關係嘛。」為她斟了滿滿的一杯。松村的臉圓，身體也圓，卻有一對像線一般的瞇瞇眼。他的眼尾有幾條皺紋，臉上露出親切的微笑。

「你們在聊什麼？」美佐子問。

「互相發一些無聊的牢騷。」晃彥回答，「我們在說，今後的日子不好過了。」

「不過，還是晃彥聰明。」

松村稍稍壓低了音量，瞥了正清身邊那些依然喧嘩不休的人一眼。「坦白說，UR電產目前處於虛胖的狀態。就算進入這種公司也沒有什麼意義，如果有能力的話，不如靠自己的力量，開拓自己的命運。」

「我有時也得要出席無聊的股東大會啊……」

「那也是沒辦法的事，誰叫你注定身為瓜生家的長男。」

松村拿起酒杯做了一個乾杯的動作，然後一飲而盡。美佐子馬上為他斟酒，並伸長手臂，將瓶口對準晃彥的玻璃杯。但就在這個時候，另一邊出現一支酒瓶，替晃彥的玻璃杯斟滿了酒。晃彥一看那隻手臂的主人原來是正清，他扭曲著半張臉露出笑容。

「你們很安靜嘛。」正清說道。

「我們剛才在憶當年。畢竟，今天是瓜生前社長的七七。」松村婉轉地說道，言下之意似乎是在諷刺那些吵吵鬧鬧的傢伙。

然而，正清卻不動聲色地坐下來說：「是嗎？那麼，也讓我和晃彥夫婦聊聊當年的事吧。」他的意思是叫松村離席。松村察覺到這一點，便說道：「好的，請慢聊。」便離去了。

「他眞是個有趣的男人。」

等到不見松村的人影，正清開口。

「對須貝先生而言，他不等於是一顆爛掉的蘋果嗎？」

「爛掉的？哪裡的話。」正清狡猾地咧嘴一笑。「看人的眼光我還有，我還打算讓他替我做些事情。」

「原來如此。做『些』事情，是嗎？」

晃彥淺嚐了一點啤酒，正清又替他斟滿了酒。

「對了，你考慮的怎樣？」他壓低聲音問：「你改變心意了嗎？」

晃彥定定地盯著正清有稜有角的臉，搖搖頭。「我怎麼也不覺得你是認眞的。」

「我一直都是認眞的。我之所以那麼說，是考慮到UR電產和你的將來。別用你那顆聰明的頭腦去修理別人壞掉的腦袋瓜，要不要助我一臂之力呀？」

「你找錯人了，你就算找醫生和你搭檔也是白搭。」

「你並不是普通的醫生，你以爲我瞎了眼嗎？」

「你太高估我了。」

「事到如今，你就別再裝傻了。這只是在浪費時間。」

正清拿起一旁沒人用過的玻璃杯，將酒瓶裡的酒倒進杯子裡，一口氣喝掉半杯。

美佐子在一旁聽他們對話，感到非常意外。從他們的對話聽來，正清似乎很希望將晃彥納入他的麾下，但自己卻從來不曾聽晃彥提過那件事。重點是，正清爲何需要拒絕繼承直明的大位選擇當醫生的晃彥呢？

「話說回來，聽說你跟修學大學的前田教授很熟，是嗎？」

晃彥的口中出現一個美佐子沒聽過的人名，正清的眼珠子動了一下。

「你很清楚嘛。」

「我聽我們醫院裡的教授說的。學生們之前也在傳，說UR電產好像根據人腦，開發出了一套電腦系統。」

正清用鼻子冷哼一聲。

「那些學生還挺厲害的嘛。」

「因爲指導教授教得好。」

聽到晃彥這麼一說，正清歪著嘴角，輕拍他的肩說道：「你給我好好考慮考慮！」

說完，正清就站了起來。

酒足飯飽之際，話題正好聊到直明留下來的藝術品。親戚當中有許多人毫不理會那些藝術品是遺物，原本都想要分一杯羹，因此對獨佔所有財產的晃彥投以嫉妒的目光。

晃彥不知道是不是察覺到這種氣氛，招來尾藤，命令他帶想要參觀的人到直明的書房去。當時，直明的許多收藏品都還沒有賣給藝術商。

「如果有人想要，送給他也無妨。」

「只不過，」晃彥補上一句。「今天只許參觀！要是他們在我父親的書房裡扭打成一團，那可就麻煩了。」

「我知道了。」尾藤回答。

尾藤一傳達晃彥的意思，馬上有許多人歡天喜地地站了起來。除了女眷之外，還包含她們的丈夫。由於一次無法容納那麼多人入內參觀，所以只好分批進行。

「我想應該不至於有人會偷東西，但是防人之心不可無，妳也去看著。」

美佐子聽從晃彥的話，也走到走廊上。

直明的書房是一間十坪左右的房間，房裡有一條小小的藝廊，整面牆上掛著大大小小的畫框。直明喜愛藝術，卻缺乏專業知識，屬於那種突然被畫打動就會衝動購買的人。或許是因爲這個緣故，牆上雜亂無章地掛著油畫、日本畫、版畫，以及蝕刻畫。即便如此，只要仔細地用心欣賞，還是能從各幅畫作當中感受到一種共通的性質。不過話雖如此，藝術性如何對親戚們一點也不重要，他們開口閉口就是畫值多少錢。

「這幅畫，大概值多少錢呢？」

「不知道耶。不過，既然是這位畫家畫的，我想應該不會低於一百萬吧。」

除了畫作之外，直明還有其他的收藏品。牆邊有一個鑲著大片玻璃的展示櫃，裡面放著各式各樣的物品，包括擺鐘、原始的印刷機、早期的汽車設計圖等。除了西洋的物品之外，也有日本的幻燈機和機械玩偶等。

「社長說過，精心製作的機械也是一種藝術品。」

就在美佐子目不轉睛地看著那些收藏品時，松村不知道什麼時候走到她身邊。

「他還說，長年擔任UR電產的領導人，卻沒有創造出任何一項藝術品，眞是遺憾。」

「我公公說過那樣的話啊……」

或許看似熱中於追求尖端技術的直明，本質上卻有著完全不同的內心世界。

不久，正清的妻子行惠，和他的兒子也來了。果然男人還是男人，俊和興致勃勃地看著展示櫃裡的物品，但行惠似乎對古人的精雕細琢毫不感興趣，邊說「直明先生也搜集了奇怪的東西呢」，邊走過去。

「我是希望他能稍微獨立一點啦。不過，養小孩果然很不容易。」

直明似乎也對弘昌的戀母情結感到很頭痛。就因爲他那麼依賴母親，所以就像昨天晚上園子說的，美佐不難想像如果讓他知道亞耶子和尾藤的關係，他的心裡將會掀起一場多大的風暴。

到了下午，家裡又來了別的客人。當時，美佐子正從主屋的廚房後門進去，看到澄江在廚房裡剝栗子皮，因此便邊看她剝邊閒聊了幾句。就在這個時候，門鈴響了。

從走廊的方向傳來人聲，接著腳步聲由遠而近。亞耶子走進廚房，看見美佐子有點吃驚，做出「哎呀」的嘴形。

「我來問明天要準備的事。」美佐子回答。

她指的是有關處理直明的藝術品的事。昨晚晃彥一說要送給想要的人，親戚們馬上摩拳擦掌，露出一副要搶東西的模樣。於是晃彥說：「藝術商下次到家裡來是三天後，大家只要在那前一天聚在一起討論決定怎麼分配就行。」換句話說，也就是明天了。美佐子昨晚和亞耶子討論，決定在前一天將藝術品移到大廳，因此必須詢問亞耶子細節該怎麼做。

「噢，對，是也該跟妳說一下那件事。不過，妳再等我一下。我現在有點事要忙。等我忙完，我會去叫妳。」

這不像亞耶子平常流暢的語氣，美佐子下意識地察覺到自己不該待在這裡。

「那麼，我在房裡等。」

「好，就那麼辦。還有澄江，不好意思，妳可不可以去幫我買東西。要買的東西我已經寫在這張紙條上了。」

亞耶子對女傭澄江說。美佐子偏著頭，疑惑地想：「婆婆好像想把所有礙事的人全趕出去似的。」

當美佐子從廚房後門要回別館之際，往訪客用的停車場瞄了一眼。停車場裡停了一輛黑色的賓士，車子周圍還留著廢氣的臭味。美佐子看過那輛車，那是須貝正清的備用轎車。

——須貝先生來家裡有什麼事呢？

另外，美佐子還發現屋頂的車庫裡停著弘昌的保時捷，弘昌平常幾乎都會開車去上學。

——眞奇怪，難道他今天搭電車嗎？

美佐子詫異地回頭看主屋。

入夜後，大家開始搬移藝術品。美佐和亞耶子、澄江一起將畫從書房搬到大廳。雖說不過是畫，但畫框的重量還是不可小覷，而且還要小心不能碰撞到。

「這些不用搬，反正好像沒什麼人要的樣子。」

亞耶子指著玻璃的展示櫃和木櫃說，美佐子也同意。親戚們感興趣的僅限於値錢的畫作。當書房裡只剩下美佐子一個人的時候，她再次環顧室內。光是撤走藝術品，房裡感覺就寬闊了許多。

美佐子看到木櫃的門半敞著，想要將它關上，卻關不太起來。定睛一看，原來是門最下層的地方被東西卡住了。美佐子心想，奇怪，十字弓和兩支箭原本是放在最上層，爲什麼只有一支箭放在最下面呢？

然而，美佐子馬上化解了這個疑問。仔細一看，那支箭掉了一根羽毛。大概是打算要拿去修理，所以只有這一支箭放在不同的地方吧。

美佐子想起松村曾經說過：「這些箭很危險，別碰爲妙。」於是將箭放回了原本的地方。

當美佐子關上木櫃的門時，從隔壁書庫傳來啪嗒一聲。美佐子原以爲沒人在，所以嚇了一跳。這間書房和書庫之間由一扇門連接，可以不出走廊地自由來去。那扇門緩緩開啓。出現的人是晃彥，美佐子吐出屏住的氣息。

「老公……你別嚇我啦！害我嚇了一跳。」

「誰來過嗎？」晃彥的眼神銳利，彷彿沒有聽見妻子說話地問道。

「你指的是誰？」

「白天啊。有沒有人到家裡來？」

「噢，聽你這麼一說……」美佐子說：「尾藤和須貝正清好像來過。」晃彥的臉頰突然抽動了一下。那是當他不知所措時會出現的習慣動作。

「可是我並沒有看到他們，只看到有車停在停車場裡……你要不要去問媽看看？」

「不，不用了。」

晃彥原本打算離開書房，但當他將手搭在門上時，又回過頭來看著美佐子。

「別告訴任何人我問過妳這件事，知道嗎？」

「嗯。」她一應聲，晃彥便粗魯地甩上門走了。

六

大概是基於先來的人才能搶到好東西的心理作崇，隔天早上十點過後，便陸續有人登門拜訪。因爲丈夫們要工作，所以來的大部分都是妻子。她們草草地對亞耶子們寒喧一、兩句，便朝大廳而去，美佐子和兩名女傭一起忙著爲她們張羅茶和點心。

那些女眷當中，有人甚至帶了認識的畫商來，打算和畫商討論拿哪一幅畫最划算後，再決定拿那一幅畫。然而，大家對這一點都很精明，所有人都對某幾幅特定的畫感興趣，看來要談妥誰拿哪幅畫絕非易事。

快中午的時候，這些人的丈夫也前來觀看戰局。他們似乎是蹺班來的，一知道事情還沒談妥，便留下幾句激勵妻子的話再度離去。因此，訪客用的停車場幾乎隨時都停滿了車。此外，尾藤也現身了。他似乎是代替正清來的。

午餐叫附近壽司店的外賣。直明身體還硬朗的時候，突然訂數十人分的壽司簡直是家常便飯。

大廳裡暫時休戰，美佐子決定和澄江她們一起在廚房裡用餐。她不想待在大廳裡，要她靜靜地坐在虎視眈眈、想要將直明的遺物據爲己有的親戚當中，她一定會窒息。

就在美佐子用筷子夾起壽司時，她看見有人從流理台上方的凸窗外經過。但由於玻璃有花紋，她看不清楚那人是誰。

「哎呀，是誰呢……」

「妳怎麼了？」

澄江好像沒有察覺到有人經過。美佐子放下筷子，從廚房後門出去，再繞到屋子的後門。她看見了一道黑影快速地跑過去，但當她發出「啊」一聲時，已經不見人影了。

「少奶奶……」

從後面追來的澄江出聲喚她。美佐子搖搖頭。「嗯，沒什麼。我們去吃壽司吧。」

美佐子邊想剛才的人影邊往廚房後門走去，就在這時候，澄江高聲說：「哎喲，小姐。」美佐子一看，園子正朝自己的方向走來。

「園子，妳怎麼了？」美佐子問。

「我身體有點不舒服，所以回來休息。不過沒什麼大不了的，妳別擔心。我不想從前門進去，讓我從廚房後門進去吧。」

「好。」

園子的確身體不舒服的樣子，臉色不太好。她進到屋裡喝了一杯茶，看了時鐘一眼，問美佐子：「弘昌哥在家嗎？」

「弘昌？不在呀。」美佐子搖搖頭。「他去上學了。怎麼了嗎？」

「沒什麼，我只是隨口問問罷了。」

說完，她便拿著書包離開了廚房。

下午一點左右，遺物爭奪戰再度展開。亞耶子負責協調的工作，但她畢竟是瓜生家的繼室，似乎缺少了一點威儀。因此，實際上帶頭負責協調的是正清的妻子行惠。美佐子在一旁看，很顯然地，有價值的物品都落入了行惠的近親手裡。

「這下子，簡直不知道是誰的遺物了嘛。」亞耶子在美佐子耳邊低聲說道。

這時，有人怯生生地打開她們身後的拉門，和美探出頭來，她口齒不清地說：「有電話。」

「電話？誰打來的？」亞耶子問。

「這個嘛……」和美趨身向前，將臉湊近亞耶子的耳邊。美佐子聽見她說「警察」，不禁嚇了一跳。

亞耶子大概也吃了一驚，表情嚴肅了起來。

幾分鐘之後，她原本美麗的臉龐上面帶寒霜，回到大廳，她一溜煙地衝到行惠身邊。行惠正在思考該如何分配數幅日本畫。

「行惠，糟了。」亞耶子上氣不接下氣地繼續說道：「聽說正清先生被人殺死了。」

剎那間，屋內一片靜默。

第二章

箭

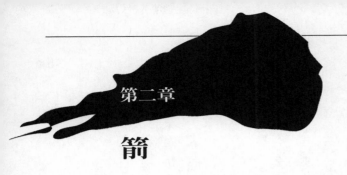

一

屍體以抱著墓碑的姿勢，倒在地上。

額頭破洞流出鮮血，警方推測應該是倒下時造成。屍體身上穿著藍色的運動服，這種打扮實在不適合出現在墓地。供奉在墓前的白色菊花散落一地，花瓣掉落在屍體腳邊。

和倉勇作看著銘刻在墓碑上的文字，心裡想：「死得眞慘！」

一個人無論地位再高，錢存得再多，還是避不開突然找上門的死亡；甚至連死法都完全沒有選擇的餘地。這個男人大概作夢也沒想到，他會以這種姿態結束人生吧。他應該是屬於那種想在臨終時身邊鋪滿黃金，在眾人的守護下往生的人。

警方已經查明死者的身份，他是UR電產社長——須貝正清。如果做一份問卷，調查誰是當地最有權勢的人，他肯定是能夠擠進前三名的大人物。

勇作心想，眞公平啊！死亡之前，人人平等。仔細想想，這可能是人世間唯一公平的部分。

「事情發生的過程整理如下。十二點到十二點十五分左右，他在社長室裡用簡餐，十二點二十分左右，吃完飯後換上運動服去慢跑。到這裡爲止，你也知道吧？」

刑事課長在一旁滔滔不絕。這個胖墩墩的男人平時工作談不上認眞，但這次的被害者是個大人物，他的態度到底和平常略有不同。

接受偵訊的是須貝正清的祕書尾藤高久。他瘦長的臉上鐵青一片，頻頻用手帕擦拭嘴角。尾藤對刑事課長的問題默默點頭。

課長繼續說道：「若是平常的話，他會在十二點五十分左右回公司沖個澡，下午一點鐘開始辦公……公司裡有淋浴室嗎？」

「就在社長室隔壁。」

「嘿，地位高的人就是不一樣啊。於是你一點鐘到社長室去，但須貝社長卻不見人影，是嗎？」

「是的。自從我在須貝社長手下做事以來，從來沒有發生過這樣的事。」

據尾藤所說，須貝正清習慣在每個星期三下午到公司的後山慢跑。然後一定會到途中的眞仙寺墓地一趟，掃掃須貝家的墓，也就是正清陳屍之處的墓。

「你等了三十分鐘，社長還不回來，於是你擔心地循著他慢跑的路線一路尋來，就發現他倒在這裡了，是嗎？」

「是的。我剛看到他的時候，以爲他心臟病發作了，沒想到……」

從尾藤的喉嚨細部的變化，可以知道他咕嚕地吞了一口口水。

勇作在一旁聽著，心想：「認爲須貝正清心臟病發作是合理的。」年踰五十的男人身穿運動服癱在慢跑的路上，任誰都會那麼想吧。

然而，尾藤應該馬上就發現他不是病死才對，因爲正清的背後插著正常屍體不可能會有的異物。

那是一支箭。

長約四十公分，粗細約直徑一公分，箭柄應該是鋁材質的金屬，箭尾裝了三根削成三角形的鳥羽。一支不折不扣的眞箭，就插在正清脊髓左側十公分左右的位置。

「有誰知道須貝社長習慣在星期三的午休去慢跑嗎？」

課長問道。尾藤搖搖頭。

「我不清楚。不過，我想應該有相當多人知道。」

「這很有名嗎？」

「嗯。其實在不久之前，經濟報曾經介紹過。」

尾藤說出那份報紙的名字。據說那份報紙明確地提到了須具慢跑的事，還刊登了眞仙寺的照片。

「搞什麼，那不就等於人人都有下手的機會了嗎？」

課長誇張地皺起眉頭。

「關於插在須貝先生背後的箭，你有沒有印象？」勇作問。他幾乎不抱任何期待，但尾藤卻皺起眉頭，用一種事態嚴重的口氣說：「關於這一點嘛……」

「你看過嗎？」

「嗯……我猜大概是那個。」

「那個，是指？」

「瓜生前社長的遺物。」

尾藤告訴刑警們，瓜生直明的收藏品中有一把十字弓。

「哇，竟然有那種東西，那可不得了。」

刑事課長一副亢奮的樣子，叫來一個屬下，命令他和瓜生家附近的派出所聯絡，請他們確認瓜生家的宅院裡有沒有十字弓。

「因爲弓不是隨處可見的東西，凶器大概就是這個了。」

大概是因爲出師告捷的關係，課長的聲音顯得雀躍。畢竟被害者是個大人物，他也想要在這件案子上多立點功吧。

不僅是課長，這個想法也影響了局長。局長目前應該正在防止外人進入破壞現場，並指揮警力地毯式地在眞仙寺周圍打聽線索。彷佛只要豎起耳朵，他那帶有特殊口音的聲音就會乘風鑽入耳膜。

然而，勇作的想法卻和這兩位上司不同。

「包含那把十字弓在內的遺物，現在是由誰在管理？」

勇作一問尾藤，他立刻給了一個明確的答案。

「前社長的長男瓜生晃彥。」

那正是勇作預料中的名字。

——瓜生晃彥……啊。

對他而言，這個名字具有特殊的意義。

勇作離開那裡，搜尋犯人留下的蛛絲馬跡，往屍體正後方而去。不遠處，有一面圍住墓地的水泥牆。牆的高度大約在勇作的胸部，還不至於妨礙犯人射箭。

牆的另一頭就是雜木林。勇作爬過圍牆，置身林中。這裡的空間並不如外面看起來那般狹小。然而，若是從那裡射箭，眼前的墓碑將會成爲阻礙，要瞄準須貝正清是不可能的事。於是他一面確認自己能夠看見目標，一面沿著圍牆移動。

結果他發現了一棵大杉木旁的空間。那裡距離目標大約十幾公尺，幾乎不會被任何事物阻礙，能夠筆直地瞄準須貝正清的背後。

勇作接著仔細觀察那裡的地面，明顯可見有人最近踏過的痕跡，地面有鞋子踏過後的凹洞。

「課長。」

勇作呼叫上司，讓他看這個狀況。

「原來如此。犯人很可能躲在這個地方。」

「這裡有圍牆擋著，如果蹲下來的話，從被害者的方向應該看不到吧。只要見機瞄準被害者的背後就行了。」

警部接受這個推論，高聲叫來鑑識人員，命令他們拍照存證並採集足跡。

勇作一會兒盯著鑑識人員作業，一會兒朝墓地望去，然後就地平舉起一隻手腕，將手掌比成手槍，讓食指瞄準目標，再對著刻有「須貝」的墓碑憑空想像出一個瞄準器，並將瞄準器向左移動。當「瓜生」兩字映入眼簾時，他停下了手腕的動作。瓜生家的墓也在一旁。

勇作有一種胃酸翻滾的感覺，彷彿胃裡被塞了一塊鉛，令他感到鬱悶。

勇作將比作手槍的食指對準「瓜生」兩字，扣下自己想像的扳機。

二

勇作還記得上小學時的事，父親牽著他的手，穿過小學的校門。入學典禮在講堂裡舉行，孩子們按照班級順序排排坐，家長們在後面的座位觀禮。

勇作的右邊是一條走道，對面是隔壁班級的隊伍。

臺上沒見過的大人一個接一個地走出來致辭。勇作看沒多久就感到無趣，在椅子上窸窸窣窣地挪動身體。

後來，他察覺有人在看自己，那道視線是從走道另一邊的隔壁班級傳來的。勇作往視線的方向看去。

那裡有一張見過的臉。

勇作還記得，坐在那裡的是在紅磚醫院遇見的少年。紅色毛衣、灰色圍巾、白色襪子，一切的一切都深深地烙印在他的腦海。那個少年搭上那輛大型的黑頭轎車，從勇作面前駛去。

——他也唸同一所學校嗎？

勇作瞪回去。然而，那名少年卻快速上下移動視線打量自己，然後將臉轉回前方，直到典禮結束都不曾再轉向勇作。

學校生活比勇作想像中的還要舒適愉快。他交到了許多朋友，學到了很多原本不知道的事情。如果隔天要遠足或運動會，他就會亢奮到睡不著覺。

大概是因爲他塊頭大，而且比較會照顧別人的緣故，勇作成了班上的領導人物。無論是玩躲貓貓，還是打尪仔標，分組或決定順序都是他的工作。對於他決定的事，沒有人會有意見。

第一次發下來的成績單上，漂亮地寫著一整排「優」。導師的評語欄裡，寫著讚美勇作「積極進取，具領導力」的評語。

不用說，父親興司自是爲勇作感到高興。興司看著成績單然後抬起頭來，一臉打從心裡感到佩服地看著兒子說：「了不起啊，勇作，你和我的資質眞是有如天壤之別。」

如此地過了一、二年級，升三年級的時候要換班級。在新班級裡不到一個月，勇作又成功地掌握了班上的主導權。不過，他並不是刻意要那麼做，而是當他猛一回神，事情已經自然而然地演變成那樣了。他當時的心情，簡直感覺地球是以自己爲中心運轉。

只有一件事令他心存芥蒂。不，或許該說是只有一個人令他耿耿於懷。

就是那個少年，那個入學典禮時，直盯著他看的少年。

有的人和自己明明毫無瓜葛，卻怎麼也不能無視對方的存在。即使對方不吸引自己，或和自己無怨無仇，但不知道爲什麼，只要一看到對方的臉，內心馬上就會掀起一陣波動。

對勇作而言，那個少年正是那樣的一個人。他們的班級不同，也不曾說過話，但當自己回過神來，卻發現眼睛已追著少年的一舉一動，而且那還不是想要和對方成爲朋友的正面情緒，而是屬於莫名覺得對方是個討厭鬼的負面情感。

說不定，那是受一股強烈的嫉妒所致。如同在紅磚醫院見到他的時候一樣，他的良好身世訴說著兩人生活環境的大幅差距。不過，那卻稱不上是勇作嫉妒他的眞正理由。勇作的身邊，有好幾個家世明顯強過勇作的孩子，但勇作對他們卻幾乎沒有感覺。

此外，勇作確定在意對方的不只是自己而已。像是當他在運動場上投球的時候，勇作也會突然感覺到有人在看自己，而當他靠直覺往投來目光的方向看去，幾乎都一定會和他四目相交。只要勇作瞪回去，對方就會別開視線。像這樣的事情發生了好幾次。

——眞是個討人厭的傢伙啊！

勇作每次都會這麼想，或許對方也有同感。

勇作從一、二年級同班的同學口中，得知他的名字，他叫做瓜生晃彥。剛聽到的時候，勇作覺得這眞是個矯揉造作的名字。

那個朋友還告訴勇作，瓜生晃彥的父親是一家大公司裡身居高位的大人物。然而，這樣事卻沒有導正勇作對他的負面印象，反而造成了反效果。

「他成績好嗎？」勇作問。

「超好的。」那個同學說。「每次老師上課點到他，他都能回答出正確答案，而且考試總是考一百分，是班上的第一名。說不定也是整個學年的第一名。」

「整個學年的第一名」這句話惹毛了勇作。當時，勇作就已自負自己是第一了。

「不過，他好像不是班長吧。」勇作說。就他的觀點而言，不管在哪個班級，成績最好的人一定是耀眼出眾。

「因爲瓜生沒有朋友，沒人推薦他。」

「是哦。這麼說，他不太受歡迎囉？」

勇作自己則在眾望所歸之下當上了班長。

「是啊，完全不受歡迎。他也不會和大家一起玩，老是擺出一副臭架子。」

這句話讓勇作感覺很受用。勇作和他倒沒有什麼深仇大恨，但一聽到有人說瓜生晃彥的壞話，他就會覺得很開心。

後來，勇作還是很在意他，時而感覺到他令人討厭的視線。時光就這麼流逝。四年級夏天，上游泳課的時候，兩人有了直接的接觸。

那天是那個夏天最後一次下水游泳的日子。五個班級舉行接力對抗賽。各班選出四名菁英，每人五十公尺，進行總計兩百公尺的競速泳賽。

當然，勇作獲選爲代表，他對游泳很有自信。他確定在至今的游泳課中，沒有人游得比自己還快，於是由他擔任最後一棒。

當勇作在起點跳臺後面等待的時候，他聽見了隔壁班同學的對話。那是瓜生晃彥的班級，他也在選手之列。從順序來看，他是第三棒。然而，他卻回頭對最後一棒的選手說：「喂，跟我換。」

「爲什麼？我們不是用猜拳決定的嗎？」最後一棒的選手說。

「少囉嗦，跟我換就是了。」

瓜生在四年級學生當中身材也算是高大的，再加上他的五官像個小大人，最後一棒的選手被他一瞪，馬上慌張地起身和瓜生換位置。

在一旁看著他們的勇作和瓜生的眼神對上，別開了視線。

泳賽終於展開。第一棒、第二棒相繼躍入泳池。當第三棒也入水之後，勇作站上起點跳臺，將口水抹在耳朵。

「和倉，拜託你了。」

勇作舉起手，回應同學的加油聲。

五名選手當中，瓜生他們班上的選手領先一個身長的距離，勇作班上的選手居於第三。勇作確定，他能扭轉頹勢，自己馬上就能超越瓜生這種傢伙……

然而，卻發生了勇作意想不到的事。第三棒明明領先回來，身爲最後一棒選手的瓜生卻沒有意思跳入水中。加油席上傳來「你在搞什麼啊」的叫聲。

不久，勇作班上的選手也回來了。他一接棒，立刻躍入水中，他掌握了絕佳的跳水時機！

勇作快速地以他自信的自由式划水前進。他認爲自己應該已經領先，並確定可以一個人遙遙領先，抵達終點。

但是當他在二十五公尺處正要折返，卻看到了無法置信的景象——有人游在自己的前面。那個水道是……瓜生！

——不可能！他明明應該比我晚下水的……

勇作卯足全力划水。然而，當他抵達終點，從水中探出頭來時，卻看到瓜生已經脫下泳帽的身影。瓜生發現到他的視線，微微咧嘴一笑。

勇作第一次看見瓜生的笑。如果勇作是國中生的話，他心裡大概會浮現「嘲笑」這一個字眼吧。

瓜生的笑容似乎在對勇作說：「你少自以爲是了！」

勇作意識到，瓜生是故意那麼做的。瓜生從一開始就打算讓勇作成爲笑柄，才會強行和同學換最後一棒，還故意晚下水，讓勇作難堪。

勇作懊悔到差點流下淚來，於是將臉再度潛入水中，然後咬緊牙根。

剛才觀賽的同學們的讚美，證實了瓜生比賽時的泳技何等高超。

有人說他的手臂舞動有如風車，有人則說他如魚般地在水中穿梭，他們說的大概都是眞的吧。

那天之後，勇作鬱悶了好一陣子。他只要一發現瓜生的身影，就會下意識地掉頭就走。他討厭那樣的自己。

他當時沒發現，那是自己第一次嘗到自卑的滋味。相對地，他察覺到原來莫名地認爲他是個討厭鬼的心情，明確地變成了一種憎恨。

「總有一天我要擊敗你！」

他下定決心。

隔年春天升上五年級時，兩個人進了同一個班級。

勇作升上五年級之後，果然還是班上的領導人物。那時候，同學年的同學當中，和倉勇作這個名字幾乎無人不知，無人不曉，所以在班長的選舉中，勇作也以壓倒性的支持率當選。

在學業成績方面，勇作也從來不曾感到不安。無論是數學或國語，他都覺得很容易。聽老師講課就像在聽老年人憶當年般簡單易懂，而當老師點到他回答問題，他也能夠應答如流。當他看到同班同學分數的加法弄得焦頭爛額時覺得很不可思議，他不懂爲什麼他們連這麼簡單的東西都不會呢？

——看來我在這個班上也是第一名啊！

才剛升上五年級不久，勇作就很自負地這麼想。

但過沒多久，他就發現到這不過是個天大的誤會，而讓他的自信破滅的也是瓜生晃彥。

兩個人同在一個班級之後，勇作對瓜生在意了好一陣子，但後來他發現瓜生和從前的同學說的一樣，是一個不起眼的人。他沉默寡言，又老是和眾人保持距離。課堂上，他也不會像勇作一樣踴躍發言。一到下課時間，幾乎全班同學都會衝到校園裡玩，但他大多在位子上看書。他好像也沒有比較親近的朋友，讓人摸不清他到底是個什麼樣的人。

只不過，他依舊會從遠方對勇作投以冰冷且不懷好意的視線；而勇作也很在意他的動作。換句話說，兩個人雖然不會想要去接近對方，卻總是注意著對方的一舉一動。

第一次月考之後，勇作才知道瓜生的實力。那次考試，老師公佈勇作和瓜生都考滿分。勇作驚訝地看著他。瓜生用手托著腮幫子，一臉幹嘛發表那種無聊事情的表情。

自從那之後，勇作總是在意著瓜生的成績。他想要知道這個令人摸不清底細的對手眞正的實力。兩個月左右後，勇作清楚地明白了這點。

瓜生晃彥的學習成績出類拔萃，或者可以說是鶴立雞群。不管是考試、回家作業的習題冊，還是任何一個科目，就勇作所知，從來沒有一題瓜生解不出來的問題。他的回家作業總是做得完美無缺，考試也幾乎都滿分。勇作雖然沒有拿過低於九十分的分數，但幾次當中就會有一次因爲粗心而出錯。有時候，老師會故意出考倒小孩子的問題，這時勇作也只好舉手投降，但對瓜生而言卻像是小事一樁。另外，像是填入歐洲地圖和各國首都的問題、聽寫出「啓蟄」（註）這個國字、解數學方程式，他都是一臉無趣地快速解題，而且答案正確無誤。

他厲害的還不只是讀書，不管要他做任何運動，他都能夠安然過關。所謂的「安然過關」，其實只是他裝出來的。他給人一種只要他認眞去做，就能跑得更快、跳得更高的感覺。彷彿要他爲這種無聊透頂的事情全力以赴，是一種愚蠢可笑的行爲。

在各方面都大放異彩的瓜生，在合群方面卻是徹頭徹尾的劣等生。他並不會給人添麻煩，但也完全不會想要與眾人同樂，或和大家打成一片。當以班級爲單位要做什麼活動，他也只是早早把自己負責的部分做完，對他人的工作完全視而不見。然而，他負責的部分卻完美無缺到卓絕超倫的地步。

「我討厭和瓜生在一起。」這麼說的學生漸漸增多。

「他以爲自己的成績不錯，就跩個二五八萬的。」

「和倉，你可別輸給那種人唷！給他點顏色瞧瞧！」

勇作身邊的朋友們說。大家都無法忍受瓜生不把人放在眼裡的態度。

不過，最看瓜生不順眼的則是勇作。

至今爲止，勇作幾乎不曾落在人後。不管讀書、運動、繪畫或書法，他總是樣樣得第一。當然，成績的背後有他付出的努力。而他辛辛苦苦才到手的第一名寶座，卻讓瓜生哼著歌輕輕鬆鬆地奪走。

就像那次的游泳大會一樣。瓜生贏得比賽，卻一臉這種小事一點也不值得高興的態度，簡直就是故意要惹毛勇作。

「你怎麼了？最近很沒精神耶。」

幾個同學越來越常這麼對勇作說。聽到這樣的話，勇作感到很意外。他從來沒想過，別人會對自己說出同情的話語。

「沒什麼啦。我也有情緒低落的時候。」每當這個時候，他就會故意高聲地說。

要消除這股窩囊氣，除了凌駕瓜生之外別無他法。勇作放學回家之後，只要一有時間就坐在書桌前用功讀書。休息時間就跑步、做伏地挺身。他學會了怎麼畫世界地圖、會背誦星座、閉著眼睛也能吹直笛、永字八法寫得端正秀麗，而且認識了所有常用漢字。

然而，他越努力想要縮短和瓜生之間的差距，差距之大卻越是清楚可見。勇作開始感到焦躁，常常坐立難安，而且經常遷怒朋友。

有一天，發生了一件事。

事情發生在討論如何管理花圃的時候。勇作和平常一樣擔任主席，主題是該如何解決班上照顧的花圃最近荒蕪的問題。勇作的工作是在同學各自發表意見之後，再加以彙整。

其實，勇作最近對班會也開始感到棘手。他站在講台上俯看大家時，眼角餘光總會不經意地

註：啓蟄。今做「驚蟄」。二十四節氣之一。在陽曆三月五日或六日，此時正值春天，氣溫回升，蟄居的動物驚醒，開始活動，故稱爲「驚蟄」。

掃到瓜生。不但如此，勇作還非常在意瓜生用何種眼光看待自己。

——明明什麼都不如我，還敢擺出一副老大的架子。

勇作猜想著，瓜生此時是不是正在這麼想呢？而勇作從來不曾有過這麼自卑的想法。

勇作一面讓同學進行討論，一半的心思卻放在瓜生身上。他非常在意瓜生的一舉一動，但絕對不正眼瞧他一眼。

「那麼，照顧花圃的順序就這麼決定。不過，負責的人再怎麼巡視，要是沒有認眞照顧的話就沒有意義了。有沒有辦法解決這一點呢？」

事情大致抵定之後，勇作說。他認爲，像這樣提出新的問題也是主席的工作。這個時候，勇作看見瓜生在打哈欠，他閉上嘴巴之後轉頭看著窗外。勇作從他身上別開視線，又問了大家一次：「有沒有人有意見？」

大家提出幾個意見，卻始終沒有定論。於是勇作說：

「這麼做如何？我們製作一本記錄本之類的東西，將澆過水了、拔過草了記錄在上面。如此一來……」

勇作看到瓜生的表情，話講到一半停了下來。瓜生用手托著下巴，歪著嘴角笑著，是那種笑容，游泳時的笑。

那一瞬間，勇作壓抑在心中的情緒爆發了。他從講台上衝下來。

大家才正感到驚訝，他已經衝到了瓜生的桌前，握緊了拳頭猛力往桌子捶下去。

「你如果有話想說，就明講！你有意見對吧?!」

然而，瓜生卻一臉搞不清楚發生了什麼事的表情，依然用手托著下巴，定定地盯著勇作的臉。

「我沒有意見呀。」

「你騙人！你明明就瞧不起我。」

「瞧不起你？」

瓜生哼一聲地把臉轉向一旁。勇作一看到他的這個動作，腦子還來不及思考，身體就已經先採取動作了。他抓住對方的手腕，使出全力將他拉起，於是瓜生連人帶椅摔在地上。勇作騎在他身上，雙手揪住他的領口。

「住手！你們在做什麼?!」

當身後傳來班導的聲音時，勇作感覺屁股騰空。下一秒鐘，勇作背部著地給人摔在地上。

當勇作起身，瓜生正在拂去衣服上的灰塵。他低頭看著勇作，小聲但清晰地說：「你是不是腦袋有問題啊？」

這場架在校園裡的一部分人之間傳開了。當勇作帶著班導的信回家時，父親興司氣得滿臉通紅。班導在上面寫著勇作在學校裡的行爲，並請父親簽名。

「你說爲什麼？」興司說：「爲什麼要做出那種事情？」

勇作沒有回答。表明內心的想法，就像是在暴露自己的軟弱，這令他感到害怕。

父親的憤怒久久不見平息。勇作做好了心理準備，說不定自己會被攆出家門。

然而，當父親讀完老師的信之後，他的表情有了一百八十度的大轉變。他從信抬起頭來，問兒子：「跟你打架的瓜生，是瓜生工業老闆的兒子嗎？」

「是的。」勇作回答。UR電產當時叫做瓜生工業。聽到兒子的回答，興司皺起眉頭，從茶櫃裡拿出鋼筆，默默地在信上簽名，然後低聲地說：「別做蠢事！」

勇作完全不明白，爲什麼父親的怒火會快速熄滅。

自從這件事情以後，勇作變了。他不再在人前出頭，也不再表現得像個領導人。他只是不停地思考，如何打敗瓜生。

兩人在那之後，持續了好幾年這樣的關係。

三

縣警總部派來的搜查一課刑警、機動搜查隊、鑑識課員抵達了命案現場，重新地毯式地進行現場搜證，並調查勇作發現的射箭場所。

須貝正清的妻子行惠和兒子俊和也一起出現，負責向他們聽取案情的是搜查一課的刑警。另一方面，縣警總部也已經派了三名刑警前往公司。董事們應該已經知道命案的事，此刻一定正齊聚一堂，煩惱如何善後。

同時，縣警總部的刑事調查官（註）正在勘驗屍體，勇作也在人群中做著筆記。統和醫科大學法醫學研究室的副教授也參與驗屍，提供意見。經過初步的調查之後，發現了一個令人意外的事實，須貝正清似乎是死於中毒。

「中毒？」一名刑警發出不可置信的聲音。「中什麼毒呢？」

「這還不清楚。因為似乎引起了呼吸麻痺，可能是一種神經毒。箭上面恐怕有毒。」長相溫文儒雅的副教授用慎重的口吻說道。

屍體被送至指定大學的法醫學教室，進行司法解剖。這時社會記者蜂擁而至，隨處可見記者抓著認識的刑警，死纏爛打地試圖問出內情的情景。

「和倉。」

驗屍完畢時，刑事課長叫住勇作。勇作一跑到他身邊，他馬上命令勇作之初去瓜生家一趟。勇作聽到瓜生兩個字，心跳微微加速。

「調查十字弓的事嗎？」勇作問。

「嗯。用來犯案的凶器，似乎就是直明先生的遺物沒錯。聽說他們去查看的時候，十字弓從原本用來保管的櫃子裡消失了。」

「是犯人拿走的嗎？」

「應該是吧，你馬上去向關係人問話。不過，關係人的人數眾多，還有幾個刑警會去。此外，鑑識人員應該也會去。」

「我知道了。」

「噢，對了。你今後會跟搜查一課的織田警部補一組，要聽從他的指示行動。」

課長手指的地方站了一個身高恐怕有兩公尺的彪形大漢。他身著灰黑色西裝，頭髮向後梳，

註：日文俗稱「檢死官」，也就是台灣警察系統中的「驗屍官」。

年齡看起來和勇作相仿，但對方的職位比勇作高了一階。

「好的。」勇作回答，到織田身邊打了聲招呼。織田的眼窩凹陷，充血的雙眼轉了一圈，俯視勇作。

「你先保持安靜，這是我的第一個指示。」

織田警部補用一種低沉、沒有抑揚頓挫的聲音說道。勇作的眼神一和他對上，立刻告訴自己要冷靜。

「如果沒有必要開口的話，我自然會保持安靜。」

他們開勇作的車前往瓜生家。織田縮著一雙長腿，坐在副駕駛座上，一面在記事本上寫東西，一面在嘴裡喃喃自語。

勇作手握方向盤，想著瓜生晃彥的事，等一下說不定會見到那個男人。這麼一想，就無法壓抑住心裡的不安，但不可思議的是，心中湧起了一股類似懷念的心情。勇作察覺到這一點後，感到一陣困惑。

對勇作而言，瓜生晃彥之所以令他在意，並不只是基於課業和運動上的強烈競爭心，而是還有另外一個特別的原因，事情發生在小學畢業的時候。

畢業典禮和入學典禮一樣，在同一間講堂舉行。所有學生和入學那天一樣依序排列，各自從校長手上接過畢業證書。講台的後面貼著一面國旗，大家依照平常的儀式，看著國旗，口唱驪歌。

勇作的父親沒來，但有不少畢業生的父母出席。父母帶著小孩向班導打招呼。

等到大家開始散去，瓜生晃彥的父親才出現。車子停在正門前，從車上下來一個身穿咖啡色西裝的男人，感覺不像是來參加畢業典禮，而是單純來接小孩子回家。

這個時候，勇作的班導跑了過去，他的臉上堆滿了笑容，微微欠身地對身穿西裝的男人說話，和對待其他人父母的態度簡直是天差地別。

勇作停下腳步看著他們，身穿西裝的男人也正好將臉轉向他。勇作看到他的臉後有點錯愕，覺得好像在哪見過他。等到車子留下廢氣揚長而去之後，勇作才想起來他是誰。

絕對沒錯，那個男人是紅磚醫院的早苗去世時到家裡來的人。那個和父親長談，回去時還摸摸勇作的頭的紳士——

——為什麼那個人會是瓜生的父親？

勇作愕然地目送車子離去。

但是勇作也想起了一件事。仔細一想，勇作和瓜生晃彥第一次見面，也是在那間和早苗留下共同回憶的紅磚醫院。

——難道瓜生父子和早苗的死有關嗎？但那會是怎麼樣的關係呢？

這個疑問，使得瓜生晃彥成了勇作心中更為重要的一個人。

從命案現場眞仙寺到瓜生家，以一般車速開了十五分鐘。先到達的刑警和鑑識課員們從大門進入，正往前門而去。勇作將車停在門前，跟在他們身後。

站在最前面的是縣警總部的西方警部。他的身材不高，臉也不大，但端正的姿態卻讓人感到有如組長一般的威嚴。

出來玄關相迎的是一名四十多歲的美麗婦人，名叫瓜生亞耶子，似乎是瓜生直明的妻子。勇作很清楚，她是直明的續絃。

「放十字弓的房間在哪裡呢？」西方問。

「二樓外子的書房。」亞耶子回答。

「我聽說親戚都聚集在府上，是嗎？」

「是的。因爲我們在整理外子的遺物……他們現在都在大廳。」

「打擾了。」西方脫下鞋子，其他刑警也相繼脫鞋，但西方卻看了屬下們一眼，下令說：「織田跟和倉，還有鑑識人員和我一起到書房來。其他人去大廳，一個個地問話。」

於是亞耶子喚來女傭，要她帶織田和勇作之外的刑警到大廳。亞耶子領著勇作他們，走上一旁的樓梯。

一上二樓，是一條長長的大走廊，兩側是一扇又一扇的門。走廊盡頭好像是露臺，看得見青空。當亞耶子要打開眼前的門時，織田制止她，自己動手打開。

「這裡就是外子的書房。」亞耶子說。

西方一走進去，馬上發出驚嘆：「好大啊！」勇作也有同感。這間書房比他現在租的整間公寓套房還要大上許多。

亞耶子指著放在牆邊的木櫃，說明裡面原本放著十字弓。織田在這裡也戴著手套開門，櫃子裡排放著槍和刀劍等古董。

西方命令鑑識課員採集指紋，帶著亞耶子走到窗邊，以免干擾他們工作。

「有誰知道這裡有十字弓？」

西方問。但，亞耶子一臉不知該如何回答是好地歪著頭。

「前天是外子的七七，所以我想大部分出席的人應該都知道。」

「哦？這話怎麼說？」

「其實……」

據亞耶子所說，晃彥七七那天晚上讓大家參觀直明的收藏品。而今天親戚們之所以齊聚一堂，似乎也和那件事情有關。

西方微微低吟，然後問：「那麼，夫人最後一次看到十字弓是什麼時候？」

「我最後一次看到是昨天晚上，不過我想今天早上應該還在書房裡。我唸大學的兒子出門前，還告訴我爸爸房裡的十字弓沒收好。大概是昨天將藝術品移到樓下的時候誰拿出來的吧。於是我要美和——一個年輕的女傭將它收好。」

「那是什麼時候呢？」

「客人來家裡之前……我想是九點半左右。」

「妳發現十字弓不見了是什麼時候？」

織田首次開口。

「剛才。巡邏員警到家裡來，說是聽說我家有把十字弓，要我讓他確認一下。」

「妳今天也到這間書房裡好幾趟嗎？」

「沒有，今天都忙著招呼大廳裡的人……」

「有沒有其他人來過這間房間？」

「這個嘛……」她側首思考。「今天應該沒有人會有事到這裡來才對……我來問問女傭或兒子的太太，說不定她們會知道點什麼。」

勇作對「兒子」這兩個字有了反應，兒子指的是瓜生晃彥。既然提到太太，他應該是結婚了。勇作心想：「看來自己這一點也輸了。」他至今還是單身。

「今天到府上來的，只有聚集在樓下大廳的人嗎？」

「不，那個……」

據亞耶子所言，除了聚集在樓下的女人之外，她們的丈夫中午之前也來看過遺產分配的情形。雖然他們待在這間屋子裡的時間很短，但要趁機溜進這間房間並非難事。

「其中有沒有人帶包包呢？」

這是勇作提出的第一個問題。「包包……嗎？」亞耶子露出困惑的眼神。

「大包包，紙袋也行。」

然而，她卻搖搖頭。「我不太記得了。」

「是嗎。」勇作沒有繼續追問。他指的是用來裝十字弓的包包或紙袋，犯人不可能光明正大地帶走十字弓。

西方好像察覺到勇作的想法，說：「這件事應該也問問其他人比較好吧。」

織田接著問進入這間書房的路線，得知第一個方法是從一樓的樓梯上樓。

「另外是不是也可以從外面直接進來呢？我剛才好像瞄到一道屋外的樓梯。」

「是的，的確有。走廊盡頭的露臺上，有一道通往樓下的樓梯。」

勇作他們跟在亞耶子身後，來到走廊上。一打開鑲嵌玻璃的門走出露臺，低頭可見一道通往後院的樓梯，從後院很快就能到後門。

「還有這種方法啊。」

西方警部自言自語地說了一句，然後問亞耶子：「這扇玻璃門現在上了鎖，誰有鑰匙？」

「我，和我兒子。」她回答。

「兒子是指？」

「長男晃彥。」

「哦……」

西方摸摸下巴上沒剃乾淨的鬍渣。「公子今天當然是在公司裡吧？」

「他是去上班了。不過，不是去公司。」

「他不是在UR電產上班嗎？」織田問。

「不是。他說不想繼承父親的事業……現在在統和醫科大學的腦神經外科當助教。」

勇作的胸口感到一陣抽痛，腦外科醫生……

「領域差很多耶。」說完，西方問：「命案的事，跟那位公子聯絡了嗎？」

「聯絡過了。他說他馬上趕去須貝先生那裡。」

「原來如此。」

來二樓的目的幾乎達成了，勇作他們也下樓進入大廳。四名刑警分成了兩組，各自向七、八個關係人問話。西方一度集合屬下，扼要地告訴他們亞耶子說的話，要他們按照那些資訊發問。

西方等到他們各自再度回到崗位，問亞耶子：「目前在這個家裡的，只有這些人嗎？」

她環顧大廳，然後說：「還有兩個女傭，她們大概在廚房裡吧。噢，還有我媳婦。她說她身體不太舒服，回別館去休息了。」

「別館嗎……？她的身體有不舒服到不能接受我們詢問的地步嗎？」

「不，我想應該還不至於。」

西方點頭，命令織田和勇作去別館問話。

「不過，你們要注意別造成少夫人的負擔。」

西方之所以補上這麼一句，絕對是因爲感受到瓜生這個姓氏的份量。

從主屋穿過庭院直走就是別館。織田大步前進，勇作緊跟在後。比起西方在的時候，織田更顯得抬頭挺胸。

不過說是別館，其實和一般住家沒有什麼不同。有門廊，裡面還有一扇西式的大門。織田按下門旁的對講機按鈕，聽見一個年輕女性應門的聲音，織田報上自己的身分姓名，於是從對講機傳來：「好的，我馬上開門。」

不久，大門打開，出現一名身穿白色毛衣，身材頗爲高眺的女人。

「打擾妳休息，不好意思。我姓織田，隸屬於縣警搜查一課，這位是島津警局的和倉巡查部長。」

經織田一介紹，勇作低頭問了聲好，然後抬起頭來，再次看著對方的臉。勇作腦中閃過一個念頭，爲什麼眼前的女人要那麼驚訝呢？

但是接下來換成勇作感到驚愕了。

——小美……

勇作吞下差點脫口而出的叫喚。

四

晃彥回到家裡已經七點多了。當時親戚和員警已經離去，家裡總算安靜下來，可以好好吃頓飯了。亞耶子要晃彥夫婦今晚一起吃飯，所以美佐子也在主屋的餐廳裡。弘昌也放學在家，瓜生家好久不曾全員到齊吃飯。

晃彥繃著一張臉，上了餐桌也不打算主動開口說話。不過，當亞耶子問他須貝家的事，他還是回答道：

「親戚幾乎都跑到那裡去了，家裡也全是公司的同事。媒體記者聽到消息，也來了一大堆。俊和是回家了，可是我想他一個人要應付一群人太辛苦了，所以就幫他打電話到處聯絡。」

「是嗎，辛苦你了。」亞耶子說。

「不過話說回來，到底是誰做出那種事情呢？」

弘昌謹愼地開口。不知道是不是因爲命案令他頗受打擊的關係，他幾乎沒什麼胃口，早早就放下了刀叉，光是喝水。

「再過不久就會水落石出了，警方沒那麼沒用。」

晃彥不停地轉動脖子，以消除疲勞。

「刑警先生好像在懷疑今天到家裡來的親戚。」園子說。

「不可能的。」亞耶子看著女兒，像是故意講給她聽地說道：「犯人用的好像是我們家的十字弓，警方只是想要弄清楚十字弓是什麼時候被偷的而已。」

「可是小偷不限於從外面進來的人吧？」園子毫不退讓，「屋裡的人要偷豈不是更簡單？」

「妳的意思是哪個親戚偷的囉？偷了要做什麼？阿姨她們可是都沒踏出這間房子一步唷。」

「也可以偷走之後，再交給其他人啊。白天的時候，家裡來了一大堆阿姨，對吧？」

「園子！」亞耶子喝斥道：「妳不要亂說！」

園子雖然遭到斥責，但對她似乎不起作用。她閉上了嘴，微微上揚的纖細下顎卻露出反抗的神態。

「不過……還眞是厲害。」弘昌隔了一會兒之後說道：「居然眞的有人想要用那把十字弓殺人耶。說不定是有人昨天看到了那把十字弓，靈機一動想到的。」

「弘昌……」

亞耶子這次卻沒有出聲喝止。的確就像弘昌說的，犯人可能是昨天看到十字弓才起了行凶的念頭。換句話說，犯人是親戚裡的人。

美佐子瞄了晃彥一眼。她的丈夫默默地嚼著食物，彷彿沒有聽到這段對話。

那天晚上上床後，晃彥依然持續沉默著。他閉著眼睛，但從他呼吸的頻率可以知道他還醒著。不管發生什麼麻煩事，眼前的丈夫總是獨自思考，在妻子還不知情時就把問題解決了。

美佐子關掉床頭燈，向晃彥道晚安，他也用唇語回了聲晚安。

美佐子在一片漆黑中閉上眼睛，卻睡不著，今天實在是發生太多事情了。一次承受太多打擊，弄得身心俱疲，但這種疲勞感反而令人無法入睡。

不過，她睡不著的眞正原因卻不是正清遇害，或許是因爲在那之後出現的那個男人，兩名刑警的其中之一。

和倉勇作，美佐子至今仍然深深地記得他的名字，恐怕一輩子也忘不了。

美佐子回憶起十多年前的往事。當她還在唸高中時，三月中旬，父親壯介發生意外，住進上原腦神經外科醫院。醫院裡的櫻花正含苞待放。

她幾乎每天放學回家都會順道去醫院探望父親。壯介的身體情況並沒有必要時時去探望，但反正回到空無一人的家裡也是無聊，所以她反而喜歡在四周充滿綠意的紅磚醫院裡散步。

她在醫院的院子裡總會遇到一位青年。對方身穿黑色學生制服，穿梭在樹木間信步而行。他的五官有些粗獷，有種憂鬱的氣質。美佐子剛開始遇見他的時候，總是避免和他四目相交，快步和他錯身而過。漸漸地，她開始用眼神向他致意；不久後，她便期待與他見面。偶爾一、兩次不見他的身影，美佐子就會在醫院建地內繞圈圈。

後來他先向美佐子搭話。兩人一如往常地點頭致意後，他問美佐子：「妳家人住院了嗎？」美佐子當時好像回答「我父親住院，但沒有什麼大礙」，然後兩人找了一張椅子並肩而坐，互相自我介紹。他說：「我叫和倉勇作，就讀縣立高中三年級。」那所高中在縣內也是排前幾名的明星學校。

「那麼，你四月之後就是大學生了？」

美佐子一問，他自嘲地笑了。

「我也希望如此，但遺憾的是我得重考。我只報考一間大學，落榜了。」

「是哦……」

美佐子心想：「自己眞是哪壺不開提哪壺。」雖然他唸的是一間好學校，但不見得就一定會考上大學。

「你家是誰住院了嗎？」

美佐子想要改變話題地問道。他搖搖頭。

「我家沒有人住院。只不過這間醫院對我而言是個充滿回憶的地方，所以我經常放學後都會過來。」

「這樣啊……怎麼樣的回憶呢？」

「這個嘛……」

和倉勇作微微蹙眉，一副思考該怎麼解釋複雜的事情才好的表情。美佐子覺得有點不忍心，於是對他說：「如果不方便講的話就算了。」

「不，不是不方便講。其實，我很久以前曾經喜歡過一個在這裡住院的女人，那時候經常到這裡來玩。可是那女人後來死掉了……」

他說到這裡，臉上浮現一抹落寞的笑。「嗯，大概就是那麼回事。」

「嗯。」美佐子點頭。雖然他說的話讓人摸不著頭緒，但她覺得並不好進一步深究。更何況，那一天是第一次和他說話。

後來，兩人幾乎天天在醫院的院子裡碰面，兩人有著聊不完的話題。他們對音樂的喜好，幾乎契合到令人不敢相信的地步。當他們互相傾訴未來的夢想時，感受到一種之前和朋友聊天時不曾有過的興奮感。美佐子和勇作出生的家庭都不富裕，他們就和一般的高中生一樣，從流行以及演藝圈相關的話題，聊到了未來的現實問題。

「我明年一定會考上！」

畢業典禮結束那天，勇作高舉雙臂說。他的右手中握著裝有畢業證書的圓筒。

「你明年也要考統和醫科大學嗎？」美佐子問。

「當然囉！」他斷定地說。美佐子已經從勇作的口中得知，他夢想成爲醫生。

大概是因爲美佐子那一陣子的心情很好的緣故，母親波江和學校的同學都對她說：「妳這一陣子好像心情很好耶。」親近的好友果然觀察入微，揶揄地問：「妳是不是交了男朋友呀？」美佐子笑著否認，但「男朋友」這三個字卻帶給她一種至今不曾有過的新鮮感。

父親出院之後，兩人開始展開非常一般的約會模式，在附近的公園散散步，或到咖啡店裡坐坐，有時候去逛逛街、看看電影。勇作是重考生，應該沒有空玩，但三日不見美佐子他就會感到萬般思念。

勇作常常打電話到美佐子家裡，她父母不久就知道了兩人在交往。美佐子邀他到家裡來過一次，介紹給波江認識。波江對他的印象似乎不壞，因爲以考上醫學系爲目標的理想掩蓋了重考生這個缺憾。而勇作父親的工作是警官，更令波江感到放心。

「你們要適可而止。」

勇作回家之後，波美叮嚀美佐子。

在那之後，兩人依舊進展順利。他們夏天去了海邊游泳。那一天，回家時間有點晚了，勇作送美佐子回家，路上經過一個小公園時，美佐子看到勇作停了下來，也跟著停下腳步。她心裡有一個預感，果然不出她所料，勇作吻上了她的唇。美佐子感覺自己像是在作夢，卻還是想著「被他抓住的手腕好痛」之類的現實的事情，這是個值得紀念的初吻。

兩人在甜蜜中渡過夏日，然後秋去冬來，聖誕節那天，美佐子提議兩人暫時不要見面。

「我希望你集中精神準備考試嘛。」她說。

「妳別看不起我，我才不會連續落榜兩次。」

話雖如此，勇作還是答應她暫時不要見面。

美佐子絲毫不擔心勇作會考不上大學，反而是她再過不久就要升上高三，是該將心神放在考試上了。就她自己分析的結果，勇作再怎麼樣也不可能考不上統和醫科大學。

然而……

這世上就是有那種令人無法置信的楣運，正好就讓當時的勇作遇上了。考試當天早上，他的父親因爲腦溢血倒下了。

他父親昏睡了幾個小時，勇作在廚房裡守著父親，直到醫生來了爲止。勇作認爲不要動父親比較安全，他的處理方式是正確的。

他父親是因爲高血壓而昏倒的，據說是比較輕微的腦溢血，只是在他醒來後，身體的右半部幾乎癱瘓，而且話也講得不清不楚。這件事使得勇作失去了第二次應考的機會。

「人生還眞是諷刺啊！」

等到這場風波平靜下來，美佐子和他見了面。當時，他皺著眉這麼說道：「我希望進入醫學系唸腦外科，沒想到卻因爲我父親腦溢血而粉碎了這個夢想。」

「你可以明年再考呀。」美佐子說，「因爲這點小事就垂頭喪氣，眞不像你。」

勇作定定地盯著她的臉，苦笑道：「我居然淪落到要妳替我加油打氣。不過，妳不用擔心。我不會就此一蹶不振。只不過，我不能再像去年一樣，當個悠哉的重考生了。畢竟，我父親幾乎不可能再回去工作了。」

美佐子心裡在想：「啊，是嗎？」勇作沒有母親，所以只能由他照顧父親。

「如果我能幫上忙就好了。」

「放心，我會想辦法的。妳今年也要忙著準備考試，不用擔心我。」勇作開朗地說，然後補上一句：「不過，謝謝妳。」

但實際上，勇作卻無計可施。他從四月起開始打工，過著白天工作晚上唸書的生活。此外，還得抽空照顧父親，他忙到連和美佐子見面的時間都沒有。雖然他會在週末夜裡打電話給美佐子，但他從話筒中傳來的聲音卻明顯地比以前還沒精神。每當美佐子問他：「你很累嗎？」勇作就會回答：「有一點。」要是以前的他，絕對不會承認自己很累。

到了夏天，美佐子好一陣子沒見到他，差點認不出他來。勇作曬得比體育社員還黑，而且瘦了好幾圈。不知道是不是因爲睡眠不足的關係，兩隻眼睛紅通通的。

兩個人在百貨公司頂樓的一個小遊樂場碰面，他們坐在椅子上看著許多孩子玩耍，舔著霜淇淋。

「書唸得如何？」他問。

「唸是唸了，但不知道效果如何。」

「美佐子一定沒問題的。」勇作中氣十足地說。然後盯著她的眼睛說：「加油唷！」

「嗯，我會的，我們要一起加油唷！」

聽到美佐子那麼說，他應了一句：「是啊。」然後將目光轉向在玩耍的孩子們。

美佐子事後才想通他心裡在想什麼，他當時來見美佐子，肯定是心裡下了一個決定，然而他卻沒有將那個決定說出口，這當然是爲了美佐子著想吧。

隔年三月，他說出了心中的想法。當時兩人見面是因爲美佐子想要告訴勇作，她考上了理想中的大學。約會的地點是兩人第一次邂逅的地方，也就是紅磚醫院的建地內。

「恭喜妳。」他開口的第一句話就是祝賀她考上。

「謝謝你，接下來就等你放榜了。後天嗎？」

美佐子說完後，勇作先是低下頭，然後再抬起頭來看她。

「其實，已經放榜了。」

「咦？」她側首不解，心中閃過一抹莫名的不安。

「我四月要去唸警察學校，我要當警察。」

「警察……」

美佐子複誦了一次他的話，卻不懂他話中的意思。她一心以爲，勇作報考的是統和醫科大學，目前正在等放榜結果。

「我沒有要騙妳的意思。可是我認爲不能影響妳考試，所以才會瞞妳瞞到現在。」

「你什麼……你什麼時候決定的？」

「我去年決定的，考試是在秋天。我父親變成那個樣子，我只好去工作。再說，我也想不到其他工作。」

「你好過份，至少要跟我商量呀……」

美佐子心中湧上一股熱意，淚水奪眶而出，勇作的臉漸漸糢糊。

「對不起，我不想影響妳的心情。」

美佐子搖搖頭。「我原本以爲我們可以一起上大學的。」

「是啊，我也想。」他接著說：「今後我們要分道揚鑣了。」

美佐子驚訝地看著勇作。「你的意思是，我們不要再見面了？」

「是不能再見面了。」勇作點點頭，「我必須受訓好一陣子，才能成爲獨當一面的警察。我得住在宿舍裡好幾個月。而且……我們將會生活在兩個截然不同的世界。」

「我不要，我不想離開你。」

美佐子握住勇作的手。他目不轉睛地盯著她的手說道：「要不要走一走？」然後站起身來。

兩人離開醫院，在附近一帶散步，經過公園、商店街，來到堤防。一路上，美佐子一直握著他的手，深怕一放手，他將就此離去永不回頭。她的眼中含著淚水，讓擦身而過的人都回頭看他們兩人。然而，勇作卻似乎毫不在意路人的眼光。

不知不覺間，來到了勇作的家門前。他回頭對美佐子說：「今天我爸不在家。他去一個親戚家，那個親戚在我就讀警察學校的期間會照顧我。」

他強調地說道：「所以現在家裡沒人。」美佐子知道他的意思，問道：

「我可以進去嗎？」

「家裡很亂就是了。」他回答。

美佐子第一次到他家。勇作的房裡有他的味道。書桌、書櫃、音響和海報等擺設都和一般學生的房間沒兩樣。然而，他卻得步上另一條不同的道路。

「妳要不要喝點什麼？」勇作問。

「不用了。」

「那麼，我去拿蘋果進來吧。」

美佐子對著要起身的勇作說：「不要走。拜託你待在我身邊。」

勇作咬住嘴唇，好像在忍耐著什麼，然後看著美佐子，慢慢地摟住她的肩。

擁抱之後，他從壁櫥裡拿出自己的棉被，然後讓她躺在棉被上，熄燈拉上窗簾。既便如此，房裡依舊有充足的光線。美佐子看到勇作開始脫衣服，她用棉被蒙住頭，在棉被裡脫掉裙子和襯衫，褪下絲襪。

不久，他鑽進棉被裡，身上幾乎一絲不掛。美佐子撫摸著他彈性十足的肉體，心想：「如果能就這樣面臨世界末日該有多好。」

他們花了比想像中還要久的時間，勇作才順利地進入了美佐子。勇作渾身是汗，美佐子則痛得差點暈過去。

「對不起，很痛吧？」他問。「有一點。」她回答。

「可是……這是第一次，也是最後一次吧？」

「嗯。這是第一次……也是最後一次了。」

美佐子又哭了。勇作再次抱緊她，說道：「我希望妳能瞭解，這是爲了我們彼此好。」

四月五日，美佐子在大學的入學典禮結束後，直接前往勇作家。那一天，也是他成行的日子，她想再見他最後一面。

然而，和倉家卻空無一人。大門深鎖，木板套窗（註）緊閉。

美佐子從他家走到紅磚醫院，坐在和他約會時曾坐過的椅子上，雙眼含淚。

美佐子在漆黑的房裡想，那是她第一次，也是最後一次的戀情。她不曾對丈夫晃彥有過那樣的情感。既使是此刻，她只要一想起白天見到的和倉的臉，心裡就悸動不已。

美佐子帶那名叫做織田的刑警與和倉到客廳，主要發問的人是織田。他們兩人的年齡相去不

註：罩在窗外的木板，主要用來防風雨，亦用來防宵小。

遠，但地位卻有高低之分。看來和倉沒有大學學歷，對他的升遷還是產生了負面的影響。

問話的內容是關於今天一早起進出家裡的人、十字弓，以及不知是否和這起命案相關的線索。美佐子竭盡所能地回答問題，一邊用眼角餘光捕捉著和倉的身影。

——說不定調查的期間，能有多點機會見到他。

這個想像令她心生動搖。她就像是發現了遺忘已久的寶物般，心情澎湃激昂。不過，她還是意識到，自己必須按捺下這股激動的心情。

美佐子翻了個身，面向晃彥，他寬廣的背影就在眼前。

——和這個男人結婚，在我的人生當中具有什麼意義呢？

他什麼也不告訴我，有心事也不會對我說，大概認為只要讓我過著安穩的日子，我就會滿足了吧。他或許永遠也不會瞭解，我不單單只是想要守著家庭，也希望在人情世事上助他一臂之力吧。

美佐子的腦中浮現白天的情景，那一個，從後門離去的人影。

因為只是僅僅一瞥，她不敢肯定。但是……

那個背影難道不是晃彥嗎？

美佐子還沒有告訴警察這件事。

五

當天晚上，島津警局裡正式成立專案小組。不但許久不曾遇到命案發生，而且這次的被害人並非泛泛之輩。對島津警局而言，恐怕稱得上是有史以來最重大的一起案件。陸續擁至警察局前的媒體記者，訴說出這起命案的重大性。晚上七點將由局長召開記者會，對他們正式發表命案的相關訊息。

專案小組組長由局長擔任，然而實際握有指揮權的卻是身爲主任搜查官（註）的縣警總部搜查一課的紺野警視。紺野底下，編制了一個包含組長西方警部在內，由搜查一課的人員組成的十人小組。他們是負責本案今後偵查任務的中心人物。再加上機動搜查隊、島津警局的刑事課員及防犯人員、警員的協助。

等到主要成員聚集在會議室裡，西方站起來大略說明命案內容。勇作靠在後面的牆上聽著，事實上命案內容他已經非常清楚。

「據說被害者習慣在每個星期的那個時間到那個地方去，知道這點的犯人很可能在那裡埋伏他。不過，報紙曾經報導過這件事，所以就現實問題而言，很難用這個線索鎖定特定的犯人。」

西方警部說起話來聲如洪鐘，但從他身上卻感覺不到面臨重大命案的威迫感，這點和一旁盛氣凌人的局長簡直有著天壤之別。

「接下來是用來犯案的弓——」

西方針對瓜生家的十字弓進行報告，說道：「目前還沒找到十字弓，尙未經過確認，但那應該是凶器沒錯。」

註：負責在專案小組指揮調度的職位。

「箭上有找到指紋嗎？」坐在中間一帶的刑警問。

「沒有找到，犯人擦得一乾二淨。」

會議室裡引發一陣小小的騷動。

「被害者的死因不是大量出血或心臟病發，而是中毒身亡。箭上是否塗了毒藥呢？」另一名刑警發問。

「關於這點，我們從十字弓的持有者瓜生直明先生身邊的人得知了詳情。」

西方命令一名叫做福井的刑警，報告聽取來的內容。福井長了一張娃娃臉，身材卻異常魁梧人。

「那個人是目前擔任UR電產常務董事的松村顯治先生。根據松村先生表示，由於得知瓜生先生在收藏藝術品和奇珍異寶，因而去年年底有一個從西德回國的男員工，將那把十字弓當作禮物送給了瓜生先生。」

「那名員工目前人在西德，我們正試著聯絡他。」西方從旁補上一句。

「那麼，關於那把問題的十字弓，」福井接著說：「據說上了弦，十分堪用，而且還裝有瞄準器。」

「外行人有辦法使用嗎？」紺野警視問。

「據說要架弓不難，但命中率如何，因爲沒有使用過，所以不清楚。」

「這麼說來，犯人是擅於使用那類武器的人囉？」警視自言自語地嘟囔道。

「不，我認爲未必是如此。」西方說：「經過現場調查之後，我們認爲犯人瞄準的位置，是距離須貝先生身後十幾公尺的地方。如果是那麼近的距離的話，只要用某種方法固定十字弓，就算是第一次使用的人，要擊中目標應該也不會太困難。」

「原來如此。可是要怎麼固定呢？」

「犯人躲在圍住墓地的水泥牆外。牆高一公尺多一點，所以將十字弓放在圍牆上面應該很穩當。」這一點似乎已經經過討論，西方有自信地回答道。

紺野警視一副可以接受的樣子，於是福井繼續往下報告。

「關於箭的部分，松村先生知道箭上有餵毒。據他所說，箭上並不單純只是塗了毒藥，而是裝設了一種外觀看不出來的機關。」

「關於機關的部分，接下來會由鑑識課的人員爲我們報告。」西方說。

「毒的種類是？」勇作的上司刑事課長問。

「好像是cur are（註）。」福井回答。這個陌生的毒藥名，再度讓室內引發一陣騷動。

福井說：「這是一種由藤蔓植物群製成的植物毒，爲亞馬遜流域的原住民所使用。聽說現在部落的男子還會在私底下製作。cur are 在部落語中意謂著『殺鳥』，專門用來指箭毒。要是被餵了這種毒的箭射中，感覺到疼痛之後不久馬上就會因肌肉弛緩而動彈不得，然後呼吸麻痺而死。眞是的，這種東西居然能夠帶回日本。」

註：有機化合物，是一種從數種美洲熱帶植物（大部分爲馬錢子屬）提煉而成的生物鹼，能造成人體肌肉鬆弛。

「那種箭有好幾支嗎?」島津警局的資深刑警舉手發問。

「原本放在櫃子裡的兩支箭不見了。也就是說，犯人可以有一次失敗的機會。」

犯人大概認爲從距離目標十多公尺的地方擊發兩支箭，總有一支會命中吧。如果沒有這種程度的保險，說不定犯人就不會下定決心犯案了。

接著由鑑識人員說明箭的構造。負責的課員高舉一個塑膠袋，裡面裝有犯人用來行凶的箭。

「請仔細看這支箭。前端的部分和一般的箭不一樣。」

鑑識課員將塑膠袋遞給紺野警視。警視盯著塑膠袋看，然後說:「前端有洞。」

「一公釐左右的洞。事實上，那就是機關。」

鑑識課員手持報告書，走到黑板前，然後用粗糙的線條畫出箭的斷面。

「箭尖約四公分，前端的一公分左右呈圓錐形，當然前端是尖的。剩下的三公分塞進管狀軸。再來，關於這個箭尖的內部構造，它的裡面是中空的，能夠裝進毒藥。」

「將它射出去會怎樣?」一名刑警問。

「射出去的一瞬間，箭尖裡的毒藥會被擠壓至後方，而命中目標時，毒藥會因箭快速停止運動，藉由反作用力被擠出。毒藥會從前端的小洞噴出，進入獵物的體內。總而言之，這就像是一支會飛的針筒。」

「喔，原來如此。」眾人異口同聲地發出佩服的聲音。

「眞了不起。」警視說:「這也是亞馬遜原住民的智慧嗎?」

「不，應該不是吧。一般說到箭毒，雖然沒有問過專家不能斷定，但我想應該只是在前端餵毒而已。」

「嗯，不過這眞是個不得了的機關。」

「所以犯人認爲，只要讓箭射中須貝先生身體的某個部位就行了。」西方說明。

當凶器的說明告一段落，接下來輪到報告須貝正清的妻子行惠和兒子俊和的證言，以及在UR電產聽取的內容等。就結論而言，目前還沒有獲得值得特別一提的訊息。

「不過，有一點需要注意。」西方的目光掃過眾人，有些故弄玄虛地說道：「那就是須貝先生昨天的行蹤。他白天離開公司，前往瓜生家。」

這是勇作和織田向瓜生美佐子問來的情報。據她表示，尾藤高久中午之前也去了瓜生家。西方也提到了這點。

「後來分別向尾藤高久、瓜生亞耶子雙方詢問經過，他們表示是因爲須貝先生說他想要看直明先生所擁有的書籍，所以才帶他到書房隔壁的書庫。可是，有價值的藏書幾乎都已經賣給了舊書商，還有沒有剩下須貝先生想要的書是一大疑問。除此之外，還有幾個可疑之處，我們打算繼續朝這些疑點展開調查。」

西方用一種語帶玄機的口吻，爲這段話作結尾。

接著宣佈今後大致的偵查方針。首先是到命案現案蒐集線索，明天也將繼續進行。然而，沒人保證今後能夠獲得多有用的資訊。再說，由局長在第一線指揮的刑警總動員，並沒有打聽出什麼重大線索，無功而返。

還有殺人動機的調查。目前還沒有發現任何線索，指出須貝正清與人結怨。不過，他強硬的個性似乎也影響到他的管理模式，如果深入調查，很可能會發現什麼蛛絲馬跡。再者，因為被害者是資產家，當然必須調查遺產的流向。另外，須貝先生借錢給幾個親戚，就這點來看，肯定有人希望他死。至於他有沒有投保壽險，目前還不清楚。

不管怎麼說，明天才要正式展開從各方面聽取案情的行動。警方將會分頭從須貝正清工作和私人相關的方向著手偵查。特別是必須對今天進出瓜生家的人，進行徹底的調查。

「請盡可能努力地確認每個人零碎時間的不在場證明。除了犯罪時間之外，也不要忘記調查犯人或共犯從瓜生家偷出十字弓的時機。」

西方以強硬的口吻叮嚀眾人。就今天獲取的消息而言，犯人絕對就是瓜生家或須貝家親近的人。他大概是想找出證言間些許的不一致，一鼓作氣逮捕犯人吧。

眾人接著針對細節交換意見，然後分配各人負責的工作。

勇作和織田明天的任務是去見瓜生晃彥。

六

凌晨十二點多，勇作總算回到了自己的公寓。他打開電燈到廚房喝一杯水，然後拿著杯子到鋪著被子的床邊一屁股坐下。枕邊放了一瓶喝剩一半的威士忌角瓶，他咕嚕咕嚕地將酒倒進杯子裡，威士忌獨特的香氣撲鼻，讓勇作耗弱的精神稍微為之一振。

他灌了一大口酒，吐了一口氣，然後轉為一個長長的嘆息。看來將有好一陣子不得閒了。

——什麼鬼命案嘛。

勇作盯著牆上的污漬，低喃道。他覺得，這起命案簡直就是老天準備用來折磨自己的考驗。想起瓜生晃彥，對他而言絕對不是一件快樂的事。

還有美佐子。

勇作眞想詛咒自己的人生，這到底是怎樣的一段因緣？沒想到至今的人生當中，唯一眞心愛過的女性——美佐子竟然偏偏是瓜生晃彥的妻子。

勇作搖了搖玻璃酒杯，凝視杯中晃動的琥珀色液體，顯現而出的是十多年前的棕黑色記憶。

父親倒下是這一連串悲劇的開始。好不容易到了考試當天，他卻待在醫院裡，沒辦法去考場。父親恢復意識之後，一臉遺憾地問勇作，爲什麼不丟下他去考試。勇作辦不到，在那種情況下，就算去應考也不會有好成績。

當時，他還沒有放棄任何事情，他打算隔年再次挑戰。

然而，父親興司的身體卻比想像中的還要糟。家裡沒有收入，只有債務日漸增加，在這種情況下還想當醫生簡直是不切實際。勇作煩惱三個多月後，下了一個結論。他認爲，不管怎樣先確保安穩的生活是自己的義務。他沒有找美佐子商量，若是帶給她新的困擾，最後他一定會後悔。

勇作之所以選擇走上當警察一途，是因爲他聽說警察的收入比一般公務員還要好。當然，從小看著父親身爲警察，也影響了他做這個決定。當他在思考如果不能當醫生該怎麼辦之際，腦中馬上就浮現出了這個職業。

他一得知考試合格，將於四月進入警察學校時，就下定決心要與美佐子分手了。他認爲，兩人再像現在這樣交往下去，只會爲彼此帶來痛苦的結果。畢竟他背負著照顧不能工作的父親的責任，和美佐子遲早必須分手的事實就擺在眼前。他也思考過和她在一起攜手未來，但一想到自己今後的人生，就不想將她牽扯進來。

勇作至今仍清晰地記得最後一次和美佐子見面那天的情景。她白晰的肌膚、柔軟的膚觸、她的體溫和氣息，以及勇作笨手笨腳地進入她時，她微皺柳眉忍痛的表情。他一直將這些回憶視作珍寶，生活至今。

勇作不後悔與她分手，他認爲那是當時最好的選擇。勇作當上警察，接受正式分發的兩年後，父親興司因爲再次腦溢血而去世。即使如此，勇作至少在父親去世之前，感受到自己爲父親盡力了的滿足感。

勇作不時會想起她。有時想起她，甚至會想跑去見她，但勇作沒那麼做。進入四年制大學英文系就讀的她，應該已經建立起了屬於她的生活方式。就算自己出現在她眼前，也只會爲她帶來困擾。

勇作也想過要成家。上司等身邊的人也曾經爲他牽紅線，但他卻裹足不前。因爲他會將美佐子的影子投射在對方身上，怎麼也無法忽視兩人之間的落差。他最近開始想——自己說不定一輩子無法結婚了。

今天，他和美佐子不期而遇。她身上依舊殘留從前少女的影子，但全身已經散發出成熟女性的魅力。聽取案情時，勇作一直直視著她的眼睛，她不時會將目光投向他。每當兩人四目相交，勇作就興奮得全身打顫。

——但萬萬沒想到她居然和那個男人結婚……

勇作對於她結婚這件事絲毫不感意外，但她誰不好嫁，偏偏要嫁給瓜生晃彥。勇作心中浮現「命運的作弄」這個老掉牙的辭彙。

——難道調查期間，我必須將她視爲宿敵的妻子對待嗎？

「我被詛咒了。」

勇作呻吟般地低語，然後將剩下的威士忌一飲而盡。

第三章

重逢

一

「妳今天盡量別外出。」

命案發生的隔天早上，美佐子在門口送晃彥去上班時，他坐在車裡說對她說道。

「我知道，反正我也沒事要出門。」

「還有，我想刑警會到家裡來，不管他們問什麼，妳都不要草率回答。如果他們的問題不清不楚，妳就一概回答不知道。」

「我會的。」

美佐子對著車裡的丈夫點頭。不知道是不是因爲昨晚沒什麼睡，晃彥的眼睛有點充血。

「那我走了。」

晃彥關上電動窗，發動引擎。他好像對什麼感到不安，一面切方向盤，一面擔心地回頭望。美佐子微微舉起手。

不久，引擎聲變大汽車排出廢氣開始加速，車尾燈漸漸遠去。美佐子目送丈夫離去，心中百感交集。

——昨天白天的事情……她到底開不了口。

早餐時，她好幾次都想要開口問晃彥，「昨天中午之前，我好像在廚房後門附近看到你的背影，那是你嗎？」但她終究還是問不出口。儘管她想要若無其事地開口問，但是一旦眞要開口，臉卻又僵住了。而且美佐子害怕若是詢問了，晃彥會變臉。

美佐子暗罵自己是膽小鬼，如果眞的相信丈夫，就算目擊到什麼，也不該有所懷疑，只要靜靜地等待晃彥告訴自己就行了。相對地，如果不能相信的話，就該把心一橫開口追問。而不是一味地懷疑對方，卻還繼續過著夫妻生活。

不管選擇問或不問，當丈夫說出令人害怕的事時，都該努力試著瞭解他的想法，盡可能地讓情況有所好轉。如果丈夫犯了罪，或許勸他自首也是妻子的義務。

——可是我……

美佐子分析自己的心情，認爲自己只是在害怕。她之所以保持沉默，並不是因爲相信晃彥，而只是想延後接受精神上的打擊。不過，自己究竟在害怕什麼呢？

遺憾的是，美佐子認爲自己害怕的既不是失去晃彥，也不是知道他遇到的難題；而是當晃彥以殺人犯的身份遭到警方逮捕時，各種降臨到自己身上的災難。反過來說，如果現今的生活能夠獲得保障，她完全沒有自信敢說當晃彥被捕時，自己會有多悲傷。

——我終究不配當晃彥的妻子。

美佐子只能如此下結論。

——不過話說回來，那個背影果眞是他嗎？

美佐子再次思考昨天看到的人影。當時只是驚鴻一瞥，倒也不敢確定那就是晃彥。但那一瞬間，她心裡確實在想：「爲什麼他會出現在這裡呢？」瞬間的直覺反應，反而經常出乎意料之外地準確。

美佐子心想：「如果那道人影眞是晃彥的話，自己就必須做好心理準備，他可能以某種形式涉案。」除非有隱情，不然他應該不會從廚房後門進出以防被家人發現吧。

假使晃彥是凶手，他殺須貝正清的動機是什麼？美佐子昨天躺在床上一直思考這個問題。是公司因素，還是親戚間的問題呢？但過沒幾分鐘，美佐子就意識到思考這件事只是白費力氣。自己對於晃彥幾乎一無所知，在這種狀況之下根本無法分析他的行動。

美佐子放棄推理這件事，但她的心中卻萌生了一個念頭。

——如果是他犯案的，而且眞相大白的話，那麼說不定就能弄清各種至今她不瞭解的事情，甚至包括那條「命運之繩」……

這個念頭攫獲了她的心。這是她從來沒有想過的事，因而她立刻像是要甩掉邪念似地搖搖頭。她害怕自己的理智會被這個一時的想法擊倒，哪怕只是腦中閃過一絲希望晃彥被捕的念頭。

然而，即使是事發後經過了一個晚上，這個想像還是留在腦海中的某個角落，揮之不去。或許自己會因爲這起命案失去很多東西，但相對地或許能夠知道什麼重大的內情——

美佐子和昨天夜裡一樣微微搖搖頭。

正當她又深呼吸一口氣，要回去別館之際。

「少奶奶。」

身後傳來喚她的聲音。回頭一看，一個身材不高、體格健壯的男人朝她走過來，他身邊還跟了一個臉色不佳的男人。雖然昨天沒見過，但美佐子覺得他應該是刑警。

果然不出她所料，身材不高的男人拿出黑色的警察手冊，報上了名字。他是縣警總部的西方警部。

「我們想要更仔細地看一下書房，不知道現在有人在主屋嗎？」西方口氣溫和地問她。

「有的，我想今天大家都在。」

美佐子帶領兩名刑警到主屋的玄關。

一進玄關，美佐子要刑警稍待，進屋去叫亞耶子。亞耶子當時正在房裡剛化完妝。

「是嗎，來得挺早的嘛。」

美佐子告知刑警來訪，亞耶子對著鏡子蹙眉。

「他們說想要再看一次書房。」

「又要看？眞拿他們沒辦法。」

亞耶子確認口紅有沒有塗好後，嘆了一口氣。

兩人走到玄關時，看到刑警們打開鞋櫃，毫不客氣地往裡頭瞧，就連聽見了她們的腳步聲也毫不理會，等到美佐子爲他們排好拖鞋，他們才總算關上鞋櫃的門，邊打招呼邊脫鞋。

美佐子打算離開了，於是穿上自己的涼鞋。但這時西方警部看著她的腳邊，舉起單手致意說：「不好意思，請妳的腳稍微抬起來一下。」

於是美佐子往後踩了一步。

地板上黏著一張像白色小紙片的東西。西方用戴了手套的手愼重其事地將它撿起來，說：

「這好像是花瓣哪。」

「今天早上好像還沒打掃。」

客人指出玄關不乾淨，亞耶子爲此辯解。然而，西方似乎對花瓣很感興趣，看著裝飾在凸窗上的紫色番紅花，問道：「這花是什麼時候插在這裡的？」

「大約三天前左右。」亞耶子不安地回答。

「是嗎？」

西方用一種若有所思的眼神盯著手中的白色花瓣直瞧，然後一改之前溫和的態度，一臉嚴肅地問：「去看書房之前，能不能先讓我問兩、三個問題？」

二

當勇作站在統和醫科大學門前時，有一股莫名的感慨在他心中擺盪。從前好幾次想進入這道門，卻總是被命運女神拒於門外。當時，他哪想得到在十幾年後自己竟然會以這種形式經過這道門。

勇作無法正確想起，自己是從什麼時候開始想要當醫生的。國中畢業的時候，他就已經知道自己將來想做什麼了，所以想當醫生的念頭應該在那之前就已經萌芽。

他之所以會有這樣的夢想，絕對是受到了紅磚醫院的影響。從勇作唸小學起，每當他要思考事情，或有事情猶豫不決時，他就會到紅磚醫院的院子散步。不久之後，他開始對醫院感興趣，憧憬醫生精神抖擻、大步向前的身影。

除了這個單純的憧憬，還有另外一個讓他想當醫生的理由，就是挑戰資產階級。勇作家裡的經濟稱不上富裕，想要一口氣竄升至上流階層，當上醫生無疑是一條確實的路。

當勇作說出這個夢想的時候，父親興司的眼中閃爍著光芒說道：「別放棄這個夢想！你一定要當上醫生！而且不是半調子的醫生，是了不起的醫學博士。你要拿到諾貝爾獎，讓我高興高興。」

勇作在父親興司死後，才知道父親也曾經想成爲醫生。他從父親從前使用的舊書櫃中，發現了幾本醫學相關的書籍。

然而，勇作的夢想卻沒有實現。諷刺的是，他也走上了和父親完全相同的道路。

今天，他以一個警察的身份來到統和醫科大學。勇作眺望著醫學院的學生個個昂首闊步，心裡有一種苦澀的滋味。

「你在發什麼愣啊？」

織田對他說。這個男人身材魁梧，說話時經常給人一種壓迫感。勇作心想：「他大概從小就想當警察吧。」然後回答：「不，沒什麼。」加快了腳步。

統和醫科大學佔地寬廣，最高不過四層樓的校舍之間的距離都頗爲遙遠，給人一種相當寬敞舒適的印象。這是一所歷史悠久的大學，校園中有好幾棟稱之爲博物館也不爲過的建築物。

勇作他們要前往的校舍位在距離學生來來往往的主要大道相當遠的地方。那果然是一棟相當古老的建築物，藤蔓像一張網攀附在牆上。

織田毫不遲疑地走進那棟建築物步上第一排階梯，勇作也跟在他身後上樓。織田今天早上打電話約時間時，好像順便問了教室的正確位置。

一上二樓，織田在第三教室的門前停下腳步。門前貼了一小張時間表，上頭並列著五個名字，並以磁鐵表示每個人的所在位置。

瓜生晃彥的名字位在表格的最上面，紅色的磁鐵放在「研究室內」的格子裡，其他人好像在別的地方。

織田瞄了一眼手錶，點了個頭，然後敲門。門內馬上有人應聲，並傳來漸漸走近的腳步聲。勇作緊張得握緊雙拳。

大門打開，出現了一個身穿白袍的男人。勇作看著男人的臉，他正是瓜生晃彥。他的臉孔變成熟了，和他的年齡相符，但是濃眉、細瘦尖挺的鼻子依舊。

織田報上姓名，低頭說：「不好意思，今天在您百忙之中前來打擾。」

「沒有關係。請進，不過裡面很亂就是了……」

晃彥敞開大門，招呼兩人入內，但當他看到躲在織田背後的勇作的臉，話聲突然中斷。

「和倉……」

晃彥脫口說出他的名字。這讓勇作感到一種莫名的心安，原來他也還記得自己。

「好久不見。」

勇作禮貌地低頭行禮。看在晃彥的眼裡，他應該會覺得勇作不但氣色不好，而且還比以前瘦了一大圈。

「你們認識嗎？」織田一臉吃驚地問勇作。

「是的，有點交情，他是我以前的同學……你好嗎？」

聽到晃彥這麼問，勇作回答：「還不錯。」

「原來你當上警察了。」

晃彥的目光上下打量勇作，露出他能理解的表情點了點頭。

「這幾年來發生了很多事情。」

「感覺得出來，先進來再說。」

晃彥帶他們到一套招待客人的簡陋沙發組。

勇作環顧室內，窗邊排放著四張桌子，大概是學生所使用的。房裡的另一頭有一面屏風，對面似乎是助教，也就是晃彥使用的空間。

三人面對面坐下，織田重新遞出名片。

「原來如此，你是……刑事部搜查一課的警部補啊。」晃彥看著名片低聲說。

「這位是我們轄區島津警局的和倉巡查部長。」

織田格外詳細地介紹勇作。「哦。」晃彥點頭，露出在思考兩名刑警頭銜差異的眼神。勇作低下頭，咬緊牙根。如果能夠解釋的話，他很想告訴晃彥，高中畢業進入警察學校之後，必須多麼努力才能爬到今天的位子。

「話說回來，還眞是巧啊，沒想到老師跟和倉以前竟然是同學。」

「是啊。」晃彥回答。勇作低著頭打開記事本。

「我們因爲工作的關係見過很多人，但很少遇到熟人。好，請你們改天再好好敘舊，是不是可以讓我們進入正題了呢？」織田婉轉地問。「嗯，請說。」晃彥回答。

「不好意思。那麼，首先這件事情我想你應該也知道——」

織田大致說明案件的內容之後，問了幾個關於十字弓的問題，確認瓜生直明是如何得到十字弓，以及從什麼時候起保管在書房裡。晃彥的回答幾乎都和調查結果一致。

「那麼，包括那把十字弓在內的收藏品是在七七的晚上公開的嗎？」

「正是。」晃彥回答。

「有沒有人在當時或在那之後，對那把十字弓表示高度的興趣呢？像是提出命中率高低或能否殺人之類的問題。」

聽到織田那麼一問，晃彥微微皺起眉頭。

「這話聽起來很嚇人。」

「不好意思，因爲發生了嚇人的事情。」織田微微低頭。

「就我所知，沒有那樣的人。」晃彥回答：「畢竟親戚們感興趣的焦點，僅限於有價值的藝術品。」

「不過撇開遺產價值不談，比起毫不起眼的武器收藏品，眾人的興趣會集中在美麗的畫作上，也是理所當然的吧？」織田順著他的話說。

「不，請不用做那種善意的解釋。」晃彥用一種稍嫌冷酷的語調說：「雖然我無意說親戚的壞話，但他們的慾望之深，不可等閒視之。」

「哦，這樣子嗎？」織田微微趨身向前，說道：「聽你這麼一說，遇害的須貝先生的財產似乎也不可小覷。這次發生命案之後，也會出現他的財產繼承人吧。」

「老實說應該會有很多人內心暗自竊喜吧？」

晃彥面不改色，用極度公事化的口吻說道：「財產繼承人是他的太太和三個孩子，說不定太太的娘家和兩個女兒的婆家都已經開始在打算錢要怎麼用了。親戚之中也有人因爲投資錯誤，搞得焦頭爛額。對那種人而言，這次的財產繼承就像是一記逆轉滿貫全壘打一樣，對吧？當然，我也不能因爲這樣，就說他們對須貝先生怎麼了。不過，警方應該已經調查過這種事情了吧？」

「不，這方面的事情還沒調查清楚。」織田慌張地搔搔鼻翼。「既然提到繼承，你還有沒有想到其他事情？你是瓜生前社長的兒子，我想你應該聽過許多和須貝先生相關的事吧。」

「很遺憾，沒有那回事。」晃彥毫不客氣地回答道：「如果我有意思繼承公司的話，我父親應該就會告訴我許多事情，但如你所見，我進入了另一個領域，所以我並不知道他的事。」

「原來如此，大概是吧。」織田遺憾地點頭，然後擠出笑容對晃彥說：「對了，用來行凶的十字弓是從府上偷出來的，這點應該不會錯。我們有件事想要向所有知道十字弓的人確認……」

「不在場證明嗎？」因爲織田說話吞吞吐吐，晃彥似乎察覺到他想說什麼，開門見山地問。

「正是。可以告訴我昨天中午十二點到下午一點之間，你在哪裡嗎？這只是例行公事，只要沒有疑問就不會給你添麻煩，我們也不會告訴其他人。」

「告訴其他人也無妨，請你等一下。」

晃彥從位子上起身，拿了一本藍色的記事本回來。

「昨天中午，我在這裡吃中飯。我叫了大學旁邊一家叫『味福』的店外送套餐。」

晃彥說出那家店的電話號碼和地址，織田快速地記錄下來，並問道：「吃中飯的時候，有誰和你在一起嗎？」

「這個嘛，學生進進出出的，我不記得了。」

「有人打電話進來嗎？」

「沒有。」

「你上午去過別的地方嗎？」

「沒有，我昨天一直都待在這裡。最近快要召開學會了，我忙著寫論文。」

晃彥拉起袖子，低頭看了手錶一眼，彷彿在說：「所以我沒有閒工夫和你窮耗。」

「吃完中飯後也一直是一個人嗎？」

「不，學生一點就回來了。」

「一點是嗎？」

織田用指尖敲了記事本兩下，說：「我知道了，謝謝你在百忙之中接受我們的詢問。」然後倏地起身。

「希望能對你們的調查有幫助。」

說完，當晃彥要起身時，勇作開口說：

「我曾經在一本雜誌上看過，UR電產自從創業以來內部一直有兩個派系對立，就是瓜生派和須貝派。雜誌的報導寫得很有趣，說兩邊總是想找機會併吞對方，實際上如何呢？還有，請問現在的狀況又是如何？」

聽到他這麼一說，晃彥重新端正坐好。織田沒有坐下，所以勇作看不到他做何表情，但想像得到。

「對立目前仍然存在。」大概是因爲勇作的用詞恭敬，晃彥也學他的語調回答：「不過，這種情形也即將成爲歷史，畢竟瓜生派後繼無人。如此一來，也就沒有鬥爭的餘地了。」

「不過，兩家至今共同經歷過風風雨雨，你們之間有沒有所謂感情上的糾葛呢？」

勇作把心一橫，說出心中的想法。晃彥一聽，眉毛還是揚了一下。勇作聽見頭上織田的乾咳聲。

「就讓我姑且回答沒有那回事吧，雖然你們可能會有所不滿。」

晃彥說完，也不等勇作回答就起身，似乎在表示內心的不悅。勇作也沒有意思再問下去，他站起身，和織田對上了眼，看見他一臉咬牙切齒的表情。

晃彥爲他們開門，織田說聲「不好意思」，先行出門。勇作接著從晃彥面前走過。

「後會有期。」晃彥對他說，勇作默默行了一禮。

「你可能因爲彼此是同學，所以講話毫不客氣，但你這樣擅自發問，可是會造成我的困擾。」

離開研究室走在走廊上，織田不悅地說道：「他可不是一般省油的燈，而且今後可能還會常常碰面。要是你一開始就惹火對方，接下來可就棘手了。」

「他不是因爲那點小事就會發火的人。」勇作回答。

「原來你是在測試彼此之間的親疏程度啊？既然你們那麼熟，就該事先知會我一聲。被你突然那麼一說，我都亂了陣腳。」

「我原本以爲他不記得我了。」

兩人走到剛才上樓的階梯，但織田卻不下樓，停下腳步靠在牆上。勇作馬上會意他想做什麼，和他並肩而立。

四周寂靜無聲，空氣中混雜著各種藥品的味道，彷彿滲入了牆中。勇作心想：「這就是醫學系的空氣啊。」閉上眼睛做了兩次深呼吸。

這裡是瓜生晃彥所處的世界，和自己的所在之處完全不同。不管是水、空氣，還是人都不同。

勇作回想起剛才兩人相見的情景。多年不見的宿敵身上，有些部分一如往昔，有些部分卻和以前的他判若兩人。

勇作心想，他怎麼看待自己呢？當他說「你當上警察啦」時，眼中不帶一絲輕蔑的光芒。勇作對此也不意外，他彷彿在說：「原來也有這種可能啊。」

——對他而言，我算什麼呢？

當勇作在心中低喃時，一個像是學生的男人步上階梯，戴著金框眼鏡的稚嫩臉龐和身上的白袍很不搭調。男人狐疑地瞥了勇作他們一眼後，往走廊那頭走去。織田跟在他身後，勇作也追上前去。

織田拍拍他的肩，像是學生的男人驚訝地回過頭來，眼中浮現驚恐的神色。織田亮出警察手冊，問他：「你是那間研究室的學生嗎？」

織田指著瓜生晃彥在的研究室問。年輕男子的嘴巴一開一闔，似乎打算說是。織田抓住他的手腕，帶他到樓梯間。

學生說他姓鈴木。

「昨天，你在哪裡吃午餐？」織田問。鈴木瞪大了眼鏡後的眼睛，回答：「學校餐廳。」

「你一個人嗎？」

「不，我和研究室的同學一起。」

「瓜生老師沒有跟你們一起去吃嗎？」

「沒有。我們早上有課，沒回研究室就直接去學校餐廳了，星期三都是這樣。瓜生老師大概是叫外送吧。」

在同一間研究室裡做研究，果然很清楚。

「照你這麼說，瓜生老師是一個人待在研究室裡囉？大家吃完飯回來是幾點的事？」

「我們是在快一點的時候回來。我們總會打網球打到那個時間，所以那段時間，他可能是一個人吧。」

「午休時間沒有學生回研究室嗎？」

「我想應該沒有。」鈴木回答。

「非常謝謝你。」織田點頭道謝。鈴木到最後還是一臉狐疑。

「他沒有不在場證明呢。」離開校舍後，勇作說。

「套餐店的店員見過他，有沒有不在場證明，要等到那裡問過店員才知道。」

「味福」是一家位在大學正門附近的大眾餐廳，門口掛著大片的紅色暖簾（註）。兩人走進店裡一問，店員記得昨天接過瓜生的訂單，回答瓜生昨天中午過後要他外送套餐到研究室去。收下

註：原本是禪寺在冬季用來防風的垂簾。江戶時代之後，商家將其印上店名用來招攬生意。

套餐的當然是瓜生本人，錢也在那時支付。

「你能夠精確地想起送到研究室時的時間嗎？」織田問。

滿臉青春痘的年輕年店員稍微想了一下之後，拍手回答：「十二點二十分，不會錯的。」

「還眞精確呢。」勇作說。

「嗯。我想老師應該是在十二點左右打電話來的。他當時問我，大概幾分能送到。我回答大概十二點二十分到二十五分左右，他就說他應該會在研究室裡，如果沒人在的話，就把東西放在門口，於是我邊看手錶邊跑，到的時候應該是十二點二十分左右。」

勇作心想，這要求還眞奇怪。

「瓜生老師經常那麼要求嗎？」勇作試探性地問。

男店員歪著頭說道：「這個嘛，我記得好像很少這麼要求。」

「他是不是急著想吃飯呢？」

「我想應該是不急。如果急的話，他應該會訂A套餐。」

「A套餐？」

「套餐有分A和B兩種。當他問我套餐幾分鐘能做好時，我說A套餐的話，十分鐘左右應該會好。因爲B套餐是蒲燒，要稍微花一點時間。可是老師卻說他要B套餐。」

「是嗎……」

勇作點了點頭，心裡卻有一種無法釋懷的感覺。

「那麼，當時瓜生老師人在研究室裡囉？」織田問。

「是的，所以我直接把套餐交給了他。」

「你幾點左右去拿餐具回來？」

「我想想，應該是兩點左右吧。」店員回答。

向店員道謝走出「味福」後，勇作說：「這稱不上是不在場證明。從這裡到眞仙寺的墓地，如果開車的話二十分左右就會到了。從須貝正清去慢跑的時間算起，到達墓地應該是在十二點四十分左右，這樣就勉強趕得上了。」

「從數字來看是這樣沒錯，但實際上不可能辦到。因爲須貝正清可能比平常更早到達命案現場，所以犯人最晚得在十二點半到現場埋伏。」

織田低聲說明，這的確是再正確也不過的意見。然而，剛才那個店員說的內容卻令勇作耿耿於懷。像是瓜生晃彥確認套餐送到的時間，以及要求店員如果沒人在的話就將套餐放在門口。

勇作心想：「假設案子是他做的，他之所以確認時間，難道不是爲了讓人以爲他十二點二十分在研究室裡嗎？但如果外送比約定的時間晚送達，他就只好在收外送之前出門。他會不會是想到這一點，所以才要求店員如果他不在的話就將套餐放在門口呢？」

——但如果是要製造更明確的不在場證明的話，應該有更好的方法。

就在勇作對這樣的疑惑感到不安時，他的腦海裡響起了店員的話語。「因爲B套餐是蒲燒，要稍微花一點時間。」

——蒲燒？

勇作停下腳步。織田繼續走了兩、三步，然後也停下來回頭看他。

「你怎麼了?」

「不，沒什麼……」勇作搖搖頭，仰望人高馬大的織田，說：「不好意思，能不能請您先回警局?我想起了別件事情要辦。」聽到他這麼一說，織田將心裡的不悅明白地寫在臉上。

「你一個人偷偷摸摸地想要做什麼?」

「我要做的事跟這次的命案無關。」

「是嗎?」織田像是在嚼口香糖似地嘴巴怪異地扭曲蠕動，然後用他那深陷在眼窩裡的眼珠子俯視勇作說：「無關就好，但拜託你可別弄到太晚!」

「好的，這我知道。」

勇作確定不見織田的蹤影後，站到馬路旁望著車流。一部黃色的計程車迎面而來，他看清楚是空車後，舉手攔車。

一坐上車，他馬上告訴司機去處，司機將空車的牌子換成載客。

「UR電產的社長家，應該是在那一帶，對吧?」

「嗯，前社長的家在那裡。」

「到那棟大宅院的附近就可以了嗎?」

「嗯，你讓我在那附近下車就行了。」勇作回答。

三

美佐子自從早上回到別館之後就在聽音樂、做編織中渡過。除了因爲晃彥要她盡量別外出之外，一看到陌生的刑警們肆無忌憚地四處走來走去，她就連到陽台上晾衣服的意願都沒了。

雖說如此，她也不是對外面發生的事情全然不感興趣，證據就是她頻頻從窗戶偷看外面的情形。她只看到早上到家裡來，包含西方在內的那兩個刑警，但後來好像又來了兩、三名。

那些刑警從剛才起一直都沒換過。美佐子確認過這一點之後輕輕地呼了一口氣，打算繼續做編織。

她其實是在找和倉勇作。一想到他等會兒可能會來，心就不聽控制地往主屋飛去；然而到目前都沒有看到他的身影。想必每個刑警都有自己負責的崗位，今天都不會改變了。

美佐子回想起昨天重逢的情景。從勇作身上穿的白襯衫領口一眼就看得出來有兩天沒洗，而且他的無名指上也沒有戴著白金戒指，大概還是單身吧。

美佐子輕撫自己的臉頰，她自認自己的肌膚還算有彈性，但和十多歲的少女時代終究不可同日而語。在他的眼中，自己是個怎麼樣的女人呢？他會從我身上感覺到一絲女性的魅力嗎？

她搖搖頭，不知道自己在胡思亂想什麼。在他的眼中，自己已經是別人的妻子，不過是個命案關係人罷了。

——可是如果能夠和他好好聊一次天的話，該有多好。說不定就能像當年一樣，沉醉在如夢似幻的氣氛當中。

美佐子心想自己已經好幾年沒有嘗到那種滋味了。

就在她出神地想著這些事情時，玄關的門鈴響起，嚇了她一跳。她心想，說不定是他來了。當時她正打算歇歇手，收聽從一點開始播放的古典樂時間。她急忙地接起對講機的話筒。

「是我。」但從對講機傳來的卻是園子的聲音。

「哎呀，妳怎麼來了？」美佐子打開大門，招呼小姑入內。

「待在家裡也沒事做，所以來找妳玩。」園子回答。她今天向學校請假，這種時候，亞耶子大概也不想勉強她去上學吧。

「現在來會不會打擾妳？」

「不會，進來吧。我去泡茶。」

美佐子帶園子到客廳，泡了紅茶。從客廳可以清楚地看見主屋，透過蕾絲窗簾，也可以看到身穿西裝的男人們在院子裡徘徊的模樣。美佐子緊緊拉上厚重的窗簾。

「他們調查得還眞久。」美佐子說。

「他們好像要重現每個人的行動。」園子看著餅乾盒內說道。

「重現？」

「嗯。警方好像在確認昨天到家裡來的人去過的地方有沒有可疑之處，他們好像已經確定犯人就在親戚當中。」

「沒辦法，因爲犯人用的是那把十字弓。」

「誰叫爹地要留下那種怪東西。」園子噘著嘴，吹開紅茶上面的熱氣，怕燙地啜飲著。「話說回來，我剛才聽說箭好像一共有三支，在那個木櫃最下層又找到了一支。」

「喔。」美佐子點頭，心想：「園子說的是那支箭。」

「美佐子，妳知道這件事嗎？」

「嗯。我前天晚上碰巧看到，不過忘了告訴警察。」

「這樣啊。」

園子將嘴唇抵在茶杯上，露出略有深意的眼神。

「警方也問了妳什麼嗎？」

「嗯，問了一些關於不在場證明的事。」

「不在場證明……」

美佐子想起了西方警部今天早上問的問題。在玄關發現白色花瓣的警部問道：「從昨天晚上到今天早上這段時間，府上有訪客嗎？」他聽到亞耶子回答說沒有，故意停頓一拍後說：「也就是說只有府上的人，是嗎？」

——那片白色花瓣意謂著什麼呢？

美佐子陷入沉思。園子說：「弘昌哥也被警方問到了不在場證明。」

「弘昌也被問了？」

他今天也沒有去學校。

「眞不走運，他說他沒有不在場證明。他從十二點到一點的午休時間，一直都是自己一個人。」

「眞的嗎？結果怎樣？」

「嗯，好像被警方囉哩囉嗦地問了一大堆。不過就我認爲，弘昌哥也有間接的不在場證明。」

「什麼叫做間接的？」

「從弘昌哥唸的大學到眞仙寺，就算再快也要三十分鐘左右的車程。即使他十二點離開大學，也要十二點三十分才能抵達。這樣想好像是來得及，但這麼一來他就沒有時間回家拿十字弓了。因爲在眞仙寺和家之間一來一往，也要花個三、四十分鐘。」

「噢，原來如此。」美佐子同意園子的說法。命案當天早上弘昌出門之後，十字弓還在家裡，如果他是犯人的話，就必須要有時間回來拿。

「那麼，警方基本上就不會特別懷疑他了吧？」

「嗯，我想不會。」園子斬釘截鐵地說，然後低下頭說道：「不過，被人那樣懷疑還是很不舒服吧。」美佐子應和了一聲：「對啊。」

「美佐子，」園子抬起頭說：「妳眞的什麼都沒看見？像是有人進入爹地的書房……」

「我沒看見呀。」

美佐子立即予以否認。她沒撒謊，但卻一直對腦中的某個畫面無法釋懷，就是那個從廚房後門出去像是晃彥的背影。但是，美佐子又不能將這種事情說出口。

「這樣啊。可是……」園子說，「有人偷走了十字弓這點，應該沒錯吧？」

「似乎是那樣沒錯。」美佐子也說。

兩人又聊了一陣子之後，園子起身看了一眼時鐘，快要兩點了。刑警們似乎也總算收隊了，大宅裡平靜了下來。

園子離去之後沒多久，電話鈴聲響起。電話放在客廳裡。美佐子當時正準備繼續編織，有點不耐煩地伸手拿起話筒。

「您好，這裡是瓜生家。」

她說完後，隔了呼吸一口氣的時間話筒裡才傳來「喂，妳是……美佐子嗎？」的聲音。那一剎那，美佐子感覺胸口抽痛了一下。

「嗯，我是美佐子。」

她試圖平靜地回答，卻藏不住心中的激動。又是一陣短暫的沉默，然後對方平靜地說：

「是我。和倉……和倉勇作。」

「嗯。」美佐子應和，她的心跳加速，似乎不會很快就平靜下來。

「妳現在，一個人嗎？」他問。

「嗯……」

「我在妳家附近，等會兒想過去一趟，不知道方不方便？」

不知道是不是刻意，勇作的語調非常公事化。

「嗯，可以……」

「那麼，請妳在後院等我。我希望盡可能不讓別人看見，所以想從後門進去。到時我會叫妳，在那之前請妳做出平常的樣子。」

「那個……」

「什麼事？」

「你一個人來嗎？」美佐子問。隔了一會兒，話筒中傳來微微的呼吸聲。

「是的，我一個人。不行嗎？」他語氣嚴厲地問。

「不，我不是那個意思……那麼，我等下就去後院。」

放下話筒後，美佐子先趕忙到寢室去。她坐在梳妝台前，然後瞄著時鐘，一面梳頭，重新塗上口紅。她後悔地想，「早知道一早就化妝了。」

最後她起身照鏡子，檢查自己的服裝儀容，接著又看了一眼時鐘。這一連串的動作花了她四分鐘左右的時間。

然後她遵照勇作的指示前往後院。當她假裝在看盆栽時，聽見有人小聲地叫：「太太。」她一看後門，勇作就站在對面。

「我昨天忘了問一件事。其實也沒什麼大不了，但是能不能佔用妳一點時間？」

勇作大概是怕被別人聽見，他的用字遣辭是刑警面對關係人時的方式。

「嗯，如果只是一下子的話。」

美佐子的演技雖然不像他那麼高明，但還是裝模作樣地打開後門。勇作說聲：「不好意思。」走了進來。

前往別館的路上，兩人都不發一語，甚至連眼神都沒有對上。但美佐子的腳步雖然筆直向前走，心神卻集中在身後的腳步聲上，和倉勇作就在自己的正後方……

從玄關進屋關上門之後，兩人這才面對面。美佐子說了「請」字，卻說不出「進」字。和勇作四目交會的瞬間，她變得全身僵硬。

美佐子心想他會不會就這樣抱緊自己呢？兩人站得很近，勇作的確有可能那麼做。

然而，勇作卻別開視線說：「打擾了。」然後開始脫鞋子，於是美佐子也慌張地爲他準備拖鞋。

美佐子帶他到園子剛才坐過的椅子，心想：「還好事先關上窗簾。」

「喝咖啡好嗎？」

美佐子正要往廚房走去時，勇作用眞摯的眼神說：

「我什麼都不要，妳可以留在這裡嗎？」

他的用字遣辭不再像剛才那般生硬，於是美佐子和他面對面而坐，卻沒有勇氣正視他。儘管想要對他的傾訴的話無窮無盡，但腦海中卻想不出一字一句。

不久，他開口說：「昨天眞是嚇了我一跳，我作夢也沒想到，妳居然會在這個家裡。」

「我也嚇了一跳。」美佐子總算發出聲音，但聲音卻異常嘶啞。

「妳結婚多久了？」

「已經五年了。」

「五年……是嗎，已經五年了啊。」勇作閉上雙眼，咬緊牙根，感嘆歲月的流逝。

「有小孩嗎？」

美佐子搖搖頭。「這樣啊。」勇作簡短地應了一句。

「你呢？單身？」美佐子問。

「嗯。」他回答，「除了沒有緣份之外，主要還是因爲我沒有心情談感情，今後大概也不會再有那種心情了。」

他緩緩地搖搖頭，低下頭做了一個深呼吸之後，再度抬起頭盯著她的臉。

「妳在那之後過得如何？和我分手後，成為大學生……」

美佐子將雙手放在膝上十指交握。

「我花了好長一段時間才重新振作起來，即使上了大學，我每天心裡還像是空了一個大洞……，你呢？」

「我也一直很沮喪。不過，我在警察學校裡過著紀律嚴格的生活，老實說，根本沒空情緒低落。」

「警察學校的生活很辛苦嗎？」

「簡直就是地獄。」勇作的臉上浮現微笑，「那裡的生活和軍隊一樣，什麼都管得很嚴。最初的一個月就有不少人退學。」

「你曾想過要放棄嗎？」

「有啊。不過，我不能放棄。我只剩這條路可走。一想到我犧牲了之前擁有的貴重事物，我更不能放棄。」勇作看著美佐子的眼睛。「痛苦的時候，我就會想起妳。雖然我在進入警察學校之前，就決定不再想妳，但我還是控制不了自己。」

「我……從來沒有忘記過你。」美佐子肯定地說。「即使放棄了你，我心中還是對你有所期待。我心想說不定你哪天會跟我聯絡，只要郵筒裡一有信件，我就會期待是你寄來的。可是，這個期待卻總是落空。」

「我也曾猶豫要不要跟妳聯絡。」勇作一臉沈痛地說道，「在我父親去世的時候，我那時剛從警察學校畢業兩年。不過，我卻不想打擾恢復平靜生活的妳。」

美佐子蹙眉，搖搖頭。

「一點都不平靜，我每天都過著空虛之味的生活。」

「就算是這樣……」勇作低頭，露出痛苦的表情。「就算是這樣，我還是覺得自己做了一個對彼此最好的選擇。事實上，和妳分手之後，我的人生眞的是一團糟。幸好沒有把妳捲進來。」

他抬起頭來，環顧室內。他的視線，像是在確認她目前的生活情形。

「我早已做好妳已經結婚的心理準備，那是很自然的。妳是在……哪裡認識瓜生晃彥的？」

「他父親介紹的。」

美佐子簡短地告訴他自己曾在UR電產工作，以及因爲這個關係認識了晃彥。聽到她說「所以我不是戀愛結婚的」，勇作露出一種既難過但又放心的表情。

「是嗎，妳們不是戀愛結婚的啊……」

「坦白說，我也想要戀愛結婚。」

於是勇作嘆了一口氣，用左手摩擦自己的臉，自嘲地淡淡一笑。

「我昨天晚上夜不成眠，都在想妳的事。不，應該說是在詛咒命運的作弄。我早已做好了妳會結婚的心理準備，但沒想到對象會是他。」

「你認識我先生嗎？」美佐子驚訝地問。

「我們可不只是認識而已，」勇作說，「早在遇見妳之前，我和他就因爲奇妙的緣份牽連在一起了。不過，這對我而言絕對不是一件好事。眞要說的話，他應該是我的……宿敵吧。」

「宿敵……對手嗎？」

「不過，說不定他根本不把我放在眼裡。」

勇作接著提到第一次遇見晃彥，以及往後兩人的關係。的確就像他說的，那或許該稱之為奇妙的緣份。

「我在國中時代也贏不了他，只能淪為第二，永遠當不了第一，都是因為他的關係。不管在任何方面，我都是他的手下敗將。雖然身邊的人都佩服我，但我卻不曾感到滿足過。最簡單的解決之道，就是轉校，但我卻沒有那麼做。後來，我和瓜生報考了同一所高中。因為我不想讓彼此之間的競賽是在一面倒的情況下劃下句點。」

「可是，」他抓抓頭壓抑心中的焦躁。「結果還是一樣。不管到了哪裡，都不改我是他手下敗將的事實，只有我內心的屈辱感一再累積。我徹底地敗給了他，不管做什麼，我都比不上他。我已經放棄了，因為我贏不了他。不過我想我們終究會就讀不同的大學，彼此的競賽就會告一段落，但升上高三之後，我卻聽到了一件晴天霹靂的事。那就是瓜生為了將來要當醫生，決定要考統和醫科大學。他的志願和我一樣，這讓我有一種不好的預感。我心想，這或許會是一個決定性的勝負。結果果然不出我所料，他考取，我卻落榜了，而我正好就在那個時候遇見妳的。」

「原來是這樣啊……」

她也覺得這是命運的作弄。

「遇見妳的那間醫院，也是我第一次遇見他的地方。所以我期待遇見妳之後，我的命運能有所改變。結果妳也知道，十多年後重逢時妳已經和瓜生結婚了。雖然我不相信這世上有神存在，但碰上這種諷刺的際遇，妳應該也能瞭解我想要找人發牢騷的心情吧？」

美佐子一動也不動地望著自己的手，什麼也答不上來。勇作不知道對她的反應做何解釋，有點慌張地補上一句：「當然，我並不是在恨妳。」

「無論妳和誰結婚，只要妳過得幸福就好，我當時的心情不會改變。這和對瓜生的感覺，是完全不同層次的問題。」

美佐子對「幸福」兩字感到反感，難道勇作覺得自己如今過得幸福嗎？但美佐子沒有表示什麼，反而問道：「你現在對我先生依然心存敵意嗎？」

「我覺得敵意這個說法並不適切，但我的確想和他算清楚當年的恩怨。」

「這樣啊……」

「其實，我今天去見過他了。」

「我先生？」美佐子揚了一下眉毛。

「不過，倒沒有什麼大不了的事情。他和從前一樣，完全沒變，依舊冷靜過人，即使面對刑警，也能泰然自若地應付。」

「對他而言，那樣的場面根本不算什麼。」

「似乎是。」說完，勇作稍微伸了個懶腰，將臉湊近她。「妳……愛他嗎？」

美佐子瞪大了眼睛凝視著舊情人，各種思緒在腦中交錯。

「我一定要回答這個回題嗎？」

美佐子反問，於是勇作一臉錯愕，接著苦笑。

「不，如果妳不想回答就算了。還是妳的意思是這根本無需回答。」

美佐子緊閉雙唇。其實她是答不出來，而且害怕一旦將答案說出口，自己將會完全失去自制力。

「我今天之所以到這裡來，除了想要見妳之外，還有另外一個理由。」勇作稍微改變口氣。「我有事情想請教瓜生晃彥夫人，希望妳務必老實回答。」

美佐子呑下一口口水，她有一種不祥的預感，不禁挺起雙肩。

「什麼事？」

「我想要請教一件昨天發生的事。瓜生昨天中午之前，是不是回到這間屋子過？」

面對勇作的問題，美佐子下意識地屛住呼吸，心臟怦怦亂跳。勇作敏感地察覺到她的細微變化。

「他果然回來過吧？」

「不。」美佐子搖頭，「我沒看到，他應該一直都在大學裡。」

但她也知道自己的聲音在顫抖。她心想，自己的演技眞是太差勁了。

他靜靜地以銳利的眼光看著她，試圖窺探她的內心。

「他應該回來過。」勇作低聲地說：「他應該曾回來拿十字弓，然後拿著弓先回大學一趟，再到墓地去殺害須貝正清。」

「你爲什麼要懷疑他？」

「直覺，我的第六感對他特別敏銳。」勇作用食指輕輕戳著自己的太陽穴一帶。「他從這裡回大學的路上打電話給大學附近的套餐店，要那裡的店員送外送到他的研究室。這是爲了取得不在場證明。可是，如果外賣太早送到就糟了，所以他點了比較花時間的套餐時，我的第六感就啓動了，他點了蒲燒套餐。」

「有鰻魚……？」

美佐子頓時語塞，緊接著她察覺到了勇作話中的涵義。

「妳好像知道了吧。」他說，「妳當然會知道，我也知道他從小就最討厭鰻魚。如果他特別點那種套餐，其中一定有什麼理由。」

晃彥的確討厭鰻魚，美佐子知道這點，所以從來不曾將鰻魚端上桌。

「就算妳眞的沒看到他，我也相信自己的直覺。不過，從妳的反應來看，我確定自己的直覺沒錯，昨天他曾經回來這裡。」

從勇作口中說出的一字一句，強烈地撼動了美佐子的心。這不只是因爲被人看穿心事，然而讓她鬆了一口氣也是事實。要是得將對晃彥的懷疑深藏在心、自己獨自面對的話，只會備受煎熬而已。

「我覺得這是老天賜給我的最後一次機會，一生中唯一能夠一次勝過他的機會。所以就算妳千方百計想要坦護他，我也一定會揭發眞相。」

美佐子聽著勇作繼續說下去，心裡涼了一截。

「我……不會坦護外子的。」

「咦？」勇作半張開嘴。

「我怎麼可能……坦護我先生，畢竟我連該怎麼坦護他都不知道。我什麼都不知道，我嫁進這個家裡好幾年了，卻對他一無所知。」

「小美。」

勇作脫口而出，從前他是這麼叫她的。

美佐子對著舊情人說道：

「我的人生……始終被一條看不見的命運之繩操控著。」

四

勇作回到警局，發現織田正坐在會議室的桌前調查什麼。桌上堆著厚重的書籍，其中還夾雜著外文書。

「你還挺悠閒的嘛。」

織田一看到勇作，馬上露出心中不悅地諷刺他。勇作假裝沒聽見地，問道：

「這些書是怎麼回事？」

「我從瓜生直明先生的書房裡拿來的。須貝正清在遭人殺害的前一天，曾說他想看看瓜生先生的藏書而進去過書庫，所以我正在調查他到底想看什麼。這眞是個既無聊又令人肩膀痠痛的工作。」

織田故意轉動肩膀，彷彿在說，「還不是因爲你偷懶，我才會這麼辛苦。」

「其他人去打聽線索了嗎？西方先生好像也出去了。」

「他去眞仙寺。好像找到十字弓了。」

「哦？終於……」

命案現場並沒找到凶器，大家都認爲犯人在哪裡處理掉了。

「我要去休息一下，這就交給你了。」

織田站起身來，也不等勇作反應，就留下大量書籍離開了會議室。他的意思似乎是這下換你去嘗嘗看那種無聊的書的滋味，勇作只好拉開椅子坐下。

勇作隨手拿起一本書，書名是《警告科學文明》。勇作覺得這書名很現代，但那卻是四十多年前的著作，他重新體認到人總是繞著相同的問題打轉。

勇作停止翻書的動作，思考美佐子的事情。幾十分鐘前見到的她，是那個勇作十分熟悉的美佐子。兩人的態度一開始很生硬，卻在談話過程中漸漸地恢復到往昔。在她面前勇作覺得自己像是回到了當年，心頭暖暖的。

當勇作對晃彥的不在場證明存疑時，馬上就想到要去見她。事實上，他的確認爲當面詢問她可能會找到一些蛛絲馬跡。但除此之外，勇作不能否認自己的確受到了那複雜心情的影響。勇作想要看看，嫁作人婦的她知道自己懷疑她的丈夫是犯人時，會有什麼反應。

勇作心想，她一定會坦護自己的丈夫。美佐子應該是愛晃彥才會和他結婚的，她不可能不坦護他。勇作想要親眼確認這點，這種行爲簡直就像是故意按壓發疼的臼齒。

然而，美佐子的反應卻全完不如勇作的預期。

我怎麼可能坦護我先生……

我的人生始終被一條看不見的命運之繩操控著……

她就像一條被人絞到不能再緊，然後鬆開的橡皮筋，開始娓娓道出她爲何和瓜生晃彥結婚、爲何還留在瓜生家，以及勇作怎麼想都想不通的事情演變。

她用「命運之繩」這種說法，表示她從父親住進紅磚醫院起，就開始感覺到那股力量的存在。

——就算眞是如此，爲何只有她受到那股力量的影響？她究竟哪裡與眾不同？

儘管她的說法令人難以置信，勇作卻怎麼也無法假裝沒看見她那對認眞的眼睛。

過了一會兒，織田回來了。他看著勇作面前的書籍，不滿地說：「搞什麼啊你，幾乎都沒動嘛。」

「這工作很累人啊。再說，這也不是我們這種門外漢能夠勝任的工作，找社長祕書尾藤來如何？」

「那個尾藤只要遇上自己不懂的事，馬上就舉手投降。」織田憤慨地說完後，粗魯地坐在椅子上。

不久，西方他們回來了。他似乎跑了不少地方，一臉疲憊。

「怎麼樣？」織田邊請西方喝茶邊問。西方大口喝下那杯淡而無味、不冷不熱的茶後，說：「眞仙寺南方三百公尺左右的地方有一片竹林，對吧？十字弓就被丟棄在那裡，據說是裝在黑色的塑膠袋裡。發現的人是附近的一個小學生。他母親發現他在削竹子做箭，打算用那射東西，於是從他手中一把搶過來。要是他拿來射人，讓人受傷的話事情就糟糕了，到時候連我們都會有麻煩。那把十字弓還潛藏著這樣的危險性，所以當時應該動員更多的人力，投入搜查十字弓的行列。」

「那的確是從瓜生直明先生的書房裡偷來的十字弓嗎？」勇作問。

「絕對沒錯，剛才已經確認過了。」

「只有找到十字弓嗎？箭應該有兩支吧？犯人只使用了一支，應該還有一支才對。」織田說。

「只有找到十字弓。我們在那附近進行了地毯式搜索，卻沒有找到另一支箭。」

於是西方才會弄得一臉疲憊不堪。

「這眞是令人擔心。要是不知情的人摸到那支毒箭，可就危險了。」

「你說的沒錯。畢竟犯人不可能一直將箭帶在身邊。不過，那支箭不是毒箭的可能性升高了。」

「這話怎麼說？」

「其實，我們今天在瓜生直明先生的書房裡，又找到了另一支箭。」

「不只兩支嗎？」

勇作問，西方點頭。

「那支箭就放在之前那個木櫃的最下層。經過鑑識人員的調查，那支箭的箭頭沒有裝進毒藥。」

「沒有毒？」織田先是一臉訝異，然後馬上點頭。「噢，原來如此，所以只有那一支被人特別動過手腳。」

「不，事情似乎不是那樣。」西方說。「我們問過將箭送給直明先生的那個人，據他所說，他本來沒有意思帶回毒箭，但不知道是他當地的朋友基於好意，還是想開玩笑，在三支箭當中混入了一支眞正的毒箭。聽說他是回日本打開行李箱之後，才發現這件事。不過，直明先生卻覺得那支箭很有意思，就收了下來。」

「後來產生了一點誤解，才會變成以爲所有的箭都有毒。」

「似乎是如此。」

「也就是說，犯人偷走的兩支箭一支有毒，一支沒毒，是嗎？而射中須貝先生的碰巧是毒箭。」

織田拿起身邊紅色和黑色的原子筆，做了一個用紅色原子筆刺自己胸部的動作。

「我不知道是不是碰巧。說不定犯人在犯案之前，察覺到了兩支箭的不同之處。」

說完，西方從織田手中接過黑色原子筆，用指尖動作俐落地轉筆。「問題是犯人怎麼處理剩下的一支箭。我認爲，犯人很有可能還將箭藏在什麼地方。如果要丟的話，跟十字弓一起丟掉就好了。他之所以沒那麼做，一定有什麼理由。」

「這麼說來，犯人也可能打算今後再處理箭，是嗎？如果派人監視所有關係人的話……」

織田一說完，西方賊賊一笑，用手指戳他的胸部。

「我已經派人去監視了。自從知道另外一支箭還下落不明，我就已經派人在關係重大的地點監視了。」

「原來如此。眞不愧是……」

織田似乎想要恭維西方一句，但西方說了聲「不過」，對著織田的臉伸出手掌，打斷了他的話。

「就我的直覺，我認爲沒有必要四處派人監視。重點在於，」西方壓低聲音繼續說：「瓜生家。只要監視瓜生家的人就行了。」

「怎麼說？」織田問。

「花瓣啊。」

「花瓣？」

「嗯。不過，目前我還在請人調查這件事情。」

這個時候，走來一個刑警，表示有人來電找西方。他拿起話筒，講了兩、三分鐘。掛斷電話後，又回到勇作他們身邊。

「這通電話打來的正是時候，你們現在去須貝家一趟！」

「發生了什麼事嗎？」

「現在可以進去須貝正清的書房了。我希望你們調查須貝先生的日記、備忘錄，還有他最近感興趣的事物。」

「在那之前，我想先聽聽花瓣的事。」織田說。

但西方卻調皮地眨了眨眼睛，說：「讓我先賣個關子，晚點再告訴你。」

五

美佐子到門口拿晚報時，心想：「警方的戒備好像變得比白天更加森嚴了。」門前站了兩個眼神銳利，看起來似乎只是隨興地站在那邊的男人。但不用說，他們不可能沒有任何目的，大概是在監視出入瓜生家的人。同樣地，後門也站了兩名刑警。美佐子不懂，爲什麼傍晚後會突然變得如此戒備森嚴呢？

在這種緊張的氣氛之下，美佐子的父親壯介來訪。壯介好像是先到主屋去向亞耶子打招呼，然後才來美佐子夫妻住的別館。

「感覺眞是不太舒服，經過大門的時候還被人盯著看。」壯介在玄關邊脫鞋子邊說。

「警方問了你什麼嗎？」

「不，他們倒是沒問什麼。說不定離開這裡的時候會問吧。……晃彥呢？」

「他還沒回來，不過我想差不多快回來了。」

美佐子帶父親到客廳，這是她今天第三次帶人進來客廳了。

「警方問了妳什麼嗎？」壯介脫掉西裝外套，邊鬆開領帶邊問。

「他們問了一大堆呢。同樣的問題一而再、再而三地問。爸，喝茶好嗎？」

「噢，妳不用麻煩。這樣啊，看來警方果然會仔細調查你們。但是，妳心裡眞的一點底都沒有嗎？」

「沒有呀，我什麼都不知道。」

說完，美佐子準備了茶具。這句話帶有自嘲的意味，但壯介卻沒有聽出話中的弦外之音。

「是嗎，那樣也好。要是說太多有的沒的，萬一發生無可挽回的事情可就糟了。」

美佐子背對著父親聽他說話，心想：「自己說不定已經做出了無可挽回的事情。」勇作已經看出她昨天白天看到了晃彥的身影。警方今後要是懷疑晃彥，美佐子的證言應該會具有重大意義。即便勇作說他不會將這件事情告訴別人，但……

美佐子除了告訴他那件事之外，還提到了「命運之繩」，希望他能了解自己如今的心情。見勇作之前，美佐子還曾告誡自己千萬不能迷失自我，但她也察覺得到了，越和他說話越是無法控制自己。她一直想要找個人訴說自己對現狀的不滿、對丈夫的疑慮，還有對目前人生的疑問。睽違十多年後再次和勇作重逢的力量，足以拆解掉她心門上的鎖。

——對於自己說的話，他會怎麼想呢？會不會覺得是我愚蠢的妄想而嗤之以鼻呢？

他若無視於我的傾訴，的確令人悲傷。然而，美佐子一想到他若是將自己的傾訴當作一回事而採取行動，也會感到害怕。她感覺自己像是打開了不能開的潘朵拉之盒。

聽到壯介說話，她才回過神來。她「咦」一聲地回過頭，壯介邊看晚報邊問：「我在說晃彥啊，他對命案一事有沒有說什麼？」

「沒有啊。」

美佐子端來茶和點心。壯介放下晚報，瞇起眼睛啜飲茶水。看他喝茶的模樣，美佐子感嘆地想：「爸眞的是上了年紀啊！」

壯介從UR電產退休後，又到它的外包商電氣工程公司工作。由於工作內容是負責和之前公司聯絡，無需費神，也不耗費體力，加上可能因爲適度的運動對身體有益，他這一陣子的氣色很好。

「不過，晃彥是瓜生家的繼承人，警方自然會懷疑他吧？」

「大概是吧。」

「警方的疑慮應該已經釐清了吧？像是透過不在場證明之類的。」

大概是最近常看電視上的推理連續劇，壯介說出了一個專業術語。

「天曉得，我不知道。他昨天幾乎都不在家，今天也是一早就出去了，到現在還沒回來。」

「是嗎。那麼，警察說不定去了大學一趟。」

壯介的眼神不安地在空中游移。

當兩人有一句沒一句地針對這起命案聊些無關痛癢的事時，玄關傳來聲響。原來是晃彥回來了。

他知道岳父來訪，馬上到客廳打招呼。他連衣服也不換，一屁股坐在壯介面前，笑容滿面地詢問岳父的近況。

「我心想事態嚴重，所以過來看看情況。只是幫不上什麼忙就是了。」

「謝謝爸。不過，您不用擔心。這場騷動是因爲我父親的遺物被偷，而且涉及人命罷了。社會上經常發生贓車被人用來犯罪的事件，這次就跟那一樣。」

大概是想讓岳父放心，晃彥做了個牽強附會的解釋。十字弓被用來殺人和贓車被人亂用，本質上根本就是兩回事。因爲能夠帶走十字弓的人有限。

——而你，就是其中之一。

美佐子在晃彥的背後，在心中低喃著。

對於晃彥邀他一同用晚餐，壯介堅辭，站起身來。

「那麼，讓我送您回家吧。」

「不，不用了。我自個兒慢慢晃回去。」

壯介趕忙揮手拒絕。

「天氣有點冷了，對身體不好唷。我會擔心的，請讓我送您回家。」

晃彥堅持要送。壯介不好意思地抓抓頭，說：「這樣啊，那就恭敬不如從命了。」

美佐子目送兩人出門，然後整理客廳。當美佐子撿起晃彥隨手脫了丟在地上的西裝外套，正想掛在衣架上時，有東西「咚」地掉在地上。

撿起來一看，那是一條瞬間接著劑的軟管。

——他身上爲什麼會有這種東西？

難道是在大學的研究室裡用的嗎？晃彥經常會帶些莫名其妙的東西回家，但瞬間接著劑還是頭一遭。

美佐子雖然感到不可思議，但還是將它放回了西裝外套的內袋。

晃彥回家的時間比想像中還晚，所以美佐子必須再將晚餐的湯熱過，但晃彥對於自己晚歸卻沒做任何解釋。美佐子隨口問道：「路上塞車嗎？」晃彥也只是模稜兩可地回答：「嗯，聽妳這麼一說，的確是蠻塞的。」

美佐子邊吃晚餐，邊問晃彥刑警是否去過大學。他不以爲意地回答：「來過。」

「他們問了你什麼？」

「沒什麼大不了的，就跟昨天問妳的問題一樣。」

「像是，你白天在哪嗎？」

「差不多。」

晃彥以規律的速度喝湯、吃沙拉、將烤牛肉送進嘴裡，也沒有露出任何不自然的表情。

「你怎麼回答？」

「什麼怎麼回答？」

「就是，」美佐子喝下葡萄酒後說，「當他們問你白天在哪的時候。」

「噢，」他點頭。「我回答我在研究室裡吃外送套餐。店員應該記得我的臉，沒有什麼好懷疑的吧。」

「哦。」她簡短地應了一聲，心想，但和倉勇作卻在懷疑你。

「那種店裡的東西好吃嗎？你是叫大學附近餐廳的外送，對吧？」

「倒是不會特別好吃啦。不過以價格來說，還算可以了。」

「其中有沒有你討厭的菜色？」

譬如像是蒲燒鰻——但美佐子沒說出口。

「有時候會有。不過，只要別訂那種東西就好了。」

晃彥說到這裡，好像突然屛住了氣。他一定是想起了他昨天訂的便當和現在說的話互相矛盾。美佐子不敢看他做何表情，眼睛一直盯著盤子。

「妳問這做什麼？」晃彥問她。

「沒什麼……只是在想你平常都吃些什麼。要不要再來一碗湯？」

美佐子伸出右手，心想：「自己的演技還眞自然。」晃彥也沒有露出懷疑她的樣子，以平常的語調回答：「不，不用了。」

兩人之間持續著短暫的沉默。只有刀叉碰到盤子的聲音。美佐子覺得，兩人最近吃飯時交談的話題變少了。

「話說回來，今天來了兩個刑警，看到其中一個，嚇了我一大跳。他居然是我以前的同學。」

「咦？眞的假的？」

美佐子爲晃彥的玻璃杯斟酒，臉上露出驚訝的表情。這次的演技並不怎麼好，但他好像沒發現。

「他從小學到高中都跟我同校。人很活躍，又會照顧人，總是班上受歡迎的人。而且他是那種刻苦耐勞的人，唸書就像是在堆小石頭一樣，一步一腳印。」

晃彥放下刀子，用手托住下巴，露出回想往事的眼神。

「正好和我相反呢。」

「咦？」

「我的意思是，他正好和我相反，我怎麼也無法和身邊的同學打成一片。我覺得每個人都幼稚得不得了，像廢物一樣。而且我一點都不覺得一般小孩子玩的遊戲哪裡有趣。我不覺得自己奇怪，反而認爲他們有問題。」

他將叉子也放在刀子旁。

「他就是那種孩子的典型代表人物。帶領著大群同學，不管做什麼都會發揮領袖精神，連老師也都很信任他。」

「你……不喜歡他吧？」

「應該是吧。我對他的一舉一動都看不順眼。可是我覺得，我好像在透徹地瞭解他這個人之前，就意識到了他的存在。該怎麼說好呢？該說是我們不投緣嗎？總之，我就是會下意識地想要排斥他。彷彿就像磁鐵的S極和S極、N極和N極會互斥一樣。」

晃彥將杯中剩下的葡萄酒一飲而盡，像是要映照出什麼似地，將玻璃杯高舉至眼睛的高度。

「但不可思議的是，我現在對他卻有一種懷念的感覺。每當我試圖回想漫長的學生生活時，其他的什麼事情都想不起來了，但腦海中卻總是鮮明地浮現出他——那個名叫和倉勇作的男人。」

「因爲你們是宿敵嗎？」

美佐子說出從勇作那裡聽來的話。晃彥複誦「宿敵」兩個字之後，說：「是啊，這說不定是個適當的說法呢。」然後頻頻點頭。

「不過，還眞稀奇耶。」

「稀奇什麼？」

「第一次聽你提起小時候的事。」

聽到她那麼一說，晃彥像是突然被人冷不防地道破心事，轉移視線後說道：「我也是有童年的呀。」

說完，他從椅子上起身。盤子裡的烤牛肉還剩下將近三分之一。

六

須貝正清的書房和瓜生直明的房間正好相反，重視實用性更甚於裝飾性。房裡連一張畫都沒有，每一面牆都塞滿了書櫃和櫥櫃。而那張大到令人聯想到床鋪的黑壇木書桌上，放著電腦和傳眞機。

「那一天……命案發生的前一天，外子一回到家就馬上跑到這間房間，好像在查些什麼資料。」

正清的妻子正惠淡淡地說。丈夫遇害才過一天，但一肩扛下須貝家重擔的她，似乎已經拾回了冷靜。

「妳知道他在查什麼資料嗎？」織田打開抽屜，邊看裡面邊問。

行惠搖搖頭。

「我端茶來的時候，只看見他好像在看書。那並不稀奇，我也就沒有特別放在心上，所以才會一直忘記告訴警方。」

「妳記得那是一本怎麼樣的書嗎？」勇作問。

夫人將手掌靠在顴骨一帶，微偏著頭說：「我印象中……好像是一本像資料夾的東西。」

「多厚呢？」

「挺厚的，大約這麼厚吧。」夫人用雙手比出十公分左右的寬度。「而且感覺挺舊的。我當時瞄了一眼，紙張都泛黃了。」

「資料夾……紙張泛黃啊。」

織田用右手摩擦臉，像是在忍耐頭痛，他問站在行惠身邊的男人：「尾藤先生，你呢？你對那個資料夾有沒有印象？」

「不，可惜我一點印象都沒有。」

尾藤更加縮緊了窄小的肩膀。行惠聽到要調查正清的書房，於是把他找來了。

「命案發生的前一天，聽說你和須貝先生爲了看瓜生前社長的藏書，去了瓜生家一趟，是嗎？剛才夫人說她看見的舊資料夾，是不是從瓜生家拿來的呢？」

「可能是。」

「那麼，那到底是什麼東西？你心裡應該也有數吧？」

「不，因爲，」尾藤露出怯懦的眼神。「我已經跟其他刑警說過好幾次了。當須貝社長待在前社長的書庫時，因爲社長說他想要自己一個人參觀，所以我和瓜生夫人一直都在大廳裡。因此，我完全不清楚須貝社長對什麼書感興趣。」

聽到他那麼說，織田重重地嘆了一口氣。

勇作決定放棄從行惠和尾藤身上問出有效的證言，開始尋找行惠有印象的那本厚資料夾。巨大的書櫃從地板一直延伸到天花板，但資料夾的數量並不多。環顧一圈下來，書櫃中似乎沒有他們想要找的東西。

「妳先生在這裡查資料的時候，妳有沒有看到什麼？像是英文字典之類的。」織田查看過書桌底下和書櫃裡面之後，表情有點不耐煩地問。

行惠偏著頭想了一會兒，然後指著勇作身旁的櫥櫃說：「英文字典是沒有，不過當我進來的時候，他從那個櫥櫃拿出了一本黑色封面的筆記本。」

那個櫥櫃有十層沒有把手的抽屜。

「我想應該是從最上面的一層抽屜拿出來的。」

於是勇作伸手去打開抽屜。織田也大步走過來，往裡頭一看，卻沒有看到筆記本。

「裡面什麼也沒有啊。」聽到勇作這麼一說，行惠也走了過來。

「咦？真的耶……」

她看著空空如也的抽屜，瞪大了眼睛。

「其他層的抽屜倒是放了很多東西，這個櫥櫃究竟是怎麼分類的呢？」織田一邊陸續打開第二層以下的抽屜，一邊問。

「我是不知道分類的方式，但這個櫥櫃裡放的應該是外子的父親留給他的遺物。」

「須貝社長的父親……這麼說來，是前社長之一囉？」

織田確認這點，夫人回答：「是的。」

勇作和織田依序查看抽屜裡的物品。果然如行惠所說，他們找出了一件件正清的父親須貝忠清擔任社長時的資料，包括新工廠的建設計劃、未來的營運計劃等。或許這些就是他要讓兒子學習帝王學所留下來的實用教科書。

「妳先生經常閱讀這裡面的資料嗎？」

對於織田的問題，行惠歪著頭說了聲不知道。

「外子曾說，這些舊東西雖然可以代替父親的相簿，對工作卻沒有幫助。所以我想他應該不常拿出來看。不過，他那天確實從這裡面拿出了一本筆記本。」

「可是，那本筆記本卻不見了。」

「似乎是這樣沒錯。」

行惠露出一臉不可思議的表情。

「尾藤先生對那本筆記本有印象嗎？」

被織田這麼冷不防地一問，尾藤趕忙搖頭否認。

「我今天也是第一次知道那個櫥櫃的事。」

「是嗎？」

織田一臉遺憾。

——有兩本資料不見了啊。

勇作在腦中思考：「一本是厚厚的資料夾，另一本是黑色封面的筆記本。共同之處在於，兩本都是舊資料。」

它們爲什麼會從這間書房消失呢？

「昨天到今天之間，有人進來這間房間嗎？」勇作問。

「進來這裡嗎？」

行惠夫人像個歌劇歌手般，雙手在胸前交握，看著正前方，唯有黑眼珠看向斜上方。

「昨天的場面很混亂……說不定家裡的人有誰進來過。」

「昨天在這間屋子裡的，只有妳的家人和傭人嗎？」

「不，晚上還有幾個親戚趕來。噢，還有……」

她輕輕拍手。「天色尚早的時候，晃彥也來過。幸虧有他，不然如果只有我兒子俊和一個人，實在是忙不過來。」

「晃彥……瓜生晃彥嗎？」

突然聽到這個名字，勇作的心牽動了一下。但他並不意外。因爲他相信，晃彥和這次的命案脫離不了關係。

瓜生晃彥有沒有進來這間書房呢？兩本消失的資料，會不會是他偷拿走的呢？然而，勇作卻完全無法理解晃彥行動背後的意義。

「我們今天暫時就先調查到這裡。如果妳想起什麼的話，請隨時與我們聯絡。」

織田爲這次的調查行動做了一個結論，當他正要關上系統櫃的抽屜時，第一層的抽屜卻像是被什麼東西卡住，無法完全關上。

「奇怪了。」織田彎腰往裡面一看，訝異地揚了揚眉。

「怎麼了？」勇作問。

「裡面好像卡了一張紙。」

織田勉強將手伸進去，小心翼翼地將它抽出來。夾在指縫間的，似乎是一張照片。

「這棟是什麼建築物？」

織田看著照片，卻不讓勇作看，彷彿在說那是他拿出來的，只有他可以看，然後問行惠：

「妳知道這是什麼嗎？」把照片遞到她面前。她馬上搖頭：「我沒看過。」

當織田將照片遞到尾藤面前時，勇作總算看到了照片。尾藤說：

「我不知道。這是什麼建築物呢？從外觀來看，像是一棟舊式建築。」

「眞的，好像一座城堡。」行惠也插嘴說道。

兩名關係人都說不知道了，織田似乎也不太感興趣。不過，他還是說：「這張照片，可以放我這邊嗎？」獲得行惠的應允後，他小心謹愼地收進西裝外套的口袋裡。

要是織田注意到勇作的表情，應該就不會輕易地將那張照片收起來。

勇作甚至覺得，自己的臉色刷地變白。

他從來沒忘記過，那張照片中的建築物，正是那間紅磚醫院。

七

美佐子半夜做了一個惡夢醒來。一個不知道被什麼東西追趕的夢。照理說，她應該知道夢裡在追趕自己的東西的眞面目，但一覺醒來，卻只剩下滿腹的不是滋味。她試著回想夢中追趕自己的到底是什麼，但總覺得要是想起來，可能會令人更不舒服，於是決定忘了作夢的事。

美佐子翻了個身，將身體轉向晃彥。

但她的身旁卻是空的。

她扭動身體，看了一眼鬧鐘。凌晨兩點十三分。若是平常，這是晃彥熟睡的時間。

——他在做什麼呢？

美佐子不認爲他是去上廁所。一向深睡的他，不可能在半夜起床。

她閉上眼睛。不知道是不是受到夢境的影響，心情還有些不平靜。

美佐子聽見「叩」一聲，接著是低吟聲。她睜開眼睛，聲音依舊持續。

她起身套上睡袍，穿上拖鞋。低吟聲一度止歇，但她感覺到有人在走動。

她走到走廊上，聲音更清楚了。她聽過那種聲音，那絕對是使用鋸子在鋸東西的聲音。

——爲什麼要在半夜鋸東西呢……？

聲音是從晃彥的房間發出來的。美佐子握住門把，卻放棄開門，她心想門一定上了鎖。即使是美佐子，晃彥也很少讓她進這間房間。他甚至會在他不在家的時候，將門上鎖。他的理由是房裡放滿了重要的資料，要是被人動過，他會不知道東西在哪裡，還有就算家裡遭小偷，至少也要保住這間房裡的東西。

美佐子放開握住門把的手，敲敲門。敲到幾下之後，剛才聽到的聲音就像是有人關上了開關，嘎然停止。

隔了一會兒，門鎖發出「咔嚓」被打開的聲音。

門打開一半，睡衣上套了一件運動外套的晃彥現出身影，他的臉頰看起來微微泛紅。

「你在做什麼?」

美佐子一邊瞄著房裡的狀況,一邊問。她只瞥了一眼,看見鋸子掉在地上。

「做木工。」晃彥說。「我在做明天實驗要用的器具。我忘得一乾二淨,剛才才想起來。」

「是嗎……家裡有材料嗎?」

「嗯,勉強湊和著用。……太吵了,讓妳睡不著嗎?」

「不是,沒那回事,你要早點睡哦。」

「我會的。」

晃彥想要關上門。但在他關門之前,美佐子忽然「啊……」地輕叫一聲聲。

「怎麼了?」

「那條接著劑啊?」

「不,沒什麼……你是爲了這個,才帶那條瞬間接著劑回家的嗎?」

美佐子又問了一次,她從晃彥的臉上看到了不知所措的神色。他張開嘴巴,頻頻眨眼。美佐子發現,自己說了不該說的話。

「妳爲什麼會知道?」

「剛才……你送我爸回去的時候,從你西裝外套的口袋裡掉了出來。」

聽到她這麼一說,他輕輕地舒了一口氣,歪著嘴角擠出一個不自然的笑。

「我白天在大學裡用那個,大概是不小心放進了口袋,沒什麼啦。」

「這樣啊……」

美佐子假裝接受他的說辭，心裡卻有滿腹的疑問。

「那，晚安。」

「嗯，晚安。」

美佐子背對他邁開腳步。她的背部感受到晃彥如刀般銳利的視線，但她卻沒有勇氣再次回頭。

八

勇作回到公寓後，從書桌的抽屜裡拿出一本舊筆記本。用鋼筆寫在封面的字跡，不知不覺間已模糊難辨。辨讀出來的文字是：

腦外科醫院離奇死亡命案調查記錄　和倉興司

那本筆記本是二十幾年前的東西，記載的是勇作的父親興司針對早苗死於那間紅磚醫院的命案所調查出來的內容。

他之所以翻出這本筆記本，是因爲白天在須貝正清的書房裡，意外地發現了那張照片。

爲什麼須貝正清會有紅磚醫院的照片呢？

原本和那張照片放在一起的「黑色筆記本」究竟又消失到哪去了呢？還有正清在調查什麼呢？

勇作不明白，紅磚醫院和須貝正清之間有什麼關係。不過，對於瓜生直明和紅磚醫院之間的關係，他心裡倒是有了底。

是早苗的那起命案。

當年父親興司在調查那起命案時，家裡來了一位文質彬彬的紳士。他和父親長談之後離去，之後不久，父親便停止了調查。

勇作在小學畢業典禮上，知道了那位紳士就是瓜生晃彥的父親。自從那之後，勇作就一直在想，說不定早苗的那起命案對於瓜生家具有重大意義。

如果這個推論正確的話，須貝正清會對那起命案感興趣一點都不奇怪。放著那張照片的櫥櫃裡面都是正清的父親留給他的遺物。這麼一來，就時間上來看，不也和早苗那起命案吻合嗎？

勇作再度將目光落在手上的筆記本。他心想，如果這次的案子關係到早苗的那起命案，那就不能假手他人。

他第一次看見這本筆記本，是在當上警察、正式分發到警察單位後的第二年冬天。同時，也是興司死去的那年冬天。

興司常對勇作說，「如果我死掉的話，喪禮簡單辦就好。如果我死掉的話，要把獎狀全部燒掉。」有時候，他還說：「如果我死掉的話，你要記得整理神壇的抽屜，裡面有東西要給你看。」

等到父親死後過了兩個多星期，勇作才有空好好思考父親的這一番話。勇作一一遵照父親的指示辦理他的後事。喪禮就算沒有父親的指示，也只能簡單辦理。

勇作想起父親的遺言，查看神壇。父親想讓自己看的東西到底是什麼呢？於是他在小抽屜裡，找到了一本對折的舊筆記本。

那正是「腦外科醫院離奇死亡命案調查紀錄」。

那並不是公家的資料，而是興司將針對那起命案所調查的內容記錄下來，留作自己參考之用的物品。因此其中還包含了草稿的部分和簡單的筆記。

開頭的主要內容大致如下：

一、發現屍體的狀況

九月三十日上午七點過後，一名上原腦神經外科醫院的值班護士在該院南面的庭園散步時，發生有人倒在地上。經由護士通知，趕來兩名正在值班的醫師，但經診斷發現該名女子已無脈搏及生命跡象。醫院方面馬上與本局聯絡。上午七點二十分，附近派出所的兩名員警及巡邏中的兩名外勤員警抵達現場，封鎖現場一帶後，展開監視行動。七點三十分，本局的刑事課刑警、鑑識人員到達現場，進行現場調查。

二、屍體的狀況

屍體經由護士們確認，是該院病患日野早苗。她身穿白色睡衣，打赤腳，面朝上呈大字型倒在位於建築物南方，死者本人病房的正下方。

解剖結果發現，死因爲頭蓋骨凹陷導致顱內出血。另外，脾臟及肝臟受損，背部可見大片的內出血。

三、現場的狀況

死者的病房在該院南棟四樓。病床的寢具凌亂，窗戶沒關。拖鞋整齊地並排在病床旁。病房內放置了死者的行李和簡單的家具，並無異狀。

從屍體的位置和其他情形來看，死者可能是因爲某種原因，從病房的窗戶墜樓。

四、目擊者及證人

醫院的熄燈時間爲晚上九點，在那之後沒人見過日野早苗。此外，也沒有找到知道窗戶是否開著的人。

不過，根據住在日野早苗隔壁病房的坂本一郎（五十六歲）的證言指出，他在半夜聽見日野早苗的房裡有腳步聲，還聽見了類似女性尖叫的聲音。坂本原本想要通知護士，但懶得下床，後來就睡著了。他當時沒看時鐘。

另外，兩名住在南棟病房的病患聽見有什麼東西掉落的聲音。兩人都說他們沒有特別將這件事放在心上。

五、日野早苗的身份

日野早苗在七年前被送進該院，送她住院的人是瓜生工業股份有限公司當時的社長瓜生和晃先生（三年前歿）。據瓜生先生所說，他從前受恩於日野早苗的父親，因此代爲照顧她。但因爲她可能有智能方面的障礙，因此拜託交情甚篤的上原雅成院長爲她治療。上原院長一口允諾，爲她在南棟四樓準備了一間個人病房，展開治療，直至今日。

日野早苗的戶籍地在長野縣茅多郡，父親死於戰爭，母親也因病去世。詢問她故鄉的人，也沒人知道日野家。有一名據說是從前住在她家隔壁的婦人，只知道早苗在唸國中。

向瓜生和晃先生的兒子直明先生打聽他父親如何與早苗相遇後得知，和晃先生似乎是在因緣際會之下，發現在鬧區乞討的她，得知她沒有個像樣的住所後，於是決定直接帶她回家，讓她住在家裡以便照顧她。但因爲她在日常生活各方面出現了許多問題，於是和晃先生下定決心讓她接受治療。

至於和晃先生從早苗的父親受到了何種恩惠，直明先生和上原先生都沒聽說過，但直明先生尊重父親的遺願，繼續支付治療費用並接下監護人的義務，而上原博士則繼續爲她治療。然而，歷經七年的治療，卻沒有出現顯著的效果。關於早苗智能障礙的原因，依舊是個謎。

六、日野早苗的爲人與生活

她的個性敦厚，老實害羞，雖然智能只有小學低年級的程度，但個人大小事大部分都能自理。她不擅長閱讀，幾乎不會算數，平常會打掃醫院的庭園。她對大人抱有強烈的警戒心，但似乎喜愛與小孩子接觸。由於院長默許附近的孩子在院子裡玩，因此她每天似乎都很期待他們的來訪（勇作好像也經常去玩）。

她七點起床，九點就寢。據說早苗不曾打亂這種日常作息。

所有密密麻麻記錄在筆記本上的內容，在在衝擊著勇作的心，內容翔實地傳達著早苗爲什麼會在那個地方。

勇作想起第一次看到這本筆記時，令他格外震撼的是「她每天似乎都很期待附近的孩子……他們的來訪」的部分。當時的勇作也同樣期待去醫院的院子裡玩耍。

只不過，這本筆記裡有些內容卻令人無法只是一味地沉浸在感慨的情緒當中。不，反而該說令人起疑的成分居多。不用說，最重要的一點就是早苗和瓜生和晃之間的關係。不，或許該說是和瓜生父子的關係。

讀過這個部分的紀錄之後，也就不會奇怪瓜生直明和早苗的離奇死亡命案有關。畢竟，他是早苗的監護人。

然而，勇作卻無法理解直明對命案的反應，他恐怕曾經勸警方放棄調查這起命案。

勇作還記得，興司的上司曾經爲了那起命案到家裡來過，他好像花了好長一段時間來說服興司，眼看說服不了興司，於是一臉不悅地拂袖而去。他當時說話的內容說不定是這樣的。

我說和倉，你就別鑽牛角尖了嘛，你又沒有找到他殺的決定性證據。再說，殺了那個女的，並沒人有好處啊。從早苗的智能程度來看，即使自殺的可能性不高，也很有可能是意外。那天夜裡萬里無雲，早苗可能半夜醒來，想要打開窗戶看星星，但身體卻探得太出去，以致失去平衡而墜樓了。就是那麼回事。你就那樣告訴自己吧……

興司的筆記本裡提到，島津警局內似乎從一開始便對他殺說抱持著消極的看法。

上司無法說服興司。幾天後，換瓜生直明親自現身了。勇作認爲，之前上司會到家裡來，便是瓜生家對警察進行勸說的結果。

這次興司接受了對方的意見，停止調查。

不知道瓜生直明究竟對父親說了什麼。對勇作而言，這件事也是最大的一個謎。當然，筆記本上也沒有當時的記載。

但勇作確信，父親興司絕對沒有放棄他殺說。

筆記本中間的部分寫了幾個他堅持他殺說的理由，列舉如下：

・早苗恪守就寢和起床的時間。護士們的證言提到，她不可能在半夜下床。所以她有可能半夜開窗看外面嗎？

・住在隔壁病房的病患聽見的是誰的腳步聲呢？早苗在病房裡穿的是拖鞋。

・早苗打赤腳。就算只是開窗看外面，一般也會穿拖鞋吧？

・聽說從前有人帶早苗到醫院的屋頂時，她大哭大鬧。她是不是有懼高症呢？如果有的話，就不可能會從窗戶探出身體。

・命案發生當晚，有好幾個人目擊到診所大門前停了一輛大型的黑頭轎車。那難道不是犯人準備的交通工具嗎？

從這幾個疑點一路看下來，勇作能夠充分接受興司堅持他殺說的理由。更令人懷疑的是，爲什麼調查當局不更深入追查呢？

勇作看著這本筆記本，心想一定要設法找出眞相來。他認爲，興司也希望他那麼做。興司雖然沒有在警界出人頭地，但對每一件案子總是全力以赴，以自己能夠接受的方式辦案。他唯一的遺憾，恐怕就是這起「腦外科醫院離奇死亡案件」。

然而，當勇作拿到這本筆記本時，早已不可能重新調查那起命案了。重點是，究竟有多少人記得那起命案呢？

不過，勇作知道唯一的辦法就是直接向瓜生家的人打聽。說不定他們會知道事情的眞相。話雖如此，但要實際採取行動卻不容易，就算要直接向瓜生家的人打聽，也不知從何打聽起。要是突然登門造訪，要他們說出早苗死亡的眞相，也只會被當成瘋子。

勇作左思右想苦無對策，後來因爲每天忙於繁重的工作，不知不覺間想要徹查眞相的心情便漸漸淡了。

接著就發生了這次的命案。

他沒想到，竟然會扯上紅磚醫院。

勇作心想，試試看吧。雖然不知道這次的命案實際上和早苗的那起命案有哪種程度的關係，總之儘可能地試試看吧。

——這件命案是我的案子，它可是和我的青春歲月大有關係。

勇作緊握手中的筆記本，在心中吶喊著。

第四章

吻合

一

勇作心中那幢充滿回憶的紅磚醫院早已面目全非。令人懷念的紅磚建築，成了全白的鋼筋水泥房子，簡直像一棟高級飯店。而從前綠意盎然的院子，大部分開闢成停車場。勇作繞了一圈試著找尋遇見早苗、美佐子，還有瓜生晃彥的地方，卻遍尋不著。

不知道是經營方針改變了，還是只靠一個腦神經外科經營不下去，或者兩個原因兼而有之，醫院名稱也從上原腦神經外科醫院，變成了上原醫院。

這天早上勇作一到島津警局，馬上去找西方，要求讓他去調查昨天從須貝家回到警局時，讓西方看的那張照片中的建築物。

「其實，我總覺得我看過那棟建築物，但昨天怎麼也想不起來，所以才沒表示什麼意見。」

「聽你這麼說，你想起來了嗎？」

西方將照片拿在手裡問。由於還不清楚照片和命案之間的關連性，所以目前還沒決定如何對這張照片展開調查。

「我想那大概是位在昭和町的上原腦神經外科醫院。」勇作說，「那在我以前住的老家附近，所以我有印象。」

「原來如此，是間醫院啊。被你這麼一說，感覺的確像是一間醫院。好，我知道了。你就去調查看看。」西方目不轉睛地盯著照片說。

勇作心想，幸好西方沒有囉哩囉嗦問一堆。

他到醫院櫃台報上姓名，表示他想見上原院長。

「您跟院長約了嗎？」

身穿白袍的櫃台小姐一臉訝異地問。勇作回答：「是的。」他來這裡之前，事先打過電話。他這才知道，當年腦神經外科醫院的上原雅成院長已經去世。接電話的是他的女婿，也就是第二代院長上原伸一。

等了一會兒，另一名護士帶勇作到院長室。護士一敲門，門內馬上傳來厚實的聲音，說：「請進。」

「和倉先生來了。」

「請他進來。」

護士請勇作進去。勇作一腳踏進院長室，迎接他的，是一個肥胖臃腫的男人。他的臉色紅潤，頭髮烏黑茂密，但應該已經四、五十歲了。

「不好意思，在您百忙之中前來打擾。我是島津警局的巡查部長，敝姓和倉。」

勇作低頭行禮。當他抬起頭時，發現房間中央一組用來接待客人的沙發上坐了一個女人。她的年紀約莫四十五、六，體態和上原正好相反，是一個身形修長的女人。勇作也向她低頭行禮，她立即點頭回禮。

「她是內人晴美。」上原向勇作介紹。「你說要詢問從前醫院和我丈人的事，我想光我一個人可能無法詳盡回答，所以找了內人過來，應該沒關係吧？」

「不，當然沒關係，感謝您想得那麼周到。」

勇作再度低頭致意。

「來，請坐。」

上原攤開手掌，伸手示意要勇作到沙發坐下，自己在夫人晴美身旁一屁股坐下。夫妻兩人一坐在一起，晴美看起來只有他的一半。

勇作也和他們面對面而坐。皮革沙發坐起來比想像中的還要柔軟，整個身體幾乎都要陷進去了。

「眞是嚇了我一跳，沒想到刑警先生竟然會爲了那件命案到敝院來。」

上原從茶几上的香菸盒拿出一根香菸，邊用桌上型打火機點火邊說。這一帶大概沒有一個大人不知道須貝正清遇害吧。

「目前還不知道命案和這貴院有沒有關係，但哪怕可能只有一點關係也要調查，這就是我們的工作。」

「似乎是那樣沒錯。警察眞是個辛苦的工作。對了，你要不要喝點什麼？白蘭地，還是蘇格蘭威士忌……？」

聽到上原這麼一說，坐在他身旁的夫人從沙發上起身。勇作連忙揮手制止。

「謝謝你的好意，不過我們執勤的時候不能喝酒。」

「是嗎，可惜我有好酒。」

上原臉上的表情有些遺憾，或許是他自己想喝。

「請問，你今天來是爲了什麼事呢？」

晴美夫人問。她大概覺得，如果讓丈夫接待勇作，話題會進行不下去。她的聲音在女性當中算是低沉的，感覺和她瘦小的體形搭不起來。

「其實，我是想請你們看看這張照片。」

勇作取出那張照片，放在兩人面前。上原用粗胖的手指拎起照片。「這是從前我丈人身體還硬朗時，這裡的建築物嘛。」

「當時叫做紅磚醫院，對嗎？」

聽到勇作這麼一說，夫人一臉驚訝道：「你很清楚嘛。」

「因為我從前也住在這附近。唸小學的時候經常在這邊的院子裡玩。」

「噢，原來是這樣啊。」

她說話的語調有了變化，似乎很懷念過去般地瞇起眼睛。她一定很久沒聽人提起這件事了。

「這是一棟頗有古老韻味的漂亮建築。要改建時，好多人都很捨不得呢。可是它實在是殘破不堪，不得不改建。」

上原的語氣聽起來像是在找藉口。

「改建是八年前的事了，對吧？當時前院長還……」

「他老人家還在世。可是罹患了胃癌，他大概也知道自己不久人世了，所以對我說：『醫院的事就交給你了。』當時我還在大學的附屬醫院，因為這個緣故而接下了這間醫院，於是一咬牙將醫院做了一番大改造。除了建築物之外，更改造了它的內部結構。在那之前，這裡脫離不了個人醫院的體制，但那樣並無法生存下去。身為經營者的我們必須有所自覺，將醫院也視為企業經營。」

上原的話題似乎大幅偏離了正題。晴美夫人大概察覺到了勇作困惑的心情，從丈夫手中接過照片，說：「這張照片中的建築物，好像是特別早期的。」

「有哪裡不一樣嗎？」

「有的，旁邊這是焚化爐。我想，這應該是在快二十年之前拆掉的東西。」

「嗯，沒錯。我也依稀記得。」上原也從旁邊過來湊熱鬧，「居然還有這麼舊的照片。」

「那張照片，是從遇害的須貝社長的遺物中找出來的。」

聽到勇作那麼說，上原睜大眼睛，「哦」了一聲。

「所以今天來倒也不是特別要詢問什麼，只是想先確認一件事。就是須貝先生爲什麼會擁有這樣的照片呢？」

「這個嘛，」上原側首不解。「須貝先生沒有來過這裡，而且我們也不認識他的家人……」

「前院長呢？你有沒有聽他說過什麼？」

「沒有，我幾乎沒有跟我丈人聊過從前的事，妳曾聽他說過什麼嗎？」

上原問晴美夫人。她也搖頭。

「就我所知，我父親沒有說過須貝先生的事情。」

「是嗎……」

如果是其他刑警到這裡來，問話可能就到此結束。但勇作的手中卻還握有一張王牌。

「就算不清楚令尊和須貝先生之間的關係，令尊和前社長瓜生先生應該是很親近的朋友。」

被他冷不防地這麼一說，院長夫婦有些驚訝地面面相覷。

「我父親嗎？」晴美夫人問。

「是的。」勇作回答。「二、三十年前，這裡曾經發生過一起病患從窗戶墜樓身亡的意外事故。」

夫人無法立即反應過來眼前的年輕刑警在說什麼。她迷離的視線在空中遊移，雙唇微張。

「是不是發生在……南棟的四樓？有一名女性病患墜樓……」

「是的，正是。」勇作點頭。

「當時那名女性病患的監護人應該就是瓜生直明先生。」

「噢，」她在胸前拍了一下手。「我想起來了，確實有那麼一回事。一開始她的監護人是瓜生先生的父親，他父親死後才由他接下這個重擔。」

「正是如此，您記得很清楚嘛。」

「這對我家可是一件大事。當時我在家裡幫忙家務，所以經常有機會聽到警察和我父親的談話。」

「原來如此。」

從晴美夫人的年齡來看，她當時可能還住在家裡。

「那件命案，我也稍微聽說過。」

上原用手搓著下巴說：「不過，我丈人只是草草帶過，所以我也不方便一直追問。」

「感覺上，我父親確實不喜歡有人提到那件事。命案解決後，他也沒對我們做任何解釋。」

「令堂呢？她知不知道些什麼？」

上原雅成的妻子，比他早五年去世。

「我母親嗎？這我就不清楚了……」

夫人歪著頭，話說到一半突然用驚覺的表情看勇作。「那起命案和這次的事情有什麼關係嗎？」

「不，倒不是有什麼關係。」

勇作緩和了臉頰的線條。「只是因爲我對府上和瓜生先生之間的關係感興趣。根據調查瞭解，瓜生和晃先生因爲和上原博士是老交情，所以才會帶那名女性病患到這間醫院就修。而我們想要知道的是，他們是在什麼樣的機緣之下變得交情甚密的。」

聽到勇作這麼一說，夫人點頭，問道：「不愧是警方，調查得眞仔細。不過，有必要調查那麼久之前的事情嗎？」

「沒辦法，這就是工作。」

勇作將手放在頭上。表面上是工作，實際上是個人的調查。

「事情距今太久，我完全忘了瓜生先生和我父親的交情，所以也不清楚他們是在什麼樣的機緣之下變得親近的。」

夫人一臉歉然地說：「不過，說不定……」

「說不定什麼？」

「如果我沒記錯的話，在那更早之前，我父親有一段時間曾經派駐在某家公司的醫護站。那家公司說不定就是UR電產，當時叫做……」

「瓜生工業。」

勇作這麼一說，夫人頻頻點頭。

「就叫那個名字，說不定就是那家瓜生工業。雖然現在公司裡有醫護站的不在少數，但在當時可是很罕見的呢。所以一定是當時就已經是大公司的瓜生工業。」

勇作心想，這個推論合情合理。

「上原先生派駐在瓜生工業的醫護站……可是，他的專長應該是腦外科吧？」

「嗯，是那樣沒錯，但雖然說有些疾病不是他的專長，還是可以看診吧。」

「當時缺醫生，所以聽說什麼病都看。」上原從旁一臉得意地補上一句。

「有沒有人很清楚當年的事情？」

勇作問。上原動作誇張地抱住胳膊，「這個嘛，有誰呢？」

「山上先生怎麼樣？」

晴美夫人一說，上原反射動作地擊掌。

「對，他說不定是個適當的人選。他是我丈人大學時代的朋友，目前退休了。」

上原起身翻了翻自己的辦公桌，從名片夾裡抽出一張名片，走了回來。勇作接過來一看，名片上只寫了名字「山上鴻三」，沒有頭銜。

「我只在我丈人的喪禮上見過他一面。如果他沒搬家的話，現在應該是住在這裡。」

勇作一邊將名片上的地址和電話抄在警察手冊上，一邊問：「您剛才說他是上原先生大學時代的朋友，他也是腦外科醫師嗎？」

「好像是，不過聽說他沒有自行開業。」

「他非常誇讚我父親。」夫人說：「他好像是一位非常優秀的學者。但因爲戰爭的關係，再加上環境不允許，他說他很遺憾沒有機會好好地做研究。」

「畢竟，要光靠做研究溫飽三餐，是一件很不容易的事情。」

這句話大概反映出了上原自身的處境，聽起來充滿了過來人的心聲。

勇作假裝在看警察手冊，目光落在手錶上。他覺得在這裡已經打聽不到任何消息了。

「非常感謝你們今天抽空接受詢問，我想今後可能還會有事情請教，到時候就麻煩你們了。」

勇作一面致謝，一面起身。

「眞不好意思，一點忙也沒幫上。」

「不，哪裡的話。」

勇作和進來的時候一樣，頻頻低頭致意，離開了院長室。雖然沒有斬獲，但打聽到上原雅成曾經派駐在UR電產的前身瓜生工業的醫護站，以及山上鴻三這號人物，基本上還算令人滿意。

然而，當勇作正要走出醫院玄關時，從身後傳來「和倉先生、和倉先生」的叫喊聲。回頭一看，上原伸一搖晃著龐然的身軀，朝自己跑來。

勇作探了探衣服的口袋，心想是不是忘了什麼。

「還好趕上了。」

上原追上勇作，胸口劇烈地起伏，一道汗水流過他的太陽穴。

「你想起什麼了嗎？」等到他調勻呼吸，勇作才開口問。

「不，我不知道這件事情有沒有幫助。而且說不定是我記錯，就算我沒記錯，也可能毫無相關。」

「願聞其詳。」

勇作和上原並肩坐在候診室的長椅上。候診室裡人聲鼎沸，上原醫院的經營情形應該還算不錯。

「聽完你剛才說的話，有一件事情一直在我腦中盤旋不去。」上原稍稍壓低音量說：「就是瓜生這個姓氏。我和UR電產完全沒有關係，但我對這個姓氏卻有印象。我想，應該是因爲這個姓氏很特殊，所以才會特別印象深刻。」

「你想得起來是在哪裡聽過的嗎？」勇作雖然心想：「既然你和UR電產沒有關係，說了也是白說。」但還是這麼姑且一問。

「嗯，那已經是十多年前的事情了。當時我還待在大學附屬醫院，經常到這裡來。因爲已經決定要由我繼承這裡，所以事先來學習醫院的運作，好爲未來接手的工作做準備。當時，有一個感覺像是高中生還是大學生的青年，來見院長。」

「十多年前……像是高中生，還是大學生……」

勇作的心情開始翻騰。

「他好像來了兩、三次。每當那個青年來，我就會被趕出院長室。於是我向櫃台的女員工打聽那名訪客的名字。我記得她回答我，是瓜生先生。」

勇作找不到適當的話回應，茫然地盯著上原的臉。於是上原也變得侷促不安，靦腆地笑著說：「果然沒什麼關連吧。」

「不，那個……」勇作吞了一口口水。「我想應該是沒有關係，但我還是會記在心上。眞是謝謝你，還讓你特地趕來告訴我。」

勇作站起來，對上原深深一鞠躬，然後邁開腳步，往玄關而去。他的膝頭微微發顫，難以前進。

勇作出了建築物，在一張小花壇旁的椅子坐下。從前和美佐子並肩而坐時，四周全是綠色植物，現在卻只看得見混凝土和柏油路。

——爲什麼之前不會覺得奇怪呢？

勇作的腦中數度浮現出這個疑問。瓜生晃彥爲什麼要放棄當一家大企業的接班人，選擇當醫師這條完全不同的道路呢？

剛才上原伸一提到的青年，應該就是瓜生晃彥。從時間點來看，他當時是統和醫科大學的學生。他去見上原院長時，說不定是剛考上大學，或入學後不久。

發生在紅磚醫院的早苗命案，和瓜生家有關。

紅磚醫院是一家腦神經外科醫院，早苗是這間醫院的病患。

而瓜生晃彥拒絕前程似錦的康莊大道，改走醫學之路，而且還是腦醫學這條鮮少人走的羊腸小徑。

這麼一來，我是不是該從晃彥就讀醫學系時曾以某種形式與紅磚醫院扯上關係的角度思考？而且他和紅磚醫院之間的關係，應該不像勇作一樣，僅止於對紅磚醫院的醫師感到憧憬。

勇作的腦海中浮現出高中時代的記憶。他最先想起來的是高二時發生在隔壁班的事。

「瓜生那傢伙好像升上三年級之後要出國留學。」

一個當時親近的朋友告訴勇作。

「去哪留學？」

「好像是英國。去一家聚集好人家的少爺，不知道叫做什麼來著的明星高中。說是要待在那裡兩年，說不定大學也會唸那邊的學校。菁英做的事情，就是跟一般人不一樣。」

「就是啊。」

勇作心裡五味雜陳，出聲應和。他對晃彥留學這件事情並沒有什麼感覺。他家的財力足以供他出國留學，也必須讓他受那種教育。而勇作家既沒錢，也沒那個必要。然而，這只是兩人家庭環境的差異，並不是兩人本身的差異。勇作不會把這種事情放在心上。

他遺憾的是，自己很可能連一次都沒贏過他，他就要離自己而去了。勇作一直不斷地努力，想要一雪前恥，但要是對方不見了，從前的恥辱將永無平反的機會。

反過來說，他也有一種鬆了口氣的感覺。

他感覺終於拔除了眼中釘。只要晃彥不在，要在成績方面奪冠並非難事，而且還可以像以前一樣，充分發揮他的領袖特質。

總而言之，這兩種心情在勇作的心中交錯，讓他自己也無法掌握心中眞正的想法。

撇開這件事不談，當時有一件事情是可以確定的，那就是晃彥果然要繼承他父親的事業。

勇作不太清楚晃彥在那之前的升學方向。之所以這麼說，是因爲他們兩個從小學到高中都唸同樣的學校，晃彥顯然不想進入所謂的私立明星學校。就勇作的定義來說，他認爲有錢人家的公子千金自然會去就讀能夠直升至大學的附屬學校。

然而，晃彥卻和大家一樣爲升學考而努力唸書，考上了當地公認最好的公立高中。據說當有人問他爲什麼要那麼努力時，他這麼回答：

「我討厭自己的人生掌握在別人的手中。我只是想做自己想做的事。」

也就是說，他不會對父母唯命是從。

勇作心想：「那麼，他就不會繼承那家公司了吧，眞是可惜呀。」

不過，勇作後來聽到留學一事，確定他還是要繼承家業。從晃彥的個性來看，他不可能讓父母爲了他自己喜歡的事情多花一毛錢。

然而，晃彥最後卻沒有出國留學。到了二年級的第三學期，這個計劃突然宣告中止。

「聽說是英國的學校不讓他入學。」

和先前一樣，同一個朋友當時不知道從哪裡打聽到小道消息。「今年冬天，他不是惹了個麻煩嗎？聽說好像是因爲那件事的緣故。」

所謂的麻煩是指晃彥無故缺席。他在寒假結束開學後不久，有一個星期的時間沒有到學校來上課。而且大家事後才知道，那一陣子他也不在家。也就是說，他完全失去了行蹤。

大家都在傳他的留學計劃中止的原因是，原本要收他的學校因爲這件事而不讓他入學。

但，這也不過是個無憑無據的謠言。沒多久後大家才知道，晃彥無故缺席後回到學校上課的第一天，告訴班導他不想出國留學。

爲什麼晃彥會中止留學計劃呢？

他到底爲什麼要無故缺席呢？

勇作和同學們在對這些事情一無所知的情況下，升上了三年級。

勇作就讀的高中規定學生在升上三年級之前，必須決定唸文組還是理組，然後再依照每個人的決定加以編班。

勇作唸的當然是理組。當時，他已經抱定非統和醫科大學不唸的想法了。

勇作在指定的教室裡等候，同樣以醫學系爲目標的同學，和想要唸工科的同學陸續進來。他們的學校採取男女合班，這個班級的女生只佔了整體一成。這是因爲文科班級正好相反，陰盛陽衰的緣故。一想到從前的同學們被一大群女生團團包圍，勇作就覺得他們既令人羨慕，又可笑。

有人來到勇作的身旁。他下意識地抬頭一看，嚇了一跳。原來是瓜生晃彥。勇作原本以爲，他應該會進入四周都是女生的班級。

不曉得晃彥知不知道勇作心裡的訝異，他瞥了勇作一眼，然後用冰冷的聲音說：

「請多指教。」

「這裡是理科耶。」勇作試探性地說。

「我知道啊。」晃彥側臉對著勇作說。

「你不是唸文科嗎？」

聽到勇作這麼一說，他對著勇作那邊的臉頰抽動了一下。

「我希望你別擅自決定別人的升學方向。」

「你不是要繼承父親的事業嗎？」

「我說你呀，」晃彥一臉不耐地看著勇作。「你可不可以不要管別人的閒事啊？跟你無關吧？」

兩人互瞪了一會兒。至今爲止，到底出現過幾次這種場景呢？

「當然無關。」勇作別開視線，說：「跟我一點兒關係都沒有。」

於是兩人又沉默了好一陣子。

勇作嘴上雖然說是沒有關係，但心裡卻不可能不在意。爲什麼晃彥要選理科呢？

勇作試著不動聲色地詢問班導晃彥想唸的大學，但老師回答他好像還沒有完全決定。

入秋之後，大部分的學生都陸續決定了自己的志願學校。但唯有晃彥的升學方向沒人知曉，似乎連班導都摸不著頭緒。

「因爲他大概哪裡都進得去吧。」

勇作的朋友們說。言下之意是，瓜生晃彥大概不管報考哪間大學的哪個科系，都一定會被錄取。

過年之後過了好一陣子，瓜生晃彥才決定志願學校。這件事有如強風過境，飛快地在學生之間傳開。除了因爲這是一件眾所矚目的事情之外，也因爲它的內容令大家跌破眼鏡。

他好像要報考統和醫科大學——聽到這件事，最最驚訝的人大概就是勇作了吧。瓜生晃彥要當醫生？而且還和自己報考同一間大學。

考試當天，勇作在考場遇見晃彥。勇作原本打算就算碰到他也要假裝沒看見，但兩腳卻不聽使喚地朝他走去。而晃彥也沒有拒人於千里外的態度。

「考得怎樣？」

勇作問。當時考完了國語和數學，當天還剩下社會一科，明天是自然和英文。

「還可以啦。」

晃彥轉動脖子，模稜兩可地回答，然後問勇作：「你什麼時候開始想要當醫生的？」

「國中左右吧。」勇作回答。

「是嗎，眞早啊。」

「你呢？」

「不知道，是從什麼時候開始的呢？」

一陣冷風吹來，弄亂了晃彥的瀏海。他邊將瀏海撥上去，邊說：「總之，人的命運冥冥之中都已註定。」

「你這話什麼意思？」

「不，」他搖頭。「沒什麼。考試加油！」

說完，他就回自己的考場去了。

這是勇作和晃彥在學生時代的最後一次對話。

當時，瓜生晃彥身上一定發生了什麼事情，而那件事情改變了他的命運。

——那到底是什麼事情呢？

勇作從椅子上起身。經由柏油路反射的陽光非常刺眼。他再在建地內兜了一圈，然後離開了從前稱爲紅磚醫院的建築物。

一回到島津警局，以西方爲首的主要專案小組成員正要離開會議室，四周充滿了既緊張又亢奮的氣氛。勇作的直覺告訴他，一定發生了什麼事情。

「你們要去哪裡？」

他一發現織田的身影，抓住他的衣袖問。織田一臉不耐，粗魯地回答：

「瓜生家啦！」

「發現什麼了嗎？」

聽到勇作這麼一問，織田甩開勇作的手，臉上浮現一抹討人厭的笑容。

「白色保時捷和白色花瓣啊，我們要去抓瓜生弘昌。」

二

「爲什麼呢？」

從玄關的方向傳來亞耶子近乎慘叫的聲音。聽到尖叫聲，人在客廳的美佐子和園子一同起身，女傭澄江也從廚房衝了出來。

她們跑到玄關一看，只見亞耶子站著將弘昌藏在自己身後。與她對峙的是，以西方警部爲首的數名刑警，勇作也在其中。美佐子看到他時，他也瞄了她一眼。

「請你們告訴我，為什麼要抓這個孩子？他什麼也沒做啊。」

亞耶子微微張開雙臂護著弘昌，向後退了一步。美佐子見狀，明白了這是怎麼一回事，原來西方他們是來帶弘昌走的。

「他是不是什麼也沒做，我們警方自會判斷。總之，我希望他能跟我們到警局一趟。」

西方的語調雖然溫和，卻有一股不容抗辯的意味。他的目光看著弘昌，而不是亞耶子。

「我不能答應。如果有事的話，就請你們在這裡講。」

亞耶子激動地搖頭。弘昌不發一語地低著頭。

「真是拿妳沒辦法。」

西方故意嘆了一口氣。「那麼，就讓我告訴妳，為什麼非要弘昌先生和我們到警局一趟不可。」

「好，我倒想聽聽你怎麼說。」

亞耶子瞪著西方說。西方依舊不讓自己的眼神和她對上，問弘昌：

「你平常都是開那輛白色保時捷去大學上課，對吧？」

弘昌像是吞了一口口水，喉結動了一下之後，把話含在嘴裡地回道：「是的。」

「那一天，命案發生的那一天也是嗎？」

「嗯……」

「好。」西方點頭，然後看著亞耶子的臉說：「自從命案發生之後，我們至今一直傾全力在打聽線索。結果，我們找到了一個當天白天在眞仙寺附近看到一輛白色保時捷的人。」

「不會吧……」亞耶子露出一個哭笑不得的表情。「因爲那種小事，就懷疑我家弘昌，你們還眞是好笑。白色保時捷路上到處都是。」

「沒那回事。」西方立即予以否定。「那種車沒有便宜到到處都是的地步，但這是主觀的問題。不過，如果聽到這個，夫人應該也能接受吧。那名目擊者連保時捷座套是紅色的都記得。這點和弘昌先生的車子吻合。」

亞耶子頓時語塞，將臉稍微轉向躲在身後的兒子。聽到警部這麼說，她心中肯定升起了不安。而當事人弘昌蒼白的臉上依舊面無表情。

「說到這裡，妳應該能瞭解我們要求弘昌先生和我們到警局走一趟的理由了吧？來，麻煩請妳讓一步。」

當西方擊敗對方，昂然自得地這麼說時，園子突然丟出一句：

「他有不在場證明。」

四周的空氣彷彿因她那鋒利的語氣而顫動，所有人的視線集中在她身上。

「弘昌哥有不在場證明，不是嗎？」

她重覆說了一次。西方一臉莫名其妙地反問：「不在場證明？」然後說：

「很遺憾，弘昌先生沒有不在場證明。從中午十二點到下午一點之間的一個小時，他沒有辦法交代清楚他的行蹤。」

「一個小時是不夠的。」園子頂回去，「要犯罪的話，就必須先回家一趟拿十字弓，不是嗎？要是回家一趟再去眞仙寺的話，一小時根本就來不及。」

她的眼神中充滿了自信。美佐子不知道，有什麼能夠爲她的這番話背書。但西方警部盯著她的雙眸，重重地嘆了一口氣，接著微微搖頭地說：

「我很清楚，妳爲什麼那麼有自信能夠一口斷定。不過可惜的是，我們早就拆掉了防火牆。」

「防火牆？」

發問的人是亞耶子。所以西方看著她。

「當我們開始懷疑弘昌先生時，不在場證明自然就成了問題。誠如園子小姐所說的，只有一小時並不可能犯案。所以其中可能有什麼陷阱。經過一陣令人頭痛的思索之後，我們發現我們從一開始就被騙了。箭的確是插在被害者的背上沒錯。而且那支箭屬於那把十字弓。不過就算是這樣，也不見得那支箭就一定是從那把十字弓射出的。」

美佐子「啊」地張開嘴巴，亞耶子也露出相同的表情。但從弘昌和園子身上，卻不見這種變化。

「仔細一想，其實很簡單。只要像這樣握住箭……」

西方一個握拳，用力揮出拳頭。「或者是就像使用刀子一樣從背後一刀捅下去，那就根本不需要用到什麼十字弓。也就是說，弘昌先生那天只帶了一支箭出門。當然在那之前，他事先製造了十字弓放在書房裡的印象，這是一個單純的陷阱。」

「須貝先生遇害的現場附近，有沒有發現十字弓呢？」

身在美佐子背後的澄江，隔著她的肩膀發問。美佐子回頭一看，澄江的臉色變得一片慘白。

「有。就在距離命案現場不遠的地方。只不過，」西方說，「那是隔天的事。所以，犯人可能是在犯案當天晚上才丟棄的。」

聽到他這麼一說，澄江低喃道：「怎麼會這樣……」她的聲音中帶著深沉的悲愴，使得美佐子不禁再度盯著她的臉。

「可是……可是，這樣一來不是很奇怪嗎？屍體一發現，警方馬上就趕到這裡來確認十字弓在不在。當時，十字弓確實不見了。」

亞耶子誓死抵抗。但西方似乎早就料到她會有此一著，才聽她說到一半，就閉上眼睛開始搖頭。

「那也很簡單。只要有人在警方來之前，事先將十字弓藏好就行了。」

「誰會那麼做？根本不會有人……」

亞耶子話說到一半，回頭看園子。「是妳嗎？妳那天從學校早退回家，就是爲了這個？」

「不是啦。妳別亂說！」園子泫然欲泣地叫喊。「你們有什麼證據？這不過是你們胡亂臆測的罷了。」

聽到她這麼一說，西方的臉上出人意料之外地露出微笑。他彷彿像是打出撲克牌的王牌似地，從西裝外套的內袋拿出一個塑膠袋。

「你們知道這裡頭裝的是什麼嗎？這是命案發生隔天，在這個玄關發現的白色菊花花瓣。我們充分調查過關係人的鞋子，當我們前一天調查這裡的時候，地上並沒有這種東西。可能的原因就是，在我們收隊之後，回到這個家的人去過某個有白色菊花的地方，然後花瓣黏在鞋子上給帶了回來。符合這點的，只有晃彥先生和弘昌先生兩人。那麼，什麼地方有白色菊花呢？」

說到這裡，他又將手伸進西裝外套的口袋，接著拿出來的是一張照片。

「這裡是須貝先生遇害現場的照片。仔細一看，就會發現照片中拍到了腳邊的白色花瓣，因爲當時供奉在墓前的白色菊花散落一地。於是我們試著將在這裡撿到的花瓣，和命案現場的花瓣進行比對，結果發現，兩者是在相同條件下生長的同一種花。也就是說，晃彥先生和弘昌先生兩人其中之一，曾經到過命案現場。」

西方脫下鞋子，走進屋子裡，站在低著頭躲在亞耶子背後的弘昌面前。

「我們也調查了晃彥先生的不在場證明。但不管怎麼想，他都不可能有充分的時間犯案。這麼一來，可能涉案的人就只剩下你了。好了，請你說實話。事到如今，你再怎麼抵賴，也只是白費力氣。」

警部的聲音響徹屋內。在眾人屏息注視之下，弘昌緩緩轉頭。他看著西方，然後像個人偶似地不做任何表情，只張開嘴巴。

「你們猜錯了。」他低聲道。

「猜錯了？猜錯什麼了？」西方焦躁地拉高音量。

弘昌潤了潤嘴唇，用眞摯的眼神看著警部。

「我是去過墓地沒錯，但犯人不是我。我去的時候，他就已經被殺了。」

三

回到島津警局後，由西方警部親自對弘昌重新展開偵訊，之後再根據他的口供，對園子等幾名關係人問話。

勇作在會議室裡待命，按照自己的方式整理陸續傳來的資訊。其他的刑警當中，有人樂觀地認定弘昌就是犯人，但勇作確信，事情絕對沒有那麼簡單。

如果相信弘昌的口供，則曾經發生過以下的事情：

七七那天晚上，弘昌首次看見直明的十字弓。當時，弘昌心中尚未萌生任何殺人念頭。他只不過認為，那說不定是一件用來殺人的簡便武器。

對他而言，隔天才是重頭戲。

那一天，他打算下午再去學校。於是早上在自己的房裡看書。

當他在二樓洗手間解決完內急要回房間時，玄關傳來聲音。弘昌馬上想到發出聲音的人，是父親從前的秘書尾藤高久。

不久，弘昌聽見亞耶子的聲音。那和她平常說話的語調不同，好像有點激動亢奮。尾藤問：「只有妳在家嗎？」她回答：「嗯，園子和弘昌都去上學了。」

弘昌站在樓梯上想：「她一定搞錯了。」因為吃完早餐後，他們母子倆一直都沒碰到面，所以她才會認為弘昌也去上學了。

兩人好像上來二樓，弘昌小心不發出聲音地回到自己的房間，然後隱忍聲息，感覺亞耶子和尾藤從他的房前經過。兩個人好像進了亞耶子的寢室。

他並不是完全沒察覺到母親和父親前祕書之間的關係，但他不想去思考自己深愛的母親和丈夫之外的男人沉溺於愛欲之中的事，所以至今故意視而不見。

弘昌想像母親寢室裡正在上演的好戲。每間房間都有相當程度的隔音設備，整個家裡鴉雀無聲。即便如此，弘昌的耳朵似乎還是能聽見母親將慾望表露無遺的喘氣聲和床舖咿咿啞啞的傾軋聲。

不知道過了多久，他走出自己的房間，躡手躡腳地隱著腳步聲，往母親的寢室走去，然後跪在地上，讓右耳貼在門上。

「……不行啦。」

他先聽到的是亞耶子的聲音。那聲音太過清晰，弘昌霎時還以為她是在對自己講話。

尾藤說了什麼，但聽不見。

「因爲，那不屬於我嘛。」

又是亞耶子的聲音。接著是尾藤的聲音。但他的聲音低沉，從門的那一邊傳到這一頭，聲音就糊了。

雖然不知道他們在講什麼，但傳進弘昌耳裡的卻都是出乎意料之外的事情。他們可能是在進行完事之後的交談。弘昌和剛才一樣，小心不發出聲音地回到房間。

接著又過了一陣子，隔壁傳來亞耶子和尾藤走出房間的聲音。弘昌將門打開一條細縫，偷看外面的情形。他再度從聲音得知，家裡似乎又來了一個客人。這次傳來的是須貝正清的聲音。

正清和尾藤的聲音越來越近，弘昌只好關上門。亞耶子好像不見了。

兩個男人在弘昌房前停下腳步，但他們的目標應該是對面的直明的書庫吧。

「那女人搞定了吧？」正清說。

弘昌不喜歡「那女人」這種說法。因爲他指的女人肯定是亞耶子。不過，「搞定了」到底是怎麼一回事呢？

「可是，拿走不太好吧？」

這次聽見的是尾藤的聲音。

「無所謂，拿走就是我的了。」

「可是……」

「別囉哩囉嗦了，你只要去抱那女人就行了。那種笨女人只要有人抱，不管什麼事情都會唯命是從的。」

聽到正清那麼說，尾藤沒有回嘴。不知道是同意，還是無法反駁。

但隔著一扇門聽他們對話的弘昌，卻對正清感到一肚子火。從兩人說話的口吻聽起來，尾藤之所以和亞耶子發生男女關係，似乎是爲了讓她乖乖聽話。而且從他們的談話內容看來，是正清在幕後操縱。

不久之後，亞耶子上來二樓，連她在內的三個人走進了書庫。

十分多鐘之後，弘昌才又再聽見他們的聲音。

「你眞的會馬上還我吧？我不想再做出對不起這個家的事了。」

「妳放心，社長不會食言的。好了，太太請妳到樓下休息吧。」

在尾藤的催促之下，亞耶子好像下了樓。過沒多久，傳來開門的聲音。

「你看我說的沒錯吧？她還不是乖乖聽話。」正清的聲音中帶著笑意。

「可是社長，還是馬上還回去比較……」

「沒關係，你不用在意這個。我說過了，你要做的事情就只有和那個慾求不滿的寡婦上床。那女人願意爲你赴湯蹈火在所不辭。實際上，她也是這樣背叛死去的先生和孩子的。」

「所以我心裡……很不好受，眞的很不好受。」

聽到尾藤那麼說，正清低聲笑了出來。

「你沒有什麼好內疚的。她雖然有點年紀了，不過你就忍耐著點，撫慰她寂寞的芳心吧。」

那一瞬間，弘昌的心中湧起了殺人念頭。自己最重要的母親和父親之外的人發生關係的確令人反感，但是一個巴掌拍不響，男女之事兩人都有責任，所以弘昌不曾想過要殺死尾藤。但他不能原諒正清利用他們的關係將亞耶子的心靈玩弄於股掌間的行爲。再加上他將亞耶子稱作蕩婦，使得弘昌胸中燃燒的怒火得更加熾烈。

弘昌下定決定，要殺死正清。

入夜後，弘昌先從陽台到屋外一趟，再佯裝從大學放學，從玄關進屋。亞耶子笑著對他說：「你回來啦。」弘昌總覺得她的笑容看起來非常骯髒。

因爲隔天就要將直明的藝術品分給親戚，所以當天晚上必須爲此做準備。搬移完畫作之後，弘昌叫園子到自己的房間。

「爸爸之所以會病死，還有媽媽之所以會變成那樣，全都要怪那個男人。」

弘昌告訴園子早上發生的事。她似乎和哥哥一樣，深受打擊。

「我要報仇，我要殺掉那個渾蛋！」

「可是，要怎麼做？」

「這我還在想。」

弘昌打算在正清慢跑途中去掃墓的時候，用那把十字弓的箭從背後襲擊他。只要用箭往他背上一刺，警察肯定會認爲那是用那把十字弓射出的，並且進而認定無法偷到十字弓的人不可能犯罪。

「那麼，我該做什麼呢？」園子問。

「我希望妳中午之前從學校早退回家，把書房裡的十字弓藏起來。這麼一來，警方應該會產生錯覺，認爲被偷走的十字弓是犯人用來犯案的凶器。」

「我知道了。」

她簡短地回應。她的眼神中，閃爍著一種異常的神采。

隔天，弘昌用紙將箭包起來，再放入袋中，準備去上學。早上遇見園子的時候，他問她：「妳下定決心了嗎？」她回答：「是的。」

其實，上午根本不該去上課的。明明已經下定決心，卻還是會不時感到害怕。弘昌告訴自己：「別猶豫！」再說，課堂上心不在焉是很危險的。「瓜生弘昌那天的情況怎麼樣？」「聽你這麼一說，他好像一直陷入沉思。」——他必須避免刑警和朋友之間進行類似這樣的對話。

弘昌表面佯裝平靜，等待中午的來臨，確定大家都出去吃飯之後再溜出大學。他今天沒吃午飯，但反正也沒食欲。

開車到眞仙寺約花了二十五分鐘。弘昌將車停在不引人注目的馬路上，由那裡步行至墓地。被人看見也就罷了，但要是有人記得他就糟了，於是他一臉若無其事地走在馬路上。

幸好抵達墓地之前，他沒有遇到任何人。弘昌心想：「眞是走運。」沒問題的，這個計劃一定會順利達成。

墓地並沒有多寬闊。弘昌打開紙包，取出箭來，將箭握在手裡，愼重地舉步前進。說不定正清已經來了。

弘昌觀察四周的情形前進。當他從一座墳墓旁穿過時，差點驚叫失聲。

他看到了眼前一幕異樣的景象——一個男人緊抱著一座墓碑。

他馬上了解到那人死了，而且那還是一個他非常熟悉的人。

弘昌提心吊膽地接近屍體。沒有錯，那個男人就是弘昌想要手刃的須貝正清。

弘昌往後退了一步。他不知道究竟發生了什麼事情，更令他驚愕的是插在正清背後的東西。那正是弘昌選來作爲凶器的東西，和他此刻正拿在手裡的箭一模一樣。

——怎麼會有那麼巧的事……

弘昌拔腿狂奔。他心想：「不管怎樣，必須先離開這裡再說。」其他的，事後再想。

他再度用紙將箭包起來，夾在腋下，從剛才來的路折返回去。必須趕快離開這裡，而且不能讓任何人發現。沒想到距離自己停放車子之處的路程，會是如此遙遠。

弘昌偷偷摸摸地回到大學，到學生餐廳喝了一杯茶。當時午休時間正好結束，應該沒有人會注意到自己。

——不過話說回來，那究竟是怎麼一回事呢？

他越想越覺得不可思議，而且心裡頭很不是滋味。居然有人搶先一步，做了自己打算要做的事。而且，對方用的也是十字弓。

無論如何，當務之急就是處理掉箭。要是被人知道自己身上帶著這種東西，可就百口莫辯了。於是他用石頭敲打箭柄，將箭折成一團，丟進了不可燃的垃圾桶。

——對了，園子……不知道園子那邊的情形怎麼樣了？

弘昌假裝不知情地回到家。家中果然已經亂成一團了。弘昌等到和園子兩人獨處的時候，才將事情和盤托出。

「是嗎？其實我今天進入爹地的書房時十字弓就已經不見了，不管我怎麼找都找不到。就在我心浮氣躁、一頭霧水的時候，警察打了電話來。我還以爲是弘昌哥下的手呢。」

「不是我，是有人搶先我們一步，偷走了十字弓，再用那個殺了須貝正清。」

聽到哥哥的解釋，園子用手抵著額頭。

「眞是令人不敢相信，竟然會發生這種事情。」

「我也是呀。」他搖搖頭。「不過仔細想想，說不定這樣反倒好。」

「嗯……」園子彷彿察覺到哥哥的心情，點點頭說：「我也覺得這樣比較好。我在學校的時候就在想，有沒有辦法停止這個計劃。畢竟殺人還是不對的，即使是要爲爹地報仇。」

「我也那麼認爲。」弘昌說。

但對他們而言，並非一切都事不關己。就算須貝正清是別人殺的，仍不改他們計畫殺人的事實，所以他們必須隱瞞這件事。於是他們決定按照原定計畫，主張自己的不在場證明。實際上，他的確沒有時間回家拿十字弓。

勇作認爲這份口供沒有說謊，同時他也希望弘昌說的是眞的。勇作相信，在這起命案的背後，一定隱藏著一個更重大的謎底，能夠一窺瓜生家不爲人知的祕密。要是以少男少女一時的感情用事，草草了結這起命案，他可不甘心。

此時，警方已經對尾藤和亞耶子兩人聽取完了證詞。根據他們的口供指出，兩人是在直明倒下之後過一陣子才開始變得親近的。似乎是因爲尾藤負責與公司聯絡，往返瓜生家和公司之間，兩人漸漸地彼此吸引。

「不過，我們眞的只是單純地喜歡彼此，並沒有什麼不良意圖。我雖然對瓜生社長感到抱歉，卻無法壓抑心中對夫人的愛慕之情。」

尾藤對負責聽取證詞的刑警這麼說。另外，關於弘昌偷聽到的內容，他的說法如下：

「須貝社長發現了我和夫人之間的事，想要加以利用。瓜生家手上應該握有第一任社長傳下來的舊資料夾，須貝社長命令我設法將那弄到手。我問過夫人，可是她告訴我她不曾看過那樣的東西。不過，前幾天晃彥先生在處理藏書的時候，我發現書庫裡有一個舊保險箱，我心想，東西一定就在那裡面。我一向須貝社長報告，他馬上表示想要一窺究竟。夫人對於我們要擅自開啓保險箱面露難色，但我還是說服她爲我們打開了。結果，保險箱裡果然放著須貝社長說的舊資料夾。我沒有看到裡面的資料，不過我瞄了一眼，好像看到了電腦——這兩個字。」

勇作對以上的這段話非常感興趣。這裡出現的「舊資料夾」，肯定就是正清的妻子行惠看到的東西。

同一時間，由織田和勇作負責向亞耶子聽取證詞。她知道弘昌是因爲自己的緣故而遭到逮捕深受打擊，始終哭個不停。對於兩人的詢問，回答得較爲乾脆。

「很久以前我在偶然的情況下，知道了那個保險庫的開法。」

她用手帕抵著眼睛說：「有一次我有事進書庫，看到保險箱上面放了一本備忘錄，好像是轉盤鎖的密碼。我想，大概是外子忘了收起來，於是抱著半鬧著玩的心情試著打開保險箱。可是，保險箱裡只放了一本舊資料夾。我不喜歡家裡有我打不開的東西，於是我就將那本備忘錄藏在自己的梳妝臺後面。」

至於她和尾藤之間的關係，她則是消極地承認了。尾藤拜託她打開保險箱，她雖然猶豫但還是答應了。而這整個過程也和尾藤的口供一致。

「尾藤先生說他想要看外子留下來的資料，但他似乎也不知道是怎樣的資料。我遲疑了一陣子，但心想反正也不是什麼壞事，也就打開了保險箱。當他說要帶走資料的時候，也說了馬上會還回來，所以我才會答應。」

說到底，亞耶子的所作所爲都是因爲喜歡尾藤，才會對他言聽計從。換句話說，這完全都在正清的算計之中。

正清不惜大費周章，玩弄這種手段也要得到手的瓜生家資料到底是什麼呢？勇作確信那就是引發這起命案最主要的導火線。

——電腦……啊，這到底是怎麼一回事呢？

尾藤說他印象中，看到那本資料夾的封面寫著「電腦」兩個字。電腦指的是computer，這種說法最近也在日本流行了起來；但考慮到那本資料夾的年代，它指的應該不是那個吧。

勇作突然想到這件事，出了會議室。步下樓梯，一樓的會客室裡有一部公共電話。他邊拿出電話卡，邊往電話走去。

拿起話筒，他一面注意四周，一面按下數字按鈕。不知道是不是因爲緊張，握住話筒的手微微冒汗。

響了三聲之後，話筒裡傳來對方接起話筒的聲音。

「您好，這裡是瓜生公館。」

對方的聲音很沉穩。勇作報上姓名後，停頓了一拍後才說：

「前一陣子不好意思打擾了。」勇作說。「只有妳在家吧？」

「嗯，是的。」

「他……瓜生回來了嗎？」

美佐子回答。原來勇作是打電話到別館去。

「剛回來，他現在在主屋。」

勇作心想，這通電話打的正是時候。

「我有事情想要問妳，是有關瓜生的事。」

「什麼事呢？」

「他爲什麼不繼承父業，跑去當醫生呢？而且還專攻什麼腦醫學，這是爲什麼呢？」

對方沉默了好一陣子，勇作的眼前彷彿浮現出美佐子困惑的表情。

「你的問題還眞怪，」她說，「那和這次的案子有什麼關係嗎？」

「細節我現在還不能說，但我想說不定有關係。」

聽到勇作這麼一說，美佐子再度沉默了。說不定她正在想，會有什麼關係呢？

「弘昌呢？」

「跟他無關。這起命案的背後，潛藏著更深一層的祕密。當然，等到眞相大白了，我會告訴妳。」

美佐子還是沒有回應，耳邊只聽得見她的呼吸聲。

「很遺憾，」隔了好一會兒，總算聽見了她的聲音。「我無法回答你的問題，因爲我完全不知道他心裡在想什麼。」

她說話的口吻聽來有點自暴自棄。勇作將話筒緊緊壓在耳朵上。

「那麼，他的工作和這次的事情有沒有以某種形式產生關聯呢？譬如說，須貝正清對醫學提到了什麼。」

「我想應該沒有……」

美佐子似乎沒什麼回答的意願。但隔沒多久，勇作聽見了她嘟囔了一聲。

「怎麼了嗎？」勇作立即問道。

「嗯，雖然這可能沒什麼大不了的，」她先做了個開場白，然後進入正題，「我想起了七七那天晚上，須貝先生和外子的對話。他們講的內容很奇怪。須貝先生好像說他希望外子在工作上助他一臂之力。外子問他：『爲什麼想要醫生幫忙呢？』結果須貝先生回答：『你並不是普通的醫生。』」

「他是說，你並不是普通的醫生……嗎。」

這段對話的確很奇怪。如果不是普通的醫生，那會是什麼呢？

「除此之外，他們還有沒有說什麼？」

「除此之外，他們什麼也……」

他感覺美佐子好像歪著頭思索似的。過了將近一分鐘左右，她才說：「對了，他們聊到須貝先生去見了某所大學的教授。我記得那應該是一所有名的私立大學。我想想，是哪一間大學呢？」

勇作舉了好幾所大學的名字。當他說到「修學大學」時，美佐子有了反應。

「沒錯，就是修學大學。他去見了那裡的前田教授。」

「須貝先生去見他啊。」勇作低喃道。

他向美佐子道謝，掛上電話，然後又拿起話筒，打電話到查號台詢問修學大學的電話號碼，接著按下電話的按鍵。

「您好，這裡是修學大學。」

一個中年男子渾厚的聲音響起，大概是警衛吧。仔細一想，此時並不是女接線生接聽電話的時間。

勇作報上姓名後，男人回話的感覺有了些許的變化，「是的，請問有什麼事嗎？」

「我想請問幾件事情，不知道貴大學有沒有一位前田教授？」

「我找找，請您稍等一下……啊，前田教授是嗎？他今天已經回去了。」

「沒有關係。那位前田教授是什麼系的老師？」

「嗯……醫學系。」

勇作感覺手心微微冒汗，心想：「果然沒錯。」

「請問，你知道他從事哪方面的研究嗎？像是癌細胞，或著病毒之類的。」

勇作話說到一半，聽見那個可能是警衛的男人苦笑的聲音。

「很遺憾，我不清楚。啊，不過，如果要問他上些什麼課的話，我查課表說不定會知道。」

「麻煩你了。」

勇作看著電話卡剩下的度數說。還有一點時間。

「我只找到一節課的名稱。」他的回答出乎意料之外地快速，「內容不清楚，但課名是神經心理學。」

「神經心理學？」

勇作握著話筒，在心中複誦這個陌生的辭彙。

第五章

唆使

一

亞耶子從警察局回來之後，整個人彷彿在幾個小時內老了十歲。她的眼窩下方出現黑眼圈，皮膚也完全失去了彈性，讓人懷疑她是否因哭得太過頭而脫水了。然而，她的眼淚卻沒有乾涸，美佐子一喚她，淚水便又像潰了堤似地一傾而下。澄江輕輕地將一張毛毯蓋在癱坐在沙發上的她的背上。

「太太，沒事的。少爺他一定……嗯，他一定會回來的。畢竟那個心地善良的少爺，是不可能因爲殺人被捕的。」

澄江也哽咽地說道。美佐子知道當澄江聽到弘昌招供時曾在廚房裡暗自啜泣。

看到亞耶子仍舊淚流不止，從剛才就一直在家庭式吧台喝白蘭地的晃彥，拿著玻璃杯走了過來，對她說道：「要哭待會再哭，先把事情交代清楚。妳說，爲什麼弘昌會遭到逮捕、弘昌對此說了什麼，還有警察問了媽什麼，妳怎麼回答。」

「老公，你何必挑這個時候……要問也得等媽心情稍微平靜下來再問啊。」

美佐子從沙發上起身對丈夫說道，但是晃彥卻狠狠灌了一大口酒，對她怒目而視。

「要想救弘昌的話就得儘早想辦法，要是遲了，就算到時才說『要是當時那麼做就好了、起碼該這麼做』也後悔莫及了。」

晃彥又往亞耶子走近一步。

「來，說吧。把事情全部說出來，不然我們無從研擬對策。」

亞耶子抽動的背部漸漸平靜了下來。她抬起頭來，對著晃彥，臉上的妝都哭花了。

「你救得了弘昌嗎？」

「那就得看媽的表現了。」

說完，晃彥要美佐子再倒一杯白蘭地。她照做之後，他將酒杯遞給亞耶子。

藉酒精的力量使心情稍微平復下來的亞耶子，開始娓娓道出在島津警局裡的對話。她先從弘昌的犯罪計劃講起，說他們原先是想不用十字弓，而只用箭殺害須貝正清。

「這麼說來，弘昌並沒有拿走十字弓囉？」

「嗯，應該是。」

「原來如此，他居然想出了那種花招……」

晃彥痛苦地皺起眉頭，彷彿在思考什麼，然後提出了一個疑問。「可是，從傷口的情況難道無法判斷箭是用十字弓射出，還是用手插入的嗎？」

「警方接下來會調查，不過刑警先生說，大概沒有辦法斷定傷口是由何者造成的。」亞耶子抽抽噎噎地回答。

「我知道了。那麼，弘昌他們的犯罪動機是什麼？」

聽到晃彥那麼一問，亞耶子霎時猶豫地低下頭，但隨即抬起頭來，說起了命案前一天讓尾藤和須貝正清進屋的事情。當然，她也提到了自己和尾藤高久之間的關係，由於事情都已經到了這個節骨眼，聽的人也沒有什麼好感到意外了。

她坦白地說，自己受到尾藤所託，打開了直明的保險箱。

「那個時候，我根本沒想到弘昌就在隔壁房間偷聽。我一心以為那孩子去上學了。」

美佐子聽到她的話，想起了一件事。須貝正清到家裡來的那一天，停車場裡停著一輛白色保時捷。她記得當時還心想：「眞稀奇，弘昌今天居然沒有開車去上學。」

「也就是說，弘昌之所以想要殺害須貝先生，是因爲對媽受辱感到憤怒，對吧？」

聽亞耶子說完，晃彥再次確認地問道。

「事情似乎是那樣……」亞耶子無力地點頭。

「關於須貝先生想要的資料……也就是保險箱裡的東西，弘昌知道多少？」

「這個我就不清楚了，不過我想他應該不知道。因爲尾藤先生也說，須貝先生什麼都沒告訴他。」

「是嗎？」晃彥將手抵在下巴上，像在思考著什麼。

「放在保險箱裡的資料是什麼呢？」美佐子問。

「不知道。我之前曾經瞄過一眼，好像是跟公司有關的東西，說不定是瓜生家掌握公司實權所需的東西。事到如今，就算交給須貝先生，對大局也不會產生多大的影響吧。不管怎麼說，那跟這次的命案沒有直接關係。」

晃彥露出一臉對保險箱裡面裝了什麼不感興趣的表情。

然而，美佐子看著他的表情，卻覺得他心裡想的不是那麼一回事。

「啊……」

美佐子想起了一件事，不禁輕叫出聲。晃彥看著她，問：「怎麼了？」

「不，沒什麼。對不起。」她慌張地搖頭。

——爲什麼到現在才想起來呢？

美佐子想起了命案前一晚的事。搬移完直明的藝術品之後，從書庫裡出來的晃彥問了美佐子一件事——今天有誰來過嗎？當時他聽到美佐子回答「須貝先生來過」時，表情變得非常嚴肅。

——他當時就已經知道保險箱裡的資料被搶走了，而那份資料，絕對不是無關緊要的東西。至少，對他而言不是……

美佐子看著晃彥一副在爲弘昌思考對策的側臉，背脊感到一陣涼意。

當美佐子想要逃離客廳裡令人窒息的氣氛，站起來說「我去泡個茶好了」時，對講機上的門鈴響了。澄江接起話筒。小聲應對的她，突然高聲說道：「咦？小姐她……」

亞耶子第一個起身。繼她之後，美佐子他們也往玄關走去。

亞耶子一打開大門，看見跟在警官身邊，往門口走來的園子。園子一看到亞耶子，馬上衝向她投入她的懷抱。

「媽咪……不是弘昌哥啦，人不是弘昌哥殺的。」

「嗯，我知道，我知道。」

亞耶子頻頻撫著抽抽搭搭哭個不停的女兒的頭髮。

警方將弘昌送進了拘留所，但認爲沒有必要拘留園子，於是讓她回家。只不過，今後的監視將變得更加森嚴吧。

亞耶子似乎想讓女兒及早上床休息，但晃彥卻不允許。他用比對待亞耶子更嚴厲的語氣，反覆詢問一堆細節。

「弘昌看到須貝先生的屍體，什麼也沒做就直接折返了，對嗎？」

晃彥執拗地確認。園子垂頭喪氣地點頭。

「放心啦，警方一定很快就會弄清眞相。畢竟，他的說辭沒有任何牽強的地方。」

美佐子安慰小姑。實際上，她的確認爲弘昌的說辭沒有任何牽強的地方；但晃彥的表情嚴肅依舊。

「說辭牽強不牽強，對警察來說都一樣。」晃彥語調冰冷地說，「要是因爲這樣就相信嫌犯，就不會有人被逮捕了，他們只相信證據。」

「我沒有說謊啊。」

園子哭紅的雙眼瞪著晃彥。

「我要說的是，如果證明不了弘昌是清白的，一切都是白費功夫。不、說不定警方認爲園子本身的說辭是足以採信。因爲園子只是忠實轉述從弘昌那裡聽來的話。」

「你的意思是，園子也被弘昌騙了嗎？」亞耶子尖聲說道。

「我只是說，警方在思考這種可能性。警方之所以放園子回來，終究還是認爲弘昌本人的口供最重要吧。」

晃彥再度盯著園子的眼睛，「妳給我仔細想想！有沒有什麼辦法能夠證明弘昌的說辭？能夠救他的，就只有園子妳了！」

晃彥半威脅的口吻，讓園子縮起了肩。她一對水汪汪的大眼睛對著空中游移，一副拚命思考的神情。美佐子深切地感受到，她想幫助弘昌的心情。

然而，最終園子卻雙手抱頭，苦惱地用力搖頭地低吟著。「不行，我什麼也想不出來。我……我只是衷心地相信弘昌哥說的話。」

亞耶子不忍地抱住女兒。

「沒關係的，小園。已經夠了，一切都要怪媽不好。我說晃彥，你暫時就先放過她吧，今天晚上就問到這裡，讓她去休息了。」

亞耶子懇求道。晃彥臉上閃過一絲痛苦的表情，拿著白蘭地酒杯站了起來。亞耶子當他同意了，摟著園子的肩，走出了房間。

美佐子看著丈夫的背影。晃彥將手肘靠在家庭式吧台上，只是沉默不語。

二

弘昌的口供中提到，須貝正清從瓜生家的書庫拿走資料。於是隔天早上，織田命令勇作和他一同前往UR電產的總公司，調查那些資料是否存在，以及其內容為何。

「話說回來我認為那並不值得特別費心調查。」在公司正門領取訪客單後，織田意興闌珊地說。

「可是，我們需要證實口供的內容。」

「我的意思是，要取得證實並不容易，何況就算證實了也無濟於事。重點在於實際下手的人是不是弘昌。」

織田在西方面前明明答應得很爽快，現在卻大發牢騷；大概是他認為這是一份吃力不討好的工作吧。勇作決定不理會他，他認為調查正清拿走的資料是目前的當務之急。

UR電產的辦公大樓是一棟米白色的七層樓建築，從正門玄關進去後，左手邊是一片寬敞的大廳。勇作往位在大廳前方的櫃台走去。那裡並排坐著兩名身穿橘色制服，五官端正秀麗的櫃台小姐。

勇作說：「我想要見松村常務。」櫃台小姐請教他姓名，他回答：「織田與和倉。」雖然已事先約好了時間，不過松村要他們來訪時，別說他們的身分是警察。

勇作他們之所選擇找松村顯治問話，是因為聽說他是瓜生派中唯一沒有變節的人。勇作推測，向松村這樣的人詢問瓜生直明珍視的資料，他有可能會知道其中的詳情。

櫃台小姐以公司內線通告後，請勇作他們到五號訪客室等候，那是大廳後方的一排訪客室之一。

「這裡簡直就像是飯店的大廳嘛。像這樣的公司，考慮當上班族也不賴。」織田邊走邊仔細地觀察四周。

「大概只有門面能看吧。」勇作說。

兩坪半左右的小房間裡只放了一套接待客人用的簡易沙發組。兩人在訪客室等了五分鐘左右，傳來了敲門的聲音。一應聲後，隨即出現了一個臉圓、體形也圓，看起來敦厚老實的男人。男人說：「我是松村。」拿出名片。

「不好意思，在您百忙之中前來打擾。」勇作說。

「沒有關係反正我也沒有忙到那個地步。倒是命案調查的如何了？我相信應該不可能逮捕弘昌先生之後，就破案了吧。」

松村似乎已經知道了弘昌的事，主動地發問，他好像頗擅言詞，從他稱呼弘昌的方式來看，可見他和瓜生家的關係之深（譯註）。

「這還不清楚，接下來才要調查。」織田回答，「我們既然逮捕了他，就表示我們握有相當的證據。總之，我們正急著根據瓜生弘昌的口供確認一些事情。今天來訪的目的也是如此。」

「原來如此，原來如此，我想也是。」

「我們首先想確認的事是關於須貝先生從瓜生家拿走了某項資料。」

一旦受訪對象出現，原本幹勁缺缺的織田便將勇作晾到一旁，開始問話。他是一個不論什麼事情，都非得由自己帶頭才會甘願的人。

織田將事情經過說明一遍後，問道：「怎麼樣呢？你對那樣的資料有沒有印象？」

「這麼嘛，」松村抱起胳臂，鼓脹著臉頰，「我從沒聽過有那種東西的存在，這會不會是個誤會？」

「可是，須貝先生從保險箱裡拿走了什麼卻是不爭的事實。」

「不過，」松村仍舊否認，「我也曾看過那個保險箱一次，裡面放的文件並沒什麼大不了

譯註：日本人一般稱呼對方的姓，等到彼此關係較親密之後，才可能稱呼對方的名。

的。我不認爲須貝社長得到那樣的東西會覺得高興。」

「不管怎樣，能不能請你先告訴我裡面放了什麼樣的文件？」

「那倒是無妨。不過我想講出來之後，你們的期望一定會落空。嗯……首先是從前的決算報表，員工名簿。還有……」

勇作和織田一起將松村列舉的項目記錄下來，但在振筆疾書的同時，他越是覺得記錄這種東西沒有意義。勇作記到一半停下了手上的動作，看著眼前這名個子不高的胖男人的臉。從他的表情看不出他是眞的什麼都不知道，還是明明知道卻在裝傻。

「嗯，我想大概就是這些。」說完後，松村將雙掌交疊在啤酒肚前。

「還有沒有其他的？」織田問。

「很遺憾，我只記得這些了。」

「那麼，你知不知道一本寫著這個名詞的資料呢？」勇作插嘴問道：「電腦——電氣的電，腦髓的腦。」

「……哦，」松村臉上的表情依舊，只動了動嘴巴。「ㄉㄧㄢˋ、ㄋㄠˇ嗎？電腦。指的是computer 吧？我對這方面一竅不通。」

「你眞的沒有印象嗎？」

「我應該回答『沒有』比較好吧？當然，如果是指 computer 的電腦，我倒是在很多場合都聽過。」

松村面露微笑。勇作盯著他交疊在啤酒肚前的雙掌，剛才當他聽到「電腦」的時候，勇作看見他的指尖抽動了一下。

「看來松村先生是不知道，」織田接著說，「但不管怎麼說，我認爲須貝社長是打算拿到某項資料，想要做些什麼。你有沒有聽他說過，最近要投入什麼新的事業領域。」

「我沒聽說。」松村平靜地說，「須貝社長應該在考慮許多事情，但我沒有聽到任何具體的計劃。」

「一點風聲也沒有？」

「完全沒有。」松村微微抬起頭，像是在用鼻孔對著他們，斷然地說道。

織田和勇作不好進一步逼問，霎時閉上嘴，反倒是松村開口道：「對了，你們警方應該會還弘昌先生一個清白吧？我今天早上打電話到瓜生府上和他們聯絡，就我所知，你們根本沒有證據斷定弘昌先生就是犯人。」

「他本人已經承認他有殺人念頭，而且去過命案現場了。」織田說：「不過，他說當他抵達現場時，須貝先生已經死了。這種事情只要稍微動動大腦，就能知道是眞是假。」

聽到織田這麼一說，松村將身體靠在沙發的椅背上，用一種略帶戲劇性的語調說：「事實可是比小說還奇怪吶！」

「弘昌先生根本就不可能不用十字弓，用箭代替小刀行刺。畢竟對方可是精通武術的須貝社長，一想要接近他就會被他察覺了。」松村接著說道。

調查小組中也有人提出相同意見，勇作也有同感。

「但我認爲躲在墳墓後接近須貝先生也不是不可能的事。」

織田反駁，但松村搖頭。

「即便如此也不可能欺近須貝社長的身體，弘昌先生並不是動作敏捷的人，要是在間不容髮之際被社長發現，不就玩完了嗎？你們警方還是應該考慮，是誰從墳墓後面瞄準社長的背後放箭。」

松村用食指對著織田，擺出一個射擊的動作。

兩人與松村告別離開訪客室後，再度前往接待大廳。這次指名要找專任董事中里。聽到勇作他們繼常務董事之後，接著又要找專任董事，櫃台小姐終究露出了訝異的表情。

「專任董事請兩位到他的辦公室。」長髮一絲不苟地綁成馬尾的櫃台小姐打完電話後說。

搭上電梯後，織田問勇作：「你覺得松村怎樣？」勇作有些吃驚。這個男人第一次主動徵求勇作的意見。

「什麼怎樣？」

「嗯，我總覺得有點不太對勁。」

但織田又不說是哪裡不對勁，只是不發一語地看著樓層顯示燈。

幹部的辦公室集中在三樓。下了電梯走沒幾步，就出現了一間寫著專任董事的房間。織田確認貼在門上的一張小名牌寫著中里，敲了敲門。

替他們開門的是一名年輕的女員工。坐在窗邊桌位的男人說：「哎呀，你們好。」站了起來。

中里和松村正好相反，是一個長身瘦臉的男人，像個老派的中年紳士。勇作從他戴在臉上的金屬框眼鏡，聯想到夏目漱石的《少爺》一書中，一個綽號紅襯衫的角色。

專任董事室內除了他的辦公桌之外，還有一張桌子，那一定是女員工的辦公桌，這令勇作心中五味雜陳。美佐子從前也曾經像那名女員工，在瓜生直明的辦公室裡工作，因而和晃彥結婚。

中里命令女員工離開辦公室。勇作和織田並排坐在房間中央的一張長椅上，而中里則坐在他們對面。

「不好意思，請你們的問題簡短一點，我等一下還得去參加葬禮。」

「須貝社長的嗎？」織田問。

「當然是啊。不過，今天去的人主要都是親戚，公祭會另外舉行。」

「眞是辛苦。」

「就是啊，誰叫他們走了一個又一個。」

然而，中里的臉上卻沒有不滿或不安的神色。上頭的人接連過世，對他們而言應該不只是壞事。

等中里拿出香菸抽了一口之後，織田開口了。他和詢問松村的時候一樣，依序發問。當他提到資料一事時，中里眼鏡後面的眼神閃了一下。

「資料？那是什麼？」

這一瞬間，勇作心想：「這個男人是眞的不知道。」

「我們就是因爲不知道，才會向你請教。」

織田的話中露骨地表示出警方也不知情以及他心中的不悅。中里表示別說資料，他連瓜生家的保險箱都沒看過。

「這樣的話……」

織田改變問話的內容，問中里有沒有聽說須貝正清最近要投入什麼新的事業領域。中里不屬於瓜生派，是須貝派的人。從血緣來看，他是正清的表弟，照理說應該很清楚正清最近的動向。

中里接連不斷地吐了好幾口煙後，像是自言自語地說：「聽你這麼一說，他最近提了一件有點奇怪的事情。好像是什麼差不多該計劃脫皮了。」

「脫皮？這是什麼意思？」織田問。

「詳細內容我們也還沒聽說，他只說會在近期告訴我們。」

「你什麼時候聽到這件事的？」勇作問。

「我想想，大概半年前左右吧。」

「半年……那是在瓜生先生去世之前吧。」

勇作推測須貝正清會不會是察覺到瓜生直明的死期將近，所以才那麼說的。

「關於那個脫皮計畫，他有沒有說過什麼提示呢？」

中里嘴裡叼著一根新的香菸，織田邊用自己的打火機替他點火邊問。

「這個嘛，」中里側著頭將煙吐出後，說：「總之，那好像是一個相當長期的計畫。他甚至還跟我討論到該採取什麼樣的步驟，擴張基礎研究部門才好。」

「基礎研究嗎？」

「嗯。我自己的推論是他好像將目光鎖定在尚未開發但有未來前景的技術上。」

「在開發那項技術之前，須貝先生是否曾和某所大學接觸過？」

勇作之所以這麼問，是因爲他的腦中想起了修學大學的前田教授。

「說不定有過。」中里說：「不過，他對那方面的事情還挺保密的，他可能一個人偷偷地進行。尾藤他們那幫人有沒有說什麼？」

「不，尾藤先生什麼也沒說。」

「是嗎，或許吧。」中里意有所指地撇了撇嘴，「尾藤原本是屬於瓜生派的，就算須貝社長想要利用他，大概也不會完全信任他。說到大學的關係，他可能會拜託池本他們吧。」

「池本先生？」

「就是開發企畫室的室長呀，我打電話問問看吧。」

中里將一旁的電話拉過來，透過總機轉給池本。從他們的對話來看，池本果然介紹了幾位大學教授給正清。池本似乎決定馬上要過來這裡。

「池本是須貝社長夫人的遠親。年輕歸年輕，卻是一個做事情乾淨俐落的男人，須貝社長好像也很重用他。」

那個叫池本的男人不久就出現了。他的身材短小肥胖，但感覺身手很矯捷。

「這件事情須貝社長要我不能說。」勇作一發問，池本馬上弓身說道。

「我們會保密的。」織田悄聲說。

「那就萬事拜託了。不過話雖這麼說，反正最重要的社長也已經去世了。」

池本裝模作樣地拿出一張白紙，將人名寫在上面。織田看著白紙，朗聲唸了出來。

「梓大學人類科學院相馬教授、修學大學醫學院前田教授、北要大學工學院末永教授，這三位嗎？」

「是的。社長要我負責聯絡，讓他和這三位教授見面。很奇怪的組合吧？工學院倒是還能理解，其他的就……」

「這幾位教授從事的是哪些方面的研究呢？」

聽到勇作這麼一問，池本偏著頭思索。「這我就不太清楚了。不過，我聽說這位相馬教授是一位教授心理學的老師。」

「心理學……」

——之前修學大學的警衛說前田教授教的是神經心理學。

勇作覺得自己腦中的拼圖又拼上了一片。

三

兩人離開UR電產後，先回調查小組一趟。小組裡，只有西方一個人正在講電話。

等到西方講完電話，兩人並排坐到他的辦公桌前，由織田報告在UR電產打聽到的結果。西方臉上的表情有些陰鬱。

「老實說我覺得很莫名其妙。」西方用食指篤篤地敲著桌面，「假設須貝正清考慮投入某種新的事業領域，但難道他是爲了這檔事，才想要得到收藏在瓜生家保險箱裡的資料嗎？企業的事我是不太懂，但那種幾百年前的資料派得上什麼用場嗎？」

「嗯……這我也不清楚。」織田縮了縮脖子。

西方重重地嘆了一口氣，然後從椅子上起身。

「前幾天你們去過須貝家，我想要再調查一次須貝正清從瓜生家拿走的資料，所以剛才又讓刑警去了一趟。但他們一直都還沒有回報，看來大概是沒找到。」

「我想須貝一定是將東西帶回了社長室，所以今天曾和中里專任董事交涉，希望他讓我們調查社長室，但他說那裡是機密重地而拒絕了。不過，他們表示會代爲調查。」

聽到織田的報告，西方的臉上浮現一抹複雜的笑。

「就算東西眞在社長室，UR電產也不會輕易讓我們看的。畢竟那應該是很重要的東西。」

「他們說不定會說：『資料是找到了，不過我們不想公諸於世。』」

「你說的沒錯。那些資料的內容目前和命案並沒關連，所以我們也沒辦法強迫他們讓我們看。」

關於這一點，西方似乎已經有幾分放棄了。

「前一陣子我也提到過，」勇作向前跨出一步，「須貝遇害當天，瓜生晃彥去過須貝家。有沒有可能是他當時發現了那個檔案夾而前去取回？」

聽到勇作這麼一說，西方盯著空中的某一點，然後將目光拉回勇作身上。

「也就是說瓜生晃彥知道須貝偷走了資料嗎？或者是當他去須貝家時，正好發現了那個資料？」

「我不知道是哪一種情形。」

勇作話是這麼說，但他相信應該是前者。

「嗯。」西方縮起下巴。「其實，我今天一早派刑警去詢問過晃彥先生。據說晃彥先生完全不知道須貝拿走的資料是什麼，他好像很久沒打開過保險箱了。」

「說什麼很久沒打開過保險箱過，實在很難讓人相信。」

「他說那是個骨董保險箱，平常也沒有使用。就算我們不相信他的說辭，也沒有證據拆穿他。」

「我想要搜查他家。」

聽到勇作這麼一說，織田咋舌說道：「你別胡說八道！你憑什麼能一口咬定東西是在瓜生晃彥的家裡？」

「再說，」西方也開口：「這和找凶器不同。就算找到那個資料，也未必就會對調查有幫助。」

「這我很清楚，問題是……」勇作心裡其實想說：「當你們在兜圈子的時候，眞正的犯人早就逃逸無蹤了。」但他隱忍了下來。

「對了，弘昌那邊後來進展得如何？」織田問。

「還在苦戰中。」西方話說到一半，臉色垮了下來。「弘昌並不打算要改變口供的內容。今天早上我們又找來園子重新問了一遍，她也是一樣。」

「這兩個孩子還挺倔強的。」

「專案小組的人壓倒性地認爲園子說的應該是實話。」

「這麼說來，只有弘昌一個人在說謊囉？」

「以目前的情形看來是這樣沒錯，不過根據最近接獲的消息，他說的也不見得全是假話。」

西方拎起桌上的報告書，遞給織田。原本坐在會議桌一角的勇作，也走到他們的身邊。

「犯人如何處分十字弓是一個問題。假設弘昌是犯人，他實際犯案的時候沒有使用十字弓，因爲園子將十字弓藏在瓜生家的某個地方，所以丟棄十字弓的時間就會是在當天半夜。這是因爲我們在命案發生後和隔天一早派了大批警力前往瓜生家，所以他們應該沒有機會丟棄十字弓。」

「嗯……不過如果他們眞的就是在半夜丟棄十字弓的，會有什麼問題嗎？」織田一臉訝異地問道。

「說不上有什麼問題，不過……據說那天夜裡，附近派出所的巡邏警察巡邏的次數相當頻繁。雖然不是有人一直在監視，但他們認爲，如果有車從瓜生家大門出去再回來的話，他們不可能完全沒察覺。」

「我覺得這種說法倒是合情合理。」

勇作加強語氣。要是不先推翻弘昌是犯人的說法，這件案子根本就不用繼續往下辦了。

「關於箭插入的情況，鑑識的結果如何？」織田問。

「兩者的差距不大，但結果是否定的。」西方說：「首先是插入的深度。鑑識人員認爲要用手將箭插入死者的身體並不容易，不過話說回來，要用手插入到那種深度倒也不是不可能。據說以手勁也可能插至這種深度，只不過，箭插入身體部位四周的皮膚好像因爲箭的力道而被微微翻起。」

「翻起……是什麼意思？」

「也就是說，箭會像電鑽一樣，以旋轉的方式射進身體。」

西方將自己的手臂比作箭，轉動手腕向前探出。「據說這是以十字弓擊出的箭的特徵。為了提高命中率，箭會以旋轉的方式飛行。箭的後方之所以裝了三根羽毛，就是為了做到這點。」

「這麼說來，箭是以十字弓發射的……」

「鑑識人員似乎是這麼認為。」

西方將文件往桌上一丟，重重地嘆了一口氣。

勇作內心暗自竊喜，自己想的果然沒錯，看來殺害須貝的並不是弘昌。

這個時候，織田進一步發問：「假設箭是以十字弓射出，鑑識人員對於發射的角度和距離有沒有提到什麼？」

聽到這個問題，勇作心中一凜。因為織田明明認定弘昌是犯人之一，此時說話的口吻卻像是在支持鑑識人員的見解。

「不，他們對這還不清楚。這有問題嗎？」

西方一問，織田緩緩地抱起胳臂，將視線移向窗外，說：「不，我沒有什麼特別的意思。」

四

雨從一早就開始下，滴滴答答地一直持續到傍晚。或許是因為這個原因，音響的 FM 廣播一整天都收訊不良。美佐子趁喜愛的古典樂節目斷訊時，將廣播切換至 CD。她這一陣子都將莫札特的CD放在音響中，心情不好時就聆聽莫札特的音樂。

美佐子停止編織，看了一眼月曆。自從弘昌被拘留到現在，已經過了三天，她完全不知道警方的調查進展得如何。晃彥好像經常和律師見面，但美佐子並不指望他會在尙未有結果之前告訴自己事情經過。因此，美佐子總是從亞耶子那裡得知相關消息，而亞耶子卻從昨天開始臥床不起。園子也整天關在房裡，不肯踏出家門一步，因爲只要離開家門一步，就有刑警尾隨在後，也難怪她不想出門。

除此之外，這一、兩天也不見女傭澄江的身影。或許她是因爲提不起勁，連外出都嫌麻煩。而美佐子自己也是同樣的狀態。

——近期會不會有進一步的發展呢？還是案情會這樣永遠陷入膠著呢？

美佐子總覺得這個家或許就會這麼分崩離析。

就在她做了個深呼吸想要甩開不祥的預感時，玄關的門鈴響起。美佐子用一種連自己也覺得笨重的動作緩緩起身，接起對講機的話筒。

「我是島津警局的和倉。」

耳邊傳來令人懷念的聲音。雖然才不過三天沒聽見，卻令人分外思念。

「我馬上幫你開門。」

美佐子以一種和剛才無法比擬的靈敏身手，打開大門。勇作和平常一樣身穿墨綠色襯衫，臉色有些僵硬地站在門前。

「你一個人？」美佐子看著他的四周問。

「是啊。妳呢?」

「我也是一個人。」

美佐子和之前一樣,帶他到客廳,窗簾早已拉上。美佐子泡完茶後,他問:「莫札特嗎?」

「你很清楚嘛。」

「當然清楚。只要是妳喜歡的東西,我都記得。」

勇作邊說邊關掉音響。突然間四周變得寂靜無聲,美佐子將熱水注入茶壺的聲音聽起來彷彿更響亮了些。

「我馬上就得走,」勇作說:「我希望妳聽我說幾句話。」

「好。」美佐子一面回答,一面將茶杯放到他面前,然後抱著托盤,坐在他對面的椅子上。

勇作喝了一口茶後,說:「我在找須貝正清從這個家裡的保險箱拿走的資料,不過怎麼也找不到。」

「這件事我聽別的刑警先生說過了。」

「我認爲那些資料在瓜生手上。」

「在我先生手上?」

勇作點頭,然後像是在取暖似地用雙手握住茶杯。

「須貝遇害後瓜生去過須貝家,我認爲他有充分的機會奪回資料。而且打從一開始他去須貝家,就是爲了這個目的。」

美佐子盯著勇作直瞧,稍微猶豫了一下之後,應道:「說不定是那樣沒錯。」

「說不定？」

「因爲他好像知道保險箱裡面的東西遭竊了。」

美佐子坦白告訴勇作，須貝到家裡來那天晚上的事。晃彥用一種銳利到令人心驚的眼神問：

「今天有誰來過嗎？」

「鐵定沒錯。」聽她說完後，勇作說道，「瓜生當時就知道資料被須貝正清搶走了。而且那是不能被他搶走的東西，所以瓜生爲了奪回資料……」

美佐子很清楚他硬生生吞下肚裡的話。勇作想要說的應該是，爲了奪回資料而殺了須貝正清。

美佐子搖搖頭。「我不想……想到那裡去。」

「……我想也是。」

「不過那麼重要的資料，究竟是什麼呢？」

「如果弄清這一點的話，我想謎底就解開九成了。那也是非殺死須貝不可的理由，不過還有幾個謎底是我至今一直想要知道的。」

於是勇作告訴美佐子二十幾年前那椿離奇的命案，以及在這次事件中的新發現。每件事的內容都令美佐子驚詫不已。

勇作從外套的內袋拿出一本對折的筆記本，那好像是一本年代相當久遠的筆記本，邊都磨圓了。

「這先寄放在妳這裡，是它將我捲入了這一連串的事件裡。可以的話，我希望妳能理解我的心情。」

美佐子拿起筆記本。陳舊的封面上寫著「腦外科醫院離奇死亡命案調查紀錄」。

「這也是我父親的遺物。」他說。

「我會找時間看。」美佐子將筆記本抱在胸前，「那麼，我該做什麼才好？」

勇作將身體湊近她。

「我希望妳務必將那個問題所在的資料弄到手，我相信那個東西在瓜生的手上。我想要拜託妳的，就是這件事。」

勇作的眼神很認眞。美佐子心想，「雖然自己和晃彥已是一對貌合神離的夫婦，但若是答應了這點，那將會跨越心頭的最後一道防線。」

但勇作接下來說的這一句話，卻將她心中的迷惘一掃而空。

「說不定也會知道妳說的『命運之繩』的眞面目。」勇作說。

「命運之繩的……是啊。」

美佐子心想，說不定眞是如此，這說不定是個知道瓜生家祕密的機會。

「說不定那些資料就擺在他的房裡。可是不行，他將門上了鎖，我進不去。」美佐子說。

她心裡感到一種無以言喻的羞恥。進不了丈夫房間的妻子，哪還稱得上是妻子呢？

「鎖……哪種鎖？」

「按下門把正中央的按鈕，關上門就會鎖上的那種。」

「噢，那種啊。」勇作點頭。「如果是那種鎖的話，說不定很容易就能打開。」

「怎麼開？」

「假設這是外面的門把，」勇作伸出自己的左拳，然後用右手的手刀在上頭敲打幾次。「用堅硬的東西像這樣用力敲打幾次，那種鎖經常就會因外力而打開。」

「眞的嗎？那麼我下次試試看好了。」

「拜託妳了。」

「嗯……」

美佐子咬住嘴唇，下定了決心。她心想，已經沒有後路可退了。

「那些資料有沒有什麼記號？」

「這個嘛。首先，它們的特徵是又舊又厚，然後我知道部分的資料名，其中包含了電腦兩個字。」

「ㄉㄧㄢˋㄋㄠˇ？」

「電氣的電，頭腦的腦。」

「噢，」美佐子會意過來說道，「又出現『腦』了。」

「是啊，又是腦。」勇作也說。

結束秘密協議之後，他馬上起身，表示待會還有工作要做。

「資料得手之後，妳會跟我聯絡嗎？」

「嗯，我會的。」

當勇作在玄關穿鞋時，大門毫無預警地打開了。美佐子不禁屏住了氣息，因爲站在那裡的是晃彥。

「你……」

「瓜生。」

兩人同時開口說。晃彥邊說：「哎呀，今天吹的是什麼風，你來打聽什麼案情嗎？」邊走進門。

「我有很多事情想要確認。」

「是嗎？你們刑警還眞喜歡確認這兩個字啊。」

晃彥啐了一句後，看著美佐子說道：「他就是我前一陣子說的那個同學，他有沒有跟妳提起這件事？」

「有啊。」美佐子回答。

勇作從晃彥身邊穿過，向她點個頭。

「那麼，我就告辭了，非常謝謝妳。」

「能不能請你等一下？我有話想要問你。」晃彥挽留他，「是有關弘昌的事。老實告訴我，現在的情況怎麼樣？」

彷彿鎭懾於他眞摯的眼神，勇作眨了眨眼。然後回答：「五十五十吧。」

「五十五十……這樣啊。」

「那麼，我告辭了。」

當勇作正要離開時，他轉念一想，回過頭來對晃彥說：

「你眞幸福，討到一個好老婆。」

那一瞬間，晃彥的身體彷彿被人用力往後推了一把。勇作最後再低頭行個禮，便離去了。

五

山下鴻三的家位於坡道起伏的住宅區裡。馬路舖整得很平坦，但車流量不多。就這點而言，這裡應該很適合居住，只是除了它的地點離車站有些距離外，又不容易攔到計程車，一旦像勇作一樣沒趕上公車，就只能走路走到汗流浹背。

山上鴻三——這是在上原醫院打聽到的名字，據說他和上原雅成很親近。

好不容易抵達山上家，勇作穿上途中脫下的西裝外套，按下玄關的門鈴。那是一間前院種滿了花草樹木，古色古香的房子。

出來玄關相迎的是一位瓜子臉的高雅婦人。勇作在來之前已經打過電話約好時間，於是當他一報上姓名，婦人馬上笑容可掬地招他入內。

「眞是不好意思，做出這種不情之請。」

看到勇作過意不去的樣子，婦人滿臉笑容地搖頭。

「自從接到刑警先生的電話之後，我家爺爺簡直坐也不是，站也不是呢。能夠聊聊往事，他高興得不得了。」

「那就好。」

在面對後院的走廊上走沒幾步，婦人在第二間房間前停下腳步，隔著紙拉門通報勇作來了。

耳邊傳來一個爽朗的聲音，說：「請他進來。」

「打擾了。」

「哎呀，你好你好。」

山上鴻三給人的感覺像是一個文藝青年上了年紀之後的老人。他的臉上戴著金框眼鏡，稀疏的白髮往後梳攏。

勇作拿出名片再度做完自我介紹後，看到矮桌上攤開著一本像是相簿或舊日記的東西。

「聽說你想問上原的事，我就將這從壁櫥裡翻了出來。我最近不常想起他，不過像這樣看著從前的照片，還是很令人懷念。」

「您和上原先生是同學嗎？」

「一直都是。」山上老人瞇起眼睛，說道：「我們是一同追求醫學知識的夥伴。不過，我們的才能完全不同。他簡直就是一個爲了研究醫學而生的男人。他出生在醫生世家，又注定是醫院的繼承人。恩師們也自嘆弗如。」

老人將舊相簿轉向勇作，指著貼在左頁最旁邊的一張黑白照片。泛黃的照片中，有兩名身穿白袍的年輕人。

「這是我，這是上原。」

正面左手邊那個好像是山上老人。勇作將照片和本人比對，心想：「經他這麼一說，果然有幾分神似。」老人像是洞悉他內心想法般地笑了。

「畢竟是快六十年前的照片了。」

勇作從他張開的口中，意外地看見了一口白牙，大概滿嘴都是假牙吧。

「其實，我今天想要請教的不是那麼久遠的事情。」

勇作決定進入正題。

「不過，算算也是三十多年前的事了。您知道上原先生曾經派駐在一家叫做瓜生工業的公司的醫護站嗎？」

「瓜生工業。」

老人彷彿在細細品味每一個字似地複誦一遍後，說：「你的意思是，他曾經待在那家公司的員工醫務室嗎？」

「似乎是那樣沒錯，我也不太清楚。」

「嗯……」山上老人抱著胳膊。「我聽說過那件事。不過，我也不太清楚。晚年的時候，有一次不知道聊到什麼，他曾隨口提過。」

「您們當時很少往來嗎？」

「不，倒也不是那樣，」山上眨眨眼睛，然後說：「只是因為我也很忙，沒有空對彼此的工作表示關心。不過我記得，當我聽見那件事的時候，我還問過他，為什麼明明擁有一間大醫院，還要跑去做那種工作呢？結果他好像回答我，因為有很多事情在醫院裡不能做。」

「很多事情在醫院裡不能做……？」

勇作對此感到納悶，如果是醫院裡不能做的事，在一家企業裡的醫護站裡又能如何？

「說到這個，在那之後上原醫院就改建了，對吧？從原本的木造房子，變成了一棟紅磚所蓋成的雄偉建築物。」

山上老人的腦中彷彿正憶起當年的景象，眼睛斜斜上飄著低喃：「沒錯、沒錯，確實是那樣沒錯。他說，他接下來要將心力投注在醫院上。因爲他在那之前，比起治療病患，花費更多的精神在做研究。」

「上原先生從事的是哪方面的研究？」

「腦神經。」老人爽快地說道，並指著自己的頭，「他想要從大腦的訊號系統，分析人類的情感或生理現象，那幾乎是他畢生的志業，但不幸的是，他出生得太早了。如果他生在這個時代就好了。現在的社會不但認同那種研究，對於大腦也有了相當的認識。你知道人類有左腦和右腦嗎？」

「這點常識，我還知道。」

聽到勇作的回答，老人點頭。

「那麼，腦分離患者呢？也就是左腦和右腦分離的患者。」

「不知道，有那種人嗎？」勇作驚訝地問。

「有一種治療重度癲癇患者的方法，即是利用手術切斷連結左右腦的胼胝體，我們稱那種人爲腦分離患者。這種人平常過著和一般人完全沒兩樣的生活。所以說，經手術切除的胼胝體究竟是爲何而存在呢？以這樣的人爲對象進行各種實驗之後發現，目前醫學界認爲右腦和左腦可能存在不同的意識。」

「眞的嗎？這我倒是不知道。」

勇作用手抵著自己的頭。

「一般人就算知道這種事情也沒用。不管怎樣，這種學說是近二十年來才出現的，相當震撼人心。但其實上原從學生時代就已經提出這種假說了。遺憾的是，他沒有實驗的場地。」

「上原先生本身有哪些研究成果？」勇作之所以這麼問，是因爲他想到了一些事情。

山上老人微微發出低吟聲。

「就像我剛才所說的，當年是一個資源缺乏的時代，所以我不記得他有什麼令人眼睛爲之一亮的研究成果。當然，他的工作成績卓越。他曾經將電極植入白老鼠的腦中，調查大腦受到電流刺激的反應……」接著他拍了一下膝蓋，說：「他曾說過，待在療養院的時候反而做了許多有趣的事，因爲那裡有各式各樣的病患。」

「療養院？」

「國立諏訪療養院。一家成立於昭和十六年（一九四一），只以頭部戰傷者爲收容對象的療養院，讓他們在那裡接受專業醫療與培育就業能力。上原在那家療養院設立的同時，接獲勤務命令，在那裡工作了幾年。」

「可是，那裡的目的是治療病患吧?實在無法和研究聯想在一塊兒……」

聽到勇作這麼一說，山上笑著搖頭。

「但實際上卻不是那麼回事，戰爭的特徵就在於會產生超乎想像的病患。雖然說是頭部的傷，但人人的狀況都不同，即使是長年從事腦外科醫療工作的人，都經常會遇到首度碰上的病例。上原寫給我的信中提到，那裡是研究對象的寶庫。」

勇作點頭，心想：「原來如此。」或許眞是那樣。

「那麼，結果有什麼重大的成果嗎？」

「不論成果是大是小，總之他獲益良多。他曾經告訴我他的感想是，重新認知到人類生命的偉大。畢竟，他每天看到的都是頭部受到槍傷，大難不死奮力求生的病患。而那些病患表現出的特異反應和症狀，對於解釋大腦的機能有很大的助益。」

他說到這裡，想到什麼似地從矮桌上的文件中拎起一個信封，再從中拿出信紙，在勇作面前攤開，只見信紙上頭以黑色鋼筆寫著漂亮的字。

「這裡有寫，對吧？『對了，我從前一陣子提到的病患身上，發現了一件更有趣的事情。那就是電流刺激會帶來意想不到的效果。關於這點還必須進一步調查，說不定會是個劃時代的發現。』……這是上原從療養院寄給我的最後一封信。因爲在這之後第二次大戰結束，我們彼此都無暇寫信了。」

「這個劃時代的發現，後來怎麼了？」勇作將目光從信紙移到老人身上，問道。

「基本上好像還是發表了，但幾乎沒有受到任何人重視就結束了，當年很多這種情形。他也讓我看了那篇論文。因爲數據不足，給人一種欠缺說服力的印象。內容我幾乎完全不記得了，現在來看，說不定那是個了不起的研究。」

山上老人有些靦腆地回答。

在這之後，勇作問到了上原雅成和瓜生工業創辦人瓜生和晃之間的關係。老人瞪大了眼睛，說：

「我完全不知道，畢竟我們的專業領域相差十萬八千里。」

「是嗎？或許眞的是這樣。」

勇作又聽老人說了一些陳年往事，然後告辭離開山上家。步下急坡的路上，他回頭望了一眼那棟古老的宅院。

——專業領域相差十萬八千里……嗎？

勇作想起老人說過的話。確實該是如此，但……

——就是有人不這麼想，不是嗎？

有一種假設，逐漸在勇作的腦中成形。

六

縱然從山上老人家火速趕回島津警局，也已經過了中午。不過，勇作早已事先用電話打過招呼，說他好像感冒了，今天早上要去醫院看病。

能夠毫不內疚地打這通電話的原因之一是，最近的調查情形停滯不前。逮捕弘昌之後已經過了四天，卻還不能確定他的口供是眞是假。

許多刑警的不滿都明顯寫在臉上。他們的不滿來自於既然逮捕了最可能犯案的嫌犯，爲什麼不能經由徹底的偵訊逼他招供？換句話說就是要逼弘昌自己招了。實際上，至今當警方遇到這種局面時，還是經常會使用這種手段。

然而，警方卻有不能那麼做的苦衷。畢竟，對方是瓜生家的公子哥兒。警方擔心萬一事實眞如弘昌的口供一般，不知到時的下場會如何。因為UR電產對當地具有莫大的影響力。

因此，調查小組最近一直籠罩在一股低氣壓的氣氛之下。

然而，這一天——

當勇作從警局的玄關進門步上樓梯時，感覺局內的氣氛和平常不同。雖然耳邊的喧囂依舊，卻能從中察覺到一種緊張感，沉寂的空氣彷彿突然動了起來。

勇作一走到會議室前，忽然從中衝出兩名刑警來，其中一人撞上了他的肩。那名刑警只說了句抱歉，再度疾步而去。

西方警部們按例聚集在會議桌。西方一看到勇作，馬上對他說：「感冒嚴重嗎？」勇作歉然地說：「還好。不好意思，讓你擔心了。」

這個時候織田走了過來，挖苦地說：「大人物來上班啦？」然後伸長手臂穿過西裝外套，說：「我們要到眞仙寺打聽線索。如果你身體不舒服的話，不來也沒關係。」

「眞仙寺？發現什麼了嗎？」

「今天一大早，局裡收到了一封密函。」

「密函？怎樣的密函呢？」

「如果你要一起來的話，我倒是可以邊走邊告訴你。」

「當然，我要一起去。」

勇作和織田並肩走出會議室。

根據織田所說，密函是以限時信的方式，指名寄給島津警局局長親啓。市售的牛皮信封裡裝著白色信紙，上頭是黑色鋼筆的字跡。織田手上有一份拷貝的複本，上面的字跡相當端正工整。

「端正工整也是理所當然的。仔細調查後發現，那些字有使用尺書寫的痕跡，爲了隱藏筆跡的標準手法。」織田邊等前往眞仙寺的公車邊說。

密函的內容如下：

『每天馬不停蹄地調查，辛苦你們了。關於UR電產社長遇害一事，我有事情非告訴你們不可，所以提筆寫下了這封信。

那一天（命案發生當天）的白天，大約十二點半左右，我去了眞仙寺的墓園。

我在那裡看見了一幕奇怪的景象。當我走在墓園的圍牆外時，一棵杉樹的背後放著一個黑色的塑膠袋。我記得那是一棵樹幹很粗，枝幹在及腰處一分爲二的杉樹。一開始，我還以爲是誰丟棄的垃圾，但看起來不像。當我往袋內一瞧，才發現裡頭裝了一把像是弓的東西。大小約五十公分，像是西洋繪本中獵人使用的弓。

我心裡雖然狐疑著這是什麼？究竟是誰把這種東西放在這裡的？但還是將塑膠袋放回原位，離開了。

當天晚上看了電視，我才知道發生了那起命案。聽到受害者是被人用弓箭殺害，我害怕得膝蓋發顫。原來我當時看到的那把弓，就是凶器。

我心想，我是不是應該儘早告訴警方自己看到的事呢？因爲那說不定會有助於調查的進展。可是，我卻有不能那麼做的苦衷。我那天到那個地方是有原因的，而且非保密不可。不過，這並非意謂著我有涉案。說得更清楚一點，我只是不想讓我丈夫知道我那天的行蹤。因爲從前一天夜裡到隔天早上，我和丈夫之外的男人在一起，當時正要回家。

因爲這個原因，我才會沉默至今。再說，我想我的證言應該也幫不上什麼忙。

聽到瓜生弘昌先生遭到逮捕之後，讓我再次猶豫要不要說出這件事。警方似乎認爲犯人並沒有使用弓犯案。我想，如果我沒有說出眞相的話，將會有無辜的人因此受苦。

反覆思量的結果，我想到了這個方法。請務必相信我說的話。另外，請不要找我。千萬拜託。』

這封信的起承轉合很嚴謹。讀了一遍下來，令人覺得是出自有點年紀的女性之手，但卻不能完全相信這種第一印象。

「那麼，寄件人當然沒有寫自己的名字，對吧？」勇作將影印紙翻過來問。

「信上寫的是山田花子，肯定是假名吧，連地址也是胡謅的。」

當織田說話的時候，公車來了。兩人上了車，並排坐在最後一排座位。

「按照信中的說法，寄件人應該是名女性。」

「而且還是個搞外遇的女性。劇情的設定是她去會男人，早上回家的路上經過眞仙寺。就創作而言，的確是可圈可點。但這不禁令人懷疑，爲什麼要使用密函這種手法。」

「創作嗎？」

「我是那麼認爲。如果她眞是那種女人，應該反倒會隱瞞這件事才對；而且我認爲她會用男性用語寫信。」

勇作有同感。他總覺得從這封看似出自女性手筆的信中，能夠看見男人的詭計。

「只不過，」織田說：「它的內容應該不全是假的。」

「咦？」勇作看著織田的臉。織田乾咳一聲，然後說：

「總之，上頭命令我們先到眞仙寺附近男女幽會的賓館或飯店調查。如果密告者說的是眞的，她就很可能是那種地方的客人。」

然而，他們這趟打聽消息的行動卻沒有得到期待的收穫。雖然是有幾家那方面的賓館或飯店，但一般而言，住宿者名單根本不足採信。兩人還見了店裡的員工，也沒有打聽到有用的線索。

兩人四處奔走到傍晚才回島津警局。

「基本上，我們記下了上賓館的客人名字和住址，但我認爲那些大概都是假名。」

西方聽取織田的報告，一臉不出所料的表情。

「沒有看到山田花子這個假名嗎？」

「很遺憾，沒有。」

「是哦。不過就算是如密告者說的那樣，她大概也會儘可能地掩人耳目地吧。」

西方又補上一句：「辛苦你們了。」

其他刑警也回來了。他們好像是去計程車公司調查。畢竟，密告者當天早上不見得是走路去眞仙寺的，她可能是從哪裡搭車而去。然而，他們似乎也沒有得到顯著的收穫。

「假如說，這個密告者不是信上所寫的那種女性，那麼她會是誰呢？命案的關係人嗎？」

渡邊警部補徵求西方的意見。

「當然，我們也應該考慮這種可能性。也就是說，對方是爲了救瓜生弘昌，才使出這種手段。因爲只要在犯案前將十字弓藏好，就能製造出弘昌的不在場證明。」

「這麼說來，是瓜生家的人？」

「不只是他們家的人，只要是和瓜生家有深厚交情的人，說不定都會想要救弘昌。」

「如果說，」織田插嘴說：「這封密函是出自關係人之手，只是單純想要救弘昌，那麼這封信上所寫的不就全是捏造的嗎？換句話說，連在現場看到十字弓的證言也是假的。」

「問題就在這裡。」

西方像是要強調這封密函的重要性似地，靠在椅背上重新坐好。「就現階段而言，我們無從斷定這個密告者是誰。不過，這封密函當中，有某些部分確實提到了眞相，那就是關於十字弓藏匿情形的敘述。首先是樹木，密告者極爲詳細地說明，那是一棵樹幹很粗，枝幹在及腰處一分爲二的杉樹。由於弘昌以嫌犯的身份浮上檯面，因而這點不太受到重視，但實際上現場附近發現了腳印。另外，是十字弓裝在黑色塑膠袋裡這一點。案發隔天發現十字弓時，的確是裝在那種袋子裡。可是，報紙等新聞媒體完全都沒有公佈這件事。」

聽到西方那麼一說，大夥兒沉默了好一陣子。既然密告者寫得如此詳細，肯定是實際看見了十字弓。

「如果眞的目擊到現場有十字弓的話，這名密告者就應該是和命案無關的人。」

渡邊警部補開口說：「命案關係人不太可能碰巧人在現場吧？」

勇作也認爲這個意見合情合理。但西方卻說：

「警部補說得沒錯，命案關係人的確不太可能碰巧人在現場。所以這名密告者不只是一個想要救弘昌的人，而且還是以某種形式涉案或知道眞相的人。」

此話一出，四周頓時引起一陣騷動，甚至有人反射動作地從椅子上起身。

「你的意思是有人明知眞正的犯人是誰，卻故意隱瞞？」

渡邊的臉上露出激動的神色。

「用不著那麼驚訝吧。」

西方和屬下們正好相反，他沉穩地說：「這次的命案其實是發生在很小的人際圈當中。嫌犯盡是被害者的親戚或身邊的人，所以就算有人知道眞相也不足爲奇。不，我反倒認爲是因爲有人蓄意包庇犯人，這個案子才會如此棘手。」

警刑當中有幾個人嘆氣，他們肯定是從剛才西方說的話中隱隱察覺到了什麼。

「這麼說來，」渡邊說：「不管密告者是個怎樣的人，總之密告的內容是眞的囉？」

「這個可能性很高。」

警部這麼一說，四周又響起了基於另一種原因的嘆氣聲。原本好不容易看見了終點，此刻卻又回到了原點。

「假如這封密函的內容是眞的，」織田站起身來，拿起放在會議桌正中央的密函影本。「犯人爲什麼要那麼做呢？」

「我覺得這不難理解。犯人從瓜生家拿走十字弓，距離犯罪還有一段時間，要是在那之間被人看到自己手邊的十字弓就就糟了。再說，犯人應該也不可能爲了犯罪，拿著那麼大的物品出門吧。所以我認爲事先將十字弓藏在命案現場才是正確答案。」

沒有人對西方的解釋提出反對意見。

「對了，能不能從這封密函的內容，推算出犯人拿走十字弓的時間呢？」

「根據園子的口供，」渡邊警部補說：「她從學校早退後，避免讓任何人看見地溜進了書房，那大概是十一點半左右的事情。她說，當時十字弓就已經不見了。」

「嗯……不過，雖然說是不見了，但未必這時就已經被犯人帶出瓜生家了。」

「沒錯。密函上提到密告者是在十二點半發現十字弓，假設移動時間需要十五到二十分鐘，那麼表示犯人是在十二點多離開瓜生家的。」

「十二點多啊，」西方誇張地露出一臉不耐煩的表情。「那麼，幾乎所有訪客都符合這個條件嘛。」

「不，這說不定就是密告者的目的。」勇作發言，「密告者的目的是要我們釋放弘昌，而不是逮捕犯人。所以或許密告者發現十字弓是個事實，但發現的時間尚待求證。」

「的確是那樣沒錯。」西方大聲贊同勇作的意見。「密告者可能是爲了不讓我們鎖定嫌犯，才將時間寫成十二點半。說不定眞正是在更早的時間發現的。」

「我們要設法弄清正確的時間。」渡邊也說。

「我們試著找找那天到過眞仙寺和墓地的人吧，說不定有人看過那個黑色的塑膠袋。」

愴。

目前弘昌犯案的可能性降低，或許是覺得偵破命案的線索太少，西方的聲音中，帶著一股悲

七

美佐子確認晃彥出門後，將大門上了鎖，然後到廚房打開放置烹飪器具的櫃子。

——勇作說要用東西敲打，用這種東西可以嗎？

美佐子拿在手裡的是一把菜刀。除此之外，她沒有看到其他適合的器具。

她拿著菜刀上樓，或許是因爲內疚，她下意識地壓低腳步聲。

晃彥的房間依舊上了鎖。這個上鎖的動作可能一半是出自習慣，他已經不會特別去意識到了，但看來這樣的部分就是造成夫妻關係變質的原因。

美佐子想起勇作教他的步驟，使用刀背，提心吊膽地試著敲打門把，然後轉動，但門把還是鎖得嚴嚴實實，文風不動。

美佐子一咬牙用力一敲，發出巨響，嚇了她一跳，但鎖還是沒打開。

——看來大概還是不行。何況，和倉也說這種鎖經常會因爲受外力而打開，又不是說一定會開……

美佐子又試著敲打一次。門把上出現了凹痕，但還是打不開。

她盯著菜刀，嘆了一口氣，心想：「老是這樣，自己從來沒有能夠打破晃彥設下的防備。」

美佐子死心下樓進入廚房，從餐具櫃下層的抽屜拿出勇作寄放在她這裡的筆記本。

腦外科診所離奇死亡命案調查紀錄——

勇作說希望自己能了解他的心情。包含這次的命案在內，許多他面臨的謎題都始於這本筆記本的內容。

美佐子從頭看起。之前只聽勇作大略提了一下，她並不知道詳細內容。成爲故事舞台的上原腦神經外科醫院，同時也是美佐子的父親曾經住過的醫院。除此之外，還是她和勇作邂逅的地方。光是這樣，就令她感到無比熟悉。

一路看下去，她漸漸理解了勇作爲何會對此抱持疑問。那名叫做日野早苗的女子的死，實在令人匪夷所思。

就像勇作說的一樣，警方的調查進行到一半突然結束。或許該說是中斷比較適當。而調查紀錄的最後一段話如下：

『某月某日　我帶著勇作到日野早苗的墳前祭拜。當我告訴勇作是她的墓時，他將兩隻小手合十，一心祈禱著什麼。』

美佐子想像小時候的勇作。他喜歡的早苗姊姊的死，不知對他幼小的心靈造成了多大的打擊。

筆記本的後半部有幾處潦草的字跡，大概是出自勇作之手。其中有一句話是：「當務之急是調查瓜生家」。

——調查瓜生家……？

美佐子心想，勇作說得沒錯。若是不解開這個家的謎，根本不可能有進一步的斬獲。

她的心中出現了另一種情緒，她不想再讓步了。

美佐子一出廚房，一股作氣衝上樓梯，毫不猶豫地舉起菜刀，一刀斬下，但用力過度而失去了準頭，砍中的不是門把，而是連結軸，鎖打開，發出「咔嚓」一聲。

美佐子握住門把，緩緩使力。門把彷彿敗給她的氣勢般，乖乖地轉動了。

這是她第一次獨自進入晃彥的房間。平常他總會跟在身邊，指示她可以碰和不能碰的地方，但今天不會有那種限制。

這是一間四坪左右的房間，書桌、書櫃、電腦桌等並排於牆邊。美佐子不曾打掃過這裡，卻整理得井然有序、一塵不染。

美佐子先從書櫃找起，有一般的書櫃和裝有玻璃門的書櫃，玻璃門書櫃的下層是抽屜。一樣樣調查後，美佐子多少了解了晃彥至今沒有讓她知道的部分。好比說書櫃最旁邊的地方有歌舞伎的書，美佐子完全不知道他有那方面的嗜好。

美佐子一面小心不要讓晃彥知道她動過東西，一面檢查房裡的物品，她覺得一切都很新鮮。她雖然曾想要更早一點進來這間房間，但晃彥不准，她也無可奈何。

她四處翻找了一個小時左右，卻沒有發現勇作說的厚重的舊資料夾。這間房間並沒有多大，能藏東西的地方有限。前一陣子夜裡曾聽到他在鋸東西的聲音，但地板和牆壁上卻沒有留下隱密藏東西的地方的痕跡。

——說不定，他已經將那些資料移到別的地方去了。

美佐子心想，這是有可能的。晃彥平常待在大學的時間比在家裡還久。如果是貴重物品，說不定早就拿到大學去了。

美佐子再次環顧房內一周，令她在意的還是前幾天聽到的鋸子聲。

——既然要用到鋸子，就應該是藏在有木頭的部分……

美佐子突然想到這一點，又再盯著書櫃瞧。那個書櫃是晃彥說要買來放專業書籍，兩人在快要結婚之前去家具店，由美佐子選的。

美佐子拉開最下層的抽屜，裡面放的是信紙和信封。除此之外，還放了一些文書處理機專用的紙張。

美佐子將抽屜再拉出來一些，把抽屜整個拉出來，然後往空了一個洞的抽屜口那頭看去。不過就是個一般的抽屜。美佐子將抽屜拿在手裡，拍打上下兩層木板，也沒有什麼特別的地方。

美佐子一樣將旁邊的抽屜拉出來，同樣做了拍打的動作。

當她拍打下層的木板時，察覺有異，木板發出沒被固定住的響聲。

美佐子用手托住下層木板，試著左右移動。木板有些卡住，但還是向一旁滑動了。

——果然不出我所料。

晃彥前一陣子就是在做這個機關。

美佐子一打開木板，馬上將手伸進去。手碰到了東西，是書。不，肯定是勇作說的資料夾，她的心跳開始加速。

那確實是一本厚重的資料夾，再加上抽屜口很窄，連讓兩手伸進去的空間都沒有，害得手無縛雞之力的美佐子費了好大一番工夫才將它拿出來。

美佐子使出全身的力氣，才將書拖了出來。資料夾有一個黑色的封面，裡面大概裝了好幾百張的資料。美佐子看著封面上的標題。

電腦式心動操作方式之研究——

標題是以艱澀的文字書寫，用筆寫的字跡變得有些模糊了。

「電腦式心動操作方式之研究……？」

美佐子試著出聲讀出來，但完全不懂那是什麼意思。她的目光停在「電腦」兩個字上，果然和勇作說的一樣。

——須貝先生就是想要得到這個嗎？

美佐子感覺到胸口的心跳，將手放在封面上。就在她正要翻開時，背後突然傳來一聲：

「把手拿開！」

美佐子低聲尖叫，回頭一看，晃彥臉上露出一種至今從未見過的冷峻表情，站在眼前。

「老公……你爲什麼？」

「叫妳把手拿開沒聽到嗎？把手拿開，然後離開那裡！」

他用冰冷的語調說道，但美佐子抱著資料夾。

「老公，求求你，告訴我實話。這本資料夾是什麼？爲什麼須貝先生會想要這個？爲什麼不能讓人知道這本資料的存在？」

「妳用不著知道。來，快點把它交給我。」

晃彥伸出手，但美佐子卻更加使力地將資料夾抱在懷裡。她心想：「如果錯失這次機會，將永遠無法知道眞相。」

晃彥朝她走近一步。但這個時候，他的目光停在地板上的一點。

「這是什麼？」

他撿起來的是，勇作寄放在美佐子這裡的筆記本。她剛才上樓時，將它帶進了這間房間。

「啊，那是……」

晃彥無視她出聲阻止，打開筆記本，瞬間他的臉色刷白。

「和倉興司……這是和倉的父親寫的嗎？原來如此，他父親在調查那起事件啊。」

話一說完，他低頭俯視美佐子。「爲什麼妳會有這種東西？」

「他借我的。」

「借妳？妳別說謊！這麼重要的東西怎麼可能借給素不相識的人？」

「我們……才不是素不相識呢。」

美佐子把心一橫，心想，「與其隱瞞一輩子，不如坦白比較好。」

「他是我的舊情人。早在遇見你之前，我就認識他了。」

美佐子發出幾近吶喊的聲音。晃彥彷彿鎮懾於她的叫喊，霎時愣住了。但他馬上重新振作精神，歪著臉說：

「和倉他？妳以爲妳那樣胡說八道，我就會……」

「我說的是眞的！」美佐子斬釘截鐵地說，「他是我第一個愛上的人，你應該最清楚我曾經和男人交往過。」

「他……」

晃彥交互看著筆記本和美佐子的臉，隨即像是要轉換心情似地搖頭。

「原來是那麼一回事，和倉和妳……而我娶妳爲妻。天底下居然有那麼碰巧的事。」

然後，他像是察覺到什麼似地盯著美佐子。「你們兩個一直瞞著我保持聯絡嗎？」

「他在懷疑你，他相信是你殺害了須貝先生。他連你爲什麼非那麼做不可，還有祕密就藏在這本舊資料夾都看穿了。」

「犯人不是我。」

「那麼，你那一天爲什麼要回家裡來呢？」

「那一天？」

「你回來過不是嗎？我看見你從後門出去了。」

美佐子看見晃彥的臉頰抽動了一下，散發出冷酷光芒的黑色瞳孔彷彿在左右晃動。

美佐子心中突然閃過一個念頭，說不定他會殺了我。

但下一秒鐘，晃彥恢復了冷靜。他大步走向美佐子，蠻橫地一把搶過資料夾。

「你太過份了。既然如此，把一切的事情告訴我。」

「妳用不著知道。」

「我知道也無妨吧？畢竟……我們是夫妻呀。」

美佐子對自己講出來的話感到震撼。眼淚毫無預警地奪眶而出，流下臉頰滴落。

晃彥好像也不知道該說什麼才好。兩人沉默了幾秒鐘後，他說：「妳不要知道比較好。」

「可是……」

「這本筆記本，」他說：「由我還給和倉。妳不准向其他人多說一句。」

美佐子用毛衣的下襬擦拭淚濕的臉龐。淚是止住了，但心裡卻空了一個大洞。

「我要回娘家。」

美佐子泣不成聲地說。接著又是一小段沉默後，晃彥才回應：

「隨妳便。」

八

勇作回到公寓正好凌晨一點鐘。商討今後的調查方向，不知不覺就到這麼晚了。

他脫下身上的衣物，只穿一件內褲鑽進了從來不折的被子。棉被有股臭味，不知道有幾個星期沒拿出去曬太陽了。

拉了一下日光燈上長長的繩子，「唧」的聲音霎時消失，眼前陷入一片漆黑。勇作閉上眼睛，卻沒有睡意。

勇作心想，案情因爲那封密函而有了進展，他本來就不認爲弘昌是凶手。這次的命案背後隱藏著更重大的祕密。寄出密函的人，如果不是晃彥，肯定就是跟他一樣，和那件祕密相關的人。

那究竟是個什麼樣的祕密呢？

勇作雖然一頭霧水，卻還是試圖抓住什麼。

——國立諏訪療養院嗎？

他的腦中想起了山上老人說的話，上原雅成在那裡一定有了某種劃時代的發現。但他命中註定沒有機會做研究，使得那項發現化爲泡影。

——但難道沒有人注意到他的發現嗎？

勇作想到瓜生工業的創辦人——瓜生和晃。他是一個能夠將獨特的創意巧思化爲產品特色，讓事業蒸蒸日上的人。如果是他的話，那麼即使是完全不同的腦醫學專業領域，說不定也會想到什麼有效的活用方式。

上原博士曾經派駐在瓜生工業內部的醫護站，但他本人卻擁有一家大醫院。他告訴山上老人，他去那裡是爲了做研究。

——瓜生和晃注意到了上原博士的研究。而瓜生之所以利用醫護站這個幌子，會不會是爲了讓上原博士更深入地做研究呢？

但那項研究因爲某種原因，必須永遠保密，於是研究結果和數據便被機密地保管在瓜生家。

勇作推論那就是那個關鍵的資料夾。

但有一點他不懂，那是一項什麼性質的研究呢？

爲何非永遠保密不可呢？

與其永遠保密，不如將資料夾處分掉就好了嗎？

須貝正清爲什麼想要得到那個東西呢？還有，瓜生家爲什麼絕對不能將它交給須貝呢？

勇作隱約地想像出了一個須貝正清的目的。他今天曾針對正清接觸過的大學教授，進行了初步的調查。

由於正清才剛和三位教授接觸，因此他們都不知道他的目的。然而，共通之處則在於，他積極地提出共同研究的計劃。

梓大學的相馬教授正在進行以分子層次解析人類神經系統的研究，修學大學的前田教授是腦神經外科的權威。

而北要大學的末永教授則是持續研究人工器官的學者。

將三位教授的資料排在一起一看，好像能看出他們的共通之處，但又說不出個所以然來。

勇作在黑暗中搔頭。案情看似有了重大進展，實則還在原地踏步，猶如陷入了進退維谷的窘境。

上原雅成究竟在瓜生工業的醫護站裡做什麼研究呢？該怎麼做才能調查當時的事情呢？

——只要得到那本資料夾的話……

剩下的只好將希望寄託在美佐子身上了。只要她設法從晃彥手中取得資料夾，所有的謎團應該就能就此解開。

勇作很擔心，不知道她進展得順不順利。當她聽到說不定因此能弄清「命運之繩」時，眼神突然起了變化。

——命運之繩……？

勇作想起她的父親，突然對美佐子說過的一件事耿耿於懷。她說她父親是上原博士的舊識，也曾住在紅磚醫院。

而且聽說她父親不是一受傷就住進那裡，而是先到別家醫院接受檢查，後來那家醫院才指示他們轉院到上原腦神經外科醫院的。

美佐子說，在那之後她就感覺到了「命運之繩」的存在。

——這到底是怎麼一回事？

勇作感覺全身逐漸發熱起來，總覺得有什麼東西在腦中膨脹。

「搞不好……」

勇作從棉被裡起身。同時，腦中靈光一閃。

第六章

破案

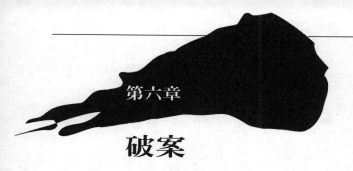

一

密函送抵島津警局已經過了三天。雖然可以從郵戳等訊息得知密函是從哪裡寄出，卻沒有證據鎖定特定人物。另外，從信紙和信封也找不出線索。

一直拘留弘昌也不是辦法，當調查小組人員快要沉不住氣時，一名刑警找到了重要證人。命案發生當天，有兩名女國中生去過墓地。兩人就讀的學校位在眞仙寺以東兩百公尺處。那一天她們在自習課溜出學校，在外面鬼混了一陣子之後，在回學校的路上被老師撞見。但不管老師怎麼問她們為何無故離校，她們就是不肯老實回答。焦躁的老師檢查她們隨身攜帶的物品，發現了香菸盒。進一步追問，她們才坦誠是在墓地裡抽菸。兩人都是素行不良的學生。

她們之所以知道須貝正清是在同一個墓地遇害卻沒有出面當證人，是因為她們的父母親不想讓世人知道女兒的不良行為。此外，學校方面也不想公開這種不名譽的事。

「更何況我女兒說她什麼也沒看到。既然如此，我想就算出面當證人也幫不上任何忙。」

這是其中一位母親的說辭，刑警們很清楚有許多案子的證據和證人就像這樣消失了。

這次之所以會知道有她們的存在，是因為在當地一帶打聽線索的刑警偶然耳聞這件事。關於她們的傳言傳得沸沸揚揚，而且主要在國中生之間流傳。從這點來看，消息來源說不定就是她們本人。

如同那位母親所說，兩名女國中生堅稱她們什麼都沒看到。據說她們是去到墓地，確定沒人在場才點燃香菸的。不過她們似乎很不高興，表示她們又不是常常這樣。

然而經過詳細追問之後，發現她們其實目擊到了極爲重要的部分。當她們經過墓地的圍牆外抄近路回學校時，看到了那個具關鍵性的黑色塑膠袋。兩人記得當時還說過這樣的話：「居然有人會到這種地方來丟垃圾。」總而言之，這下可以確定密函的內容是眞的了。

「妳們在墓地裡從幾點待到幾點？」刑警問。

「我們到墓地大概是十一點四十分左右吧，我想我們應該沒有待多久，大概五到十分鐘。」其中一名女學生回答，另一名女學生也同意她的說法。

「那麼，我再問妳們一次，當時現場眞的沒有人？」

「是的，一個人也沒有。」

女學生們用認眞的眼神回答。

「如果這是事實的話，我們的推論將會被徹底推翻。」

西方鼓起胸膛，聲如洪鐘地說。勇作覺得，只要案情有所進展，他就會露出這種態度。

「如果相信她們的證言，在十一點四十分到五十分左右的這段時間內，沒有任何人接近墓地。那麼，犯人是什麼時候將裝在黑色塑膠袋裡的十字弓藏在墓地的？如果是在兩名女學生出現之前，就必須在十一點四十分之前藏好。這麼一來，考慮到瓜生家離眞仙寺的距離，最晚得在上午十一點二十五分左右離開那裡。」

「但是，」他更加提高了音量，「那一天造訪瓜生家的客人當中，沒有人符合這一點。據了解，一早去的女眷們直到下午都還待在屋裡，而她們的丈夫也是在十一點半之後才出現。這到底是怎麼一回事？」

室內之所以鴉雀無聲，並不是因爲鎭懾於警部的氣勢，而是所有人正在思索，如何設法合理地解釋這個不可思議的事實。

勇作也和他們一樣百思不解。美佐子是在更晚的時候，才看見彥晃從後門離去。這麼說來，拿走十字弓的人並不是晃彥。

——不可能，他不可能和這起命案毫不相干。

勇作覺得就算是理由再怎麼牽強，也無法否定晃彥和命案無關這點，但他卻找不到一個適當的解釋。

「除非，」不久，渡邊警部補委婉地開口說道：「有共犯。也就是待在屋裡的某個人，將十字弓交給了在屋外等候的同夥。」

雖然他的口吻說不上充滿自信，但他的推論的確說得通，幾名刑警宛如同意似地點頭。

「總而言之，是這麼回事吧。那個人待在瓜生家的屋內，中途假裝要去上廁所而離席，然後到書房偷走十字弓和箭，再偷偷地離開屋子，將十字弓和箭交給在外面等候的同夥，事後再若無其事地回到屋內，對吧？如果只是這一連串的動作，需要多少時間呢？」

「大概……十分鐘左右吧。」

渡邊好像在腦中計算時間，閉上眼睛回答。

「十分鐘啊，有點久呢。如果離席那麼久的話，我總覺得會有人有印象。」

但客人之間卻沒有特別傳出有人離席很久的說法。

「再說，我覺得要不被任何人發現，實行這一連串的動作相當困難。就算能夠順利進入書房，我認爲拿著一個大袋子進出宅邸還不被發現的這種思考邏輯就有問題。」

西方的意見也算是合情合理。沒有人能對此提出反駁，室內再度籠罩在一片令人喘不過氣的沉默之中。

「這麼一來會不會不是客人，而是瓜生家的人呢？」

渡邊又針對這點發表意見。

「瓜生家的人當中有人做出可疑的舉動嗎？」西方問。

「我們來整理一下吧。」

渡邊站起身來，開始將瓜生家每個人當天的一舉一動寫在黑板上。乍看之下，沒有人能拿走十字弓。然而，渡邊最後寫下的內容卻令在場的人呆若木雞。勇作也心想，不會吧？

「這下不是出現了一個人嗎？」西方也發出感嘆的聲音。

「因爲時間太早，而且這個人在犯案的時間擁有不在場證明，所以才會至今一直不太注意到這個人。」

渡邊用一種分析的口吻說，「再加上，這項舉動應該不是出於本人的意願。」

「表面上確實不是出於本人的意願，但要設計得令人看起來是那麼一回事倒也簡單。有沒有什麼可能的殺人動機呢？」

渡邊詢問所有在場的人，卻沒有人回答。

「好。那麼，讓我們重新整理一遍這個人的行動，說不定會找出什麼蛛絲馬跡，然後再調查這個人和須貝正清之間的關係。」

「這個人的共犯……或者就是直接下手的人，可能有誰呢？」

另一名刑警發問。

「既然是殺人的共犯，應該不會是交情不熟的人。我們先列出關係人當中沒有不在場證明的人，再一一尋找他們之間的關係吧。」

西方口齒清晰地下令。

「可以打斷一下嗎？」

話一說完，從稍有距離的地方發出一個異常洪亮的聲音。眾人尋聲看去，只見舉手的人是織田，勇作的心中感到莫名的不安。

「什麼事？」西方問。

織田環顧室內，然後說：

「關於鎖定嫌疑犯這件事，我有一個非常有趣的發現，請聽我說。」

二

這天晚上勇作難得地較早回家，因爲再不洗衣服就沒衣服換了；而且他想要花點時間慢慢思考整件事。

他將髒衣服丟進洗衣機裡，打開水龍頭，按下開關，確定自來水嘩啦嘩啦地打在白襯衫上之後，便離開了洗衣機。

時間是晚上十一點多。

勇作打開回家路上買的罐裝啤酒，拿著啤酒盤坐在被子旁。灌下一大口啤酒，感覺頭腦頓時一陣清醒。

他回想起剛才織田說的話。

那的確是個非常有趣的著眼點，雖然站在相同的立場，勇作卻從沒想過。織田基於那個著眼點，提出了一名嫌犯。西方和其他刑警似乎也對他的想法感興趣。

——但是，瓜生晃彥不可能和命案毫無關係。

勇作心想，算了。

他不知確認過幾次自己內心的想法，最後還是決定繼續按自己的方式調查。

勇作今天上午去了上原醫院一趟，和上原伸一見面。找他主要是爲了談最近發生的事，而不是前一陣子成爲兩人話題的久遠年代的事。

勇作拜託他從紅磚醫院時代的資料當中找出一份病歷表。假使不能讓外人看，勇作希望他至少能夠調查是否還保存著那份病歷表。

上原伸一當時不安地問：「你想做什麼呢？」他過去曾經出過幾次紕漏，似乎害怕會被追究責任。

「我絕對不會給您添麻煩。」勇作口氣堅定地說，「我反而希望您別告訴任何人，我提出這種請求。」

上原醫院的金龜婿對勇作的請求考慮了一下子，最後還是答應了。

「可是我沒辦法現在馬上去查。不過，我想晚上之前應該可以查到。」

「好的。那麼，我晚上再和您聯絡。」

說完，勇作就離開了醫院。

然後剛才他從警局回家的路上，在電話亭打電話到上原家。因爲他等不及回到公寓再打了。

上原回答，沒有勇作說的那份病歷表。

「當時的資料保存得很完整，但就是沒有找到那份病歷表。我這麼說你不要見怪，但會不會是你記錯了呢？」

「記錯……不，不可能。」

「是嗎？可是，不管我怎麼查當時的資料，就是找不到那份病歷表，甚至連那個人住院的紀錄都沒有留下。」

勇作聽到這句話，霎時無法作聲。等到上原發出「喂喂」的聲音時，他才回過神來。

「是不是有什麼麻煩事呢？」上原再度不安地問。

「不，沒那回事。如果眞的沒有的話，說不定是我記錯了，我會重新再調查一次。」

勇作道謝完，便掛上了話筒。

聽到上原的話時他之所以說不出話來，倒不是因爲對方的回答出乎意料之外，而是因爲那正是勇作害怕的答案。

——但現在斷定還言之過早。

勇作將啤酒灌下肚。一瓶空了，再打開第二瓶的拉環。

——也可能是碰巧，說不定那是個錯誤的推論。

勇作的腦中逐漸建構起一套推論。那是前一陣子在棉被中思索時靈光乍現的推論。感覺上雖然是個離奇的念頭，但隨著時間的流逝，卻越來越覺得那是個準確的想法。

過一陣子洗衣機停止了運轉，勇作拿著空啤酒罐起身，這時電話鈴響了。

他用空著的右手拿起話筒。

「喂，我是和倉。」

他心想大概是調查小組打來的，但耳邊卻傳來一個完全出乎意料之外的聲音。

「是我。」

「小美……」

勇作緊握話筒，察覺到她打電話來的原因，身體忽然變得燥熱。「找到了嗎？」

「找到了，」她回答，「果然在他的房間裡。他三天前在書櫃的抽屜做了機關，東西就藏在那裡面。我打了好幾次電話，你好像都不在家。」

「然後呢……」

勇作話說到一半，被她的「可是」打斷了，她說：「被他發現了。」

「被瓜生？」

「他突然回家，結果檔案夾被他搶走了。」

美佐子沉著聲音說道。

勇作沉默了，他想像著當時緊張的狀況。

「妳看過檔案夾裡面的內容了嗎？」

「我沒辦法看，當我正要看的時候，他就出現了。不過，我看到了標題。」

美佐子將電腦式心動操作方式之研究這個標題，拆成好幾個單字告訴勇作。勇作在口中複誦了兩次。

「我還有一件事情必須向你道歉。」

「什麼事？」

「你……你寄放在我這裡的那本筆記本，被他發現，然後搶走了。」

勇作的心頭抽痛了一下。最先浮現在勇作腦海的是晃彥知道了自己和美佐子之間的關係，然後是晃彥看到了關於早苗事件的調查紀錄，將會作何感想。

「對不起。」

大概是因爲勇作默不作聲，美佐子用快哭出來的聲音向他道歉。

「不，算了。」他說，「反正這件事情遲早要攤牌的，也許現在正是時候。」

「他說要直接把筆記本還給你。」

「我會等他。」

「他剛才爲了那件事情打了一通電話給我。」

「他打電話給妳？」

勇作這麼一說，電話的另一頭傳來一陣尷尬的沉默。他無法理解這是怎麼一回事，將話筒抵在耳邊等待她的回答。

「我現在在娘家。」美佐子說，「我決定暫時不回去了。我跟他之間，大概不行了。」

勇作說不出任何感想，只是緊閉雙唇，他完全不清楚美佐子希望他說些什麼。

「那麼，」他總算開了口，「瓜生怎麼說？」

「嗯，他說……那本筆記本上頭寫的都是眞的嗎？」

「這話什麼意思？」

「我不知道，不過我回答應該是眞的。」

「然後瓜生說了什麼？」

「他什麼也沒說，可是他好像一副若有所思的樣子。」

勇作心想，他眞是問了個怪問題，瓜生家的人應該最清楚那上頭寫的是眞是假才對。

「我要跟你說的就只有這些。」美佐子說。

「謝謝妳特地打電話告訴我。」勇作道謝，「對了，妳打算告訴警方，瓜生手上握有那本檔案夾嗎？」

隔了幾秒鐘，他感覺美佐子吸了一口氣。

「我不打算說。」她回答，「我儘可能不想用那種方式和他了斷。不過，如果你認爲我該告訴警方的話……」

「我不會那樣要求妳的，」勇作接著說：「我打算由我和他了斷。」

「嗯……」她好像在電話的另一頭點頭。

「那麼，晚安。」

「晚安。」

勇作聽到掛上電話的聲音之後，才放下話筒。他的心中五味雜陳。

——找到檔案夾了嗎？

若是不久之前，勇作此時心中應該燃起了熊熊的鬥志，而且肯定會想，不管用任何手段都要奪得那本檔案夾。

但剛才他首先想到的，卻是美佐子是否看過了裡面的內容。

她回答，她沒看到，她所言似乎不假。

——眞是好險。

勇作一口氣捏扁了左手中的鋁罐。

三

在那之後，又過了兩天。

刑警們根據前一陣子決定的調查方針，持續展開行動。隨著調查順利地進展，當初原本認爲是離譜的念頭，漸漸變成了不容動搖的事實。

當然，勇作也加入了調查的行列。然而，他被分配到的工作卻遠離了調查行動的核心，而只是對大局幾乎沒有影響地打聽消息。她知道這必定是織田故意這麼做的，但這正合勇作的意。因爲他只要適度地做完打聽消息的工作，剩下的時間都可以用於自己的調查。實際上這麼一來，勇作感覺自己已經相當逼近了事情的眞相。

而今天是對近來的調查進行總結的一天。

那家公司將一棟像舊倉庫的建築物當作辦公大樓。拉開寫著「三井電氣工程」的玻璃門，裡面是一間五、六坪大的辦公室。中年男子、年輕男子，和一名看似高中生的女子坐在三張併在一起的辦公桌前。一看到勇作，坐在最前面的中年男子站起身來。

「有什麼事嗎？」

「請問江島先生在嗎？」

勇作邊問邊環顧室內。

「江島現在外出……你是？」

中年男子用狐疑的目光看著勇作。勇作一亮出警察手冊，他馬上畏縮地向後退了一步，其他兩人也一臉屏息以待的表情。

「倒不是江島先生做了什麼壞事。」勇作刻意做出和善的表情，「我只是有點事情想要請教他。他什麼時候會回來呢？」

「這個嘛，我看看，」男人看著牆壁上的一塊小黑板，「我想他應該快回來了。如果不介意這裡亂的話，你可以在這裡等。」

「是嗎，那我就不客氣了。」

勇作打開身旁一張折疊式的鐵椅坐下，男人則回到自己的位子。

勇作再度環顧室內。靠牆的邊上有鐵角架組成的櫃子，雜亂無章地放著瓦楞紙箱、電線和測量器。後頭有一扇門，裡面大概是倉庫吧。

「請問，」中年男子向勇作搭話，「你在調查什麼案件嗎？該不會是須貝先生的那起命案吧？」

「嗯，是的，就是那件事。」

聽到勇作這麼一說，他露出果然不出所料的表情。

「那件事眞是不得了呢。江島先生好像也很在意。畢竟，那是他女兒婆家那邊的事嘛。」

他們果然也很清楚江島壯介的女兒的事情。

「江島先生的工作情形如何？」

勇作開口問道。中年男人用力點頭。

「他眞是幫了我們的大忙。畢竟ＵＲ電產是一家超級大公司，要是不擅長聯絡的人，經常會搞不清楚某項業務由誰負責，而且我們是站在弱勢的立場，根本無法抱怨。可是自從江島先生來了之後，就沒有這些困擾了。」

「是嗎？那眞是太好了。你經常和江島先生說話嗎？」

「經常呀。不過我們的工作很忙，沒有時間好好講到話就是了。」

「你曾聽他說過從前的事嗎？」

「從前……你是指他待在ＵＲ電產時的事嗎？」

「不，是更久之前。像是第二次世界大戰，或戰爭結束後不久的事。」

「不，那倒是沒聽過。」

男人苦笑地偏著著頭想了一下，「說到第二次世界大戰，江島先生幾歲了呢？我完全沒問過他那些事情，我想應該也沒什麼有趣的吧。」

「大概是吧。」

勇作適度地應和，抱起胳臂閉上了眼睛，他討厭反被對方問東問西。

十分鐘左右後大門打開，進來了一個滿頭白髮的男人。男人笑著對剛才那個中年男子報告許多事情，中年男子對他說：「噢，有一位客人在等你。」他回頭往勇作的方向一看。

「我是島津警局的巡查部長，敝姓和倉。」

勇作起身低頭行禮，江島一臉莫名不安地點頭致意。

兩人到附近的一家咖啡店裡，選了最裡面的一個位子坐下。這家店挺大的，客人卻很少，再加上服務生送上點的咖啡之後，也不太搭理客人，勇作心想：「這是個談話的好地方。」

江島壯介聽到和倉這個姓氏，似乎也沒有想起勇作就是那個從前和自己女兒交往過的高中生。勇作心想，「如此一來，更是天時地利人和。」

壯介看著面前的咖啡，低著頭默不作聲。從他的樣子看來，說不定已經做好了某種程度的心理準備。

「我想要請教的是從前的事，」勇作打破沉默，「而且還是相當久之前的事。如果我沒有算錯的話，當時你應該是十九、二十歲。」

「當時是指什麼？」

「這我等一下會說。當時你在哪裡？在做什麼？」

勇作丟出問題，觀察壯介的反應，只見對方的目光突然左右移動。

「二十歲左右，我應該是透過朋友的介紹，進入一家叫做中央電氣的公司，學習工程相關的知識……」

壯介彷彿在回想當年似地開口。

「不對，」勇作態度強硬地予以否定，「我去中央電氣調查過了。你開始到那家公司工作應該是二十一歲的時候。」

「既然你這麼說……那可能是吧，畢竟都那麼久之前的事了。」

壯介啜飲咖啡，打算含糊帶過。

「你十八歲的時候父親去世，對吧？」勇作稍微改變了話題的方向。「於是，由你負責養活母親和妹妹，對嗎？」

「因爲從前的男人到了十八歲，就算是一個頂天立地的一家之主了。」

「關於這一點，我也問過令妹。她說你將她們母女兩人留在鄉下，獨自一人離鄉背井出外工作，再將生活費寄回去給她們。」

「嗯，是的……」

江島壯介用一種警戒的眼神看著勇作，微微點頭。「問過令妹」這句話肯定令他感到不安。

勇作聽美佐子說她有一個姑姑，最近很少見面，以前倒是經常在家族聚會上看到。她目前住的地方若搭電車車程大約一個小時左右。勇作聽到這點，昨天去見了她一面。

「你到底在哪裡，做什麼工作賺錢呢？」勇作問。

「這個嘛，說來話長。只要想賺錢，不挑三撿四，哪有什麼工作不能做？」

「可是你卻跟人借了錢，對吧？」

勇作正視著壯介的臉，毫不遲疑地說了。他知道壯介屏住了呼吸。

「這也是我從令妹那裡聽來的，令妹很感謝你為她們的付出。她說，當家裡因為欠債又死了父親而束手無策的時候，是哥哥拿錢幫忙家裡的。可是江島先生，有一件事情我不能理解。那就是一個十八歲的年輕人居然能賺錢養活家人，還還清了天文數字的負債。也難怪我會懷疑你到底是做了什麼工作吧？」

「總而言之……你是在懷疑我做了壞事？」

壯介一臉嚴肅地問，勇作搖頭。

「我想那應該不是壞事，而是憾事。」

這句話令壯介啞然失聲。或許是因為他拿著咖啡杯的手微微顫動，弄得杯盤咯嗒咯嗒作響。

「三十幾年前……」勇作用一種略顯正式的語調說道，「我猜瓜生工業的員工醫務室在進行某項研究，負責人是腦醫學學者上原雅成博士。那項研究需要一些人做為實驗對象，江島先生你……」

勇作用稱不上好喝的咖啡潤了潤喉，接著說道：「你是其中一名實驗對象，對吧？」

壯介從口袋裡拿出手帕，擦拭嘴角，然後抵在並沒有特別出汗的額頭上。

「我完全不知道你在說什麼……」

「既然如此，請你聽我說就好。聽完之後，再決定要不要繼續裝傻也無妨吧？」

勇作拿出警察手冊。

「你當時以實驗受驗者的身份，受雇於瓜生工業。你用那筆報酬寄錢回家，並還清了家裡的負債。另外，那是一項關於大腦的實驗，所以江島先生，你的頭部應該有特殊的外科手術所留下的痕跡。」

壯介半張開口，但終究沒有說話。勇作不清楚，他是轉念一想，想要全部聽完再做打算，還是不知道該說什麼。

「結束那份白老鼠的工作之後，你過了幾年風平浪靜的日子。那件事並沒有對你的人生造成負面的影響，你說不定都已經快忘了它。可是在一次的工作中發生意外，讓你想起了那件事。你當時應該是腳骨折、還有頭部遭到強烈撞擊吧？於是你被送進了附近的綜合醫院。」

壯介默默聽著，他的臉上已經看不見先前那種不知所措的神色。

「你在那裡得到了一個莫名其妙的診斷結果。明明腳傷幾乎痊癒，綜合醫院卻要你轉到上原醫院治療腦部。你對此不疑有他，轉到上原醫院長住了兩個月。更令人想不通的是，上原醫院裡居然連你的病歷和住院紀錄都沒有保留。這究竟是怎麼一回事呢？」

勇作停了一拍之後，繼續說：「我曾試著造訪一開始爲你的腦部診治的醫生，但他和上原博士一樣過世了。不過，調查那位醫生的經歷之後，我發現了一件非常有趣的事，他當時正好駐派在瓜生工業的醫務室裡。這意謂著什麼呢？答案就擺在眼前。那名醫生也參與了上原博士不爲人知的實驗。所以當你偶然以病患的身份到他的綜合醫院就診時，他看到你頭上的外科手術痕跡，馬上就察覺到你是當時的其中一個實驗對象。可是如果沒有其他問題的話，應該就沒事了，但就是有問題，所以不能讓你直接出院。而且，那還是只有上原博士才能解決的問題。於是他將原委告訴你，要你轉到上原醫院。」

當勇作的話說到一半，壯介開始微微搖頭。他的表情看起來不像是單純否定，令人有些不安，但勇作還是毫不遲疑地一口氣把話說完。

「我不清楚那究竟是怎樣的一個問題，上原博士和你是怎麼針對那個問題進行討論。我只知道就結果而言，上原博士和UR電產決定全面資助你，所以你和你家人往後的人生才會像是被『命運之繩』所操控似地一帆風順。」

勇作說到這裡將話打住，喝光已經變溫的咖啡。原本想要續杯，但服務生卻躲在櫃台後面不出現。

江島壯介長長地舒了一口氣。

「那麼，」他說，「我該如何是好？你要我承認你剛才說的渾話嗎？」

「我不認爲那是渾話，我一開始不是說了嗎？那是一件憾事。不過，我想聽你親口詳細說明那件事。不然的話，這次的事件將會破不了案。」

「那不過是刑警先生你在胡思亂想，你說的是無憑無據的臆測。我之所以轉到上原醫院，是因爲聽說那裡的醫生醫術高明，而院長先生碰巧是我的舊識，我因爲這個緣故而得到了許多方便罷了。」

「病歷表不見了你怎麼說？」

「那我不知道，會不會是醫院方面的疏失呢？總之，那種莫名其妙的鬼話對我而言是個困擾。」

江島壯介打算起身，但勇作動作迅速地伸出左手，緊緊地抓住了壯介的右手腕。

「我告訴你病歷表在哪裡好了。」

於是壯介用一種夾雜不悅和困惑的眼神，交相看著被抓住的手腕和勇作的臉。

「那應該就在你女兒的婆家。」

壯介的臉頰抽搐。「胡說八道，爲什麼會在那種……」

「調查小組正在找須貝正清先生試圖從瓜生家拿走的舊資料，不過我知道那就在瓜生晃彥手上。資料的標題是電腦式心動操作方式之研究——我說的沒錯吧？」

壯介臉色慘白，全身無力地跌坐在椅子上。勇作放開他的手腕。

「我認爲那些資料當中，包含了你的病歷表。只要找到那些資料，應該就能證明你在三十多年前曾經當過上原博士的實驗對象。」

壯介的肩膀上下起伏大口地喘氣，勇作彷彿能夠聽見他的喘息聲。

「如果我有那個意思的話，我可以徹底搜索瓜生家，甚至沒收那本資料夾都有可能。不過我還沒告訴調查小組的任何人我剛才對你說的話。」

「咦……？」壯介抬起頭。

「這件事情目前只有我知道。能不能將這件事化爲永遠的祕密，就要看你怎麼做了。我的意思是如果你把一切說出來的話，我可以保守祕密。」

「爲什麼只有你知道呢？」

「這你不需要知道。不過簡單來說，我是基於個人的興趣，一路調查到這裡的。」

壯介正色地聽著勇作的話。想必他的心裡正在思考眼前這個年輕刑警說的是眞是假，以及他所謂的個人的興趣到底是怎麼回事。

「你眞的……會保密嗎？」

「我答應你。」

壯介點頭，又稍微考慮了一下。不久，他抬起頭來，「在那之前，我想再續杯咖啡。」

「好啊。」

勇作大聲喚來服務生。

四

壯介從他爲了養家離鄉背井開始說起。由於亡父的一名友人從事營建業，於是壯介便在那位長輩的公司工作。

但他賺的錢有限，無法寄回足夠的生活費給母親和妹妹；再加上父親留下的債務更是一大苦惱。

壯介當時心想，有沒有什麼賺大錢的方法呢？於是他和許多思慮不周的年輕人一樣，開始賭博。這使得他更加深陷泥淖，無法自拔，到後來別說是寄錢回家了，就連自己的生活費都成了問題。

公司不肯預支薪水，壯介進出當鋪的次數日益頻繁。過沒多久，身邊再沒東西可當，每天都是有一餐沒有餐。

壯介心想，再也撐不下去了。他已做好了心理準備，說不定自己將會這樣路死街頭。

就在這個時候，一個男人前來造訪。他是一個全身穿戴得一絲不苟的男人，對當時的壯介調查得一清二楚。

男人說：「我想向你買一樣東西。」壯介說：「我已經一無所有了。」男人指著他的身體說：「我想買你的身體。」

男人說：「只要住進某間診所一年，提供身體供某項醫學實驗之用，就可以每個月獲得報酬。那個數字將近上班族薪水的三倍。而且每半年還可以領一次額外的獎金。」

唯一讓他怯步的是要對身體動手術，這畢竟還是一件令人害怕的事。

然而，經過一天的考慮，壯介吃了秤陀鐵了心地下了決定。他覺得比起路死街頭，身體受點傷根本算不了什麼。

診所位在瓜生工業的建地內。從外面看來是一間平凡無奇的建築物，但裡面卻有各種最新穎的儀器。不管怎麼看，都不覺得那是一家企業的醫護站。

除了壯介之外，還有六名受雇擔任實驗對象的年輕人。大家差不多年紀，其中有兩名女性，還有一名男子聽說是中國人的孤兒，每個人都是窮到骨子裡了。

他到診所的第一週就動了第一次的腦部手術。傷口馬上就不痛了，但頭上始終纏著繃帶，沒辦法看自己的頭被動了什麼手腳。唯有被帶到上原那裡進行試驗時，才會取下繃帶。然而，即使如此自己還是看不到頭部。由於洗澡時不能洗頭，所以每當試驗的時候，女護士都會替實驗對象吹頭皮。這時四周也沒有鏡子。縱然從繃帶上觸碰頭部，也只有硬硬的感覺。

試驗的內容很奇特。上原博士會問許多問題，實驗對象只要針對他的問題回答感想即可。但不可思議的是，當時發生的事總是記不太清楚。只記得感覺很舒服，好像很愉快，所以試驗本身並不那麼令人討厭。

令人討厭的是要被關在診所這個密閉的空間裡，據說一年當中一步也不能外出。這對於血氣方剛的年輕人而言，或許才是最痛苦的事。

實驗對象當中，有一個叫做席德的男人。他是個長相剽悍的年輕人。到了第五個月左右的時候，席德提議大家一起逃跑，先預支所有的薪水，再找機會逃跑。

包含壯介在內，一共有三人決定參與這項提議，其中一名是中國人的孤兒。

問題在於頭部該怎麼辦。關於這點，席德握有一項有利的消息。據說再過不久就會再動一次手術，將腦部恢復原狀。如此一來，就什麼問題也沒有了。

四人偷偷地擬定計劃，爲逃出去做準備。最後決定採取由席德先向上頭請求預支薪水，等到上頭答應了，剩下的三人再提出要求的作戰方式。當時要求預支薪水的理由是大家都想要早點拿到錢。

不久，進行了第二次手術。一個月後拆除了繃帶，他們照鏡子一看，頭上只留下了一點傷痕，沒有其他特別之處。

某個下雨的夜裡，四人決定逃跑。協助他們的是一名護士，大家奔馳在雨中，意會到她大概是和席德有一腿。

大家奮力狂奔，跑到了附近的神社。四人淋成落湯雞，握手歡呼。

「那麼，保重啦！」

一陣喧鬧之後，席德帶頭說。聽到這句話，其他三人又恢復了嚴肅的表情。

「注意身體！」

「後會有期！」

「再見。」

四人在不停落下的雨中各奔東西。

「然後我消聲匿跡了好一陣子，等風頭過去後再到中央電氣開始工作。瓜生工業似乎沒有太過聲張。說不定那件事真的不能攤在太陽底下。不久後我就有了妻小，一直過著樸實的生活。後來過了二十年風平浪靜的日子，就在我幾乎忘了從前的事情時，因意外受傷。接下來的就跟刑警先生說的一樣。我被送進的第一間醫院的醫生，就是當時醫護站裡的其中一名醫生。可是他對我們逃跑一事隻字不提，只勸我一定要請上原博士檢查。據他所說，我們的腦袋裡被埋了一顆炸彈。」

「炸彈？」

勇作驚訝地看著壯介的臉。

「這當然只是個比喻。」他說，「據他說因爲我們是在實驗做到一半時逃跑，所以我們的腦部沒有完全恢復，不知道什麼時候會出現負面的影響，炸彈指的就是這個意思。於是我請上原博士替我診察，博士的診斷結果認爲，已經不方便動手術了。」

「不方便動手術？」

「他說，要是一個弄不好，可能會變成更糟的局面。於是就任由炸彈埋在我腦中了。」

「那麼現在也？」

「是的，」壯介點頭，「炸彈還埋在我腦中。但相對地，他說會儘可能做到最完善的處置，以便隨時應變。上原博士握著我的手，針對這件事情向我道歉。他說他非常後悔自己當時居然不敵研究的誘惑，將別人的身體當作實驗對象，並說他不期望我會原諒他，但至少希望今後能在各方面助我一臂之力。」

「原來如此，」勇作點頭，「原來是那麼回事啊。」

「但不只是博士一個人有錯。我並不是受騙上當，而是自己心甘情願爲錢賣身。然而，博士卻說他不該抓住爲錢所苦的人的弱點，認爲那是身爲人的恥辱。」

勇作心想，由此可見上原雅成的爲人，他恐怕飽受良心的苛責長達二十多年了。

「不過，那究竟是一個怎麼樣的實驗呢？你的腦部被動了怎樣的手術？」

勇作問，但江島壯介搖了搖頭。

「我到現在也還不清楚。」

「不清楚？」

「是啊。上原博士也不告訴我那件事。他說別知道比較好，他希望永遠不讓那件事曝光。不管我怎麼求他，這一點他就是不肯讓步。」

「那麼，電腦式——是指？」

「我們聽過那個詞，但是沒有聽說過它是什麼意思。」

「……這樣啊。」

「我能告訴你的，就只有這些了。」壯介說，「我不知道這些事情和這次的命案有什麼關係，但我只能祈求它們無關。」

勇作默不作聲，心想，它們不可能無關。

「刑警先生……你眞的會保守祕密吧？」

壯介再度詢問勇作。勇作肯定地點頭。

「我答應你。」

「但要是我剛才說的和命案有關的話……」

「到時我也會在不說出這件事的情況下，逮捕犯人給你看。我想犯人大概也不會說出這件事吧。」

「那就好。」

「最後我想要再請教一件事。」

勇作重新端正坐姿說道，壯介見狀也挺直了背脊。

「你剛才說實驗對象當中，有一名女性對吧？」

「是的。」

「其中有沒有一個姓日野，叫做日野早苗的人？」

勇作看到壯介露出望向遠方的神情好一陣子之後，輕輕點頭。

「早苗小姐……嗯，有。我不確定她姓什麼，但確實有一名女性叫早苗。」

「果然沒錯……」

「她怎麼了嗎？」

「不，沒什麼。」

勇作感覺心中湧起了一股熱流。

五

美佐子走在通往瓜生家的路上，因爲她想要回家拿點換洗衣物。

她回娘家已經五天了。

這五天來，美佐子在一種複雜的心情當中度過。她什麼也沒對父母說，而瓜生家也沒無聲無息，大概是弘昌還被警方拘留，瓜生家上下忙得不可開交吧。

美佐子已經做好了離婚的心理準備，只不過她不願意讓這場婚姻就這樣劃下句點。至少要等到知道眞相之後，再勞燕分飛。

該怎麼做才能知道眞相呢？靜待勇作和自己聯絡就好了嗎？但勇作前幾天在電話中的感覺和平常不太一樣。

——該不會當我不在的時候，發生了什麼事吧？

美佐子越想心越慌。

當美佐子抵達瓜生家前面時，一部轎車在她身邊停下。車門打開，下車的是見過幾次面的西方警部和織田警部補。

西方一看見她，淡淡一笑點頭致意。

「聽說妳回娘家了。」

美佐子曖昧地點頭，心想：「他果然什麼都知道。」但她說不出口，其實等會兒拿了換洗衣物就要再回娘家。

「你們今天來有什麼事嗎？」

美佐子一問，西方突然和織田對看了一眼，然後說：

「我們是來問話的，我們想要確認一下調查上的重點。」

西方特別強調了重點兩個字。

「你們要問誰？」美佐子問。西方用小指搔了搔耳後，說：

「這個嘛，先聚集大家之後再說吧。」

美佐子本來打算悄悄地前往別館，再悄悄地離開，但這下子連這也辦不到了。不得已之下，她只好按下對講機的按鈕，從喇叭傳來的是晃彥的聲音。

美佐子隱藏尷尬的心情，說明原委後，晃彥說：「請他們進來。」

她帶刑警到主屋後，晃彥出來玄關迎接。他的目光對著刑警們，而不是美佐子。

「你們是要來告訴我們，要放弘昌回來了嗎？」

他眼神銳利地說。西方舒了一口氣之後，回答：「那就要看待會談得如何了。」

亞耶子、園子和女佣澄江陸續到客廳裡集合。澄江站在牆邊，美佐子等三個女人在沙發上坐下。晃彥半倚在家庭式酒吧的椅子上。

「眞是不好意思，特別集合大家。」西方的視線掃過眾人之後，開口說道，「關於這次的命案，已經出現了破案的曙光。我們今天是來報告這件事的。」

「弘昌怎麼樣了？」

亞耶子發出近似慘叫的聲音。西方對她伸出手掌，示意她稍安勿躁。

「事情是這樣的。前幾天調查小組收到了一封密函，上頭寫了密告者認爲弘昌不是犯人的證據。目前我們還不能在此詳細說明密函的內容，不過經過我們反覆討論的結果，我們下了一個結論。那就是密函中的內容大部分都是眞的。」

當西方說出密函這兩個字時，一群人的臉上出現了驚愕的反應。美佐子也是感到驚訝的其中一人，究竟是誰寄出那種東西的呢？

「這麼一來，」亞耶子不禁開口，「這麼一來，弘昌是無辜的吧？」

但西方卻搖搖頭，似乎是不希望她過度期待。

「目前還沒有決定性的證據。如果沒有證據證明基於新的見解所做出的推論屬實，就無法斷定弘昌先生是無辜的。」

「那項新的見解是什麼？」晃彥問。

於是西方前進幾步，站在園子身旁。

「園子小姐，妳在命案當天的十一點半左右，悄悄回到家裡進入書房。可是當時十字弓就已經不見了，對嗎？」

園子肯定地點頭。西方露出滿意的神情，說：「很好。」

「園子小姐的說辭和密函的內容，以及新目擊者的證言吻合。綜合他們的說法之後，可知犯人在十一點四十分左右之前去過眞仙寺一趟。推算回來，犯人是在十一點二十五分左右離開這間屋子……」

西方說到這裡換了一口氣，將頭轉動一圈，觀察眾人的反應。美佐子也和他一樣，偷看眾人的表情，每個人看起來都一樣緊張，沒有異常之處。

「但是，當天的訪客當中，卻沒有人符合這項條件。這是怎麼一回事呢？於是我們重新思考，找到了一個重大的漏洞。當天只有一個不是訪客的人不在屋內。雖然這個人在屋外的時間很短，卻足以將十字弓交給在外頭等候的同夥了。」

西方一個轉身，大步走向站在牆邊的那個人面前。

「就是妳，澄江小姐。」

警部的聲音低沉。美佐子太過驚訝，反而發不出聲，只是凝視著澄江的臉。她低著頭，雙手抓著圍裙的裙擺。

「你在開玩笑吧？警部先生。」亞耶子帶著哭音地說道，「澄江不是……不是會做出那種事情的人。」

「你有什麼證據嗎？」晃彥接著問。

「證據，是嗎？」

西方搔搔鼻翼，然後從下方盯著澄江的臉。「那麼，我問妳。妳當天說沒有客人用的茶葉了，於是出門買茶葉，是嗎？但是前一天妳就知道隔天會有大批客人到家裡來，等到客人來了才慌慌張張地去買茶葉，這不是很不自然嗎？」

「這種事情很常見吧？澄江難免也會忘記事情呀。」

西方無視於亞耶子打圓場，繼續說道：「但明明是那麼急著買東西，聽說妳卻沒有騎腳踏車，是嗎？茶葉店的老闆娘說，妳平常總是騎著腳踏車去買茶葉。為什麼當天妳沒有騎腳踏車去呢？」

澄江緘默不語，揑住圍裙的手，隱隱有了動作。

「愛騎不騎隨她高興，你管她是騎腳踏車還是走路去買茶葉！」

晃彥輕蔑地說道，但西方還是不為所動。

「另外還有一點。當天妳出門的時候，手裡拿著黑色塑膠袋。當天應該不是收垃圾的日子，妳為何拿著那種東西外出呢？這件事是臨時女佣水本和美小姐說的。」

澄江依舊閉著嘴巴。美佐子望向其他人，園子和亞耶子已經無法開口反駁，只能看著事情演變。她們很明顯因為西方咄咄逼人的氣勢，而漸漸失去了對澄江的信任。她們大概也希望如果澄江是犯人的話，能夠早點招供吧。

「看來妳應該沒辦法解釋，那就由我來說明吧。」西方稍微離開了澄江幾步。「澄江小姐受到了某個人的指示，要她將十字弓拿出屋外。但要出門必須要有藉口，於是她故意丟掉茶葉，製造去買茶葉的機會。十字弓和箭並不是小東西，既不能隨身帶著走，也不能放進皮包裡，所以她決定將它們放入垃圾袋中。既然拿著那麼大的袋子，自然就無法騎腳踏車了。」

澄江的身體微微抖了一下。

「好，那麼她的同夥是誰呢？澄江小姐離開這間屋子的時間是十一點多，所以當時沒有不在場證明的人自然就會受到懷疑。」

西方直搗問題的核心。「那個人就是ＵＲ電產的常務董事，松村顯治先生。他是瓜生派中唯一沒有變節的人。這次的命案就是由這兩名共犯所爲。」

美佐子感覺眾人屏住了氣息，將目光集中在澄江身上。

「我們費了好大一番工夫，才找出你們之間的關係。」

沉默至今的織田首次開口。「不管我們怎麼調查，都查不出個所以然。於是我們乾脆回溯到妳開始在這個家工作之前的生活。事情是發生在二十多年前。那麼久以前的事情，誰也記不清。因此我們只好仰賴舊資料。」

「然後你們發現了什麼嗎？」

晃彥用挑釁的眼神看著織田。

「我們試著調查當時跟松村先生有關的資料，結果發現他曾任電氣零件事業部的課長。我們看了當時的員工名簿，發現同一個課裡出現了妳的名字。」

織田對著低著頭的澄江說。美佐子當然爲此感到震驚，但從晃彥的模樣看來，他似乎也對此毫不知情。

「於是剛才我和當時跟你們待在同一個工作單位的人聯絡過了，他很清楚地記得妳。他說妳好像和一個有妻小的人私奔，最後被那個男人拋棄了。」

「私奔？澄江嗎？」亞耶子突兀地大喊出聲。

「任誰都會犯錯。」織田說，「但妳又不好重回原本的工作崗位，而且妳也沒有能夠依靠的親戚，只好自己想辦法活下去。聽他說當時親如父母般地照顧妳的人，就是松村先生。告訴我這件事的人雖然不知道其中詳情，但安排妳到這裡當女佣的應該也是松村先生吧？也就是說，他甚至可以說是妳最推心置腹的人。」

織田一閉口，四周籠罩在比剛才更令人喘不過氣的氣氛之下，讓人甚至連氣都不敢喘一下。或許是因爲日光燈的關係，澄江的皮膚看起來一片慘白，面無表情猶如一尊蠟像。

西方又往她走近了一步。

「請妳老實說，破案是遲早的問題了。只要妳不說出實話，弘昌先生就無法獲得自由，只會讓在場的所有人更加受苦。」

織田的聲音高低適中，清亮恢宏，撼動了所有人的心。

六

與江島壯介告別後，勇作前往統和醫科大學。聽壯介說了那麼多，勇作心想：「要質問晃彥應該不難。」

——不過話說回來，沒有想到早苗小姐居然是實驗對象之一。

這麼一想，瓜生和晃成為早苗的監護人、她住進紅磚醫院等許多事情就說得通了。早苗的死，肯定也和實驗相關的祕密脫離不了關係。

另外，她有智能方面的障礙。

那會不會是實驗的後遺症呢？早苗原本會不會是個普通的女人呢？

想到這裡，勇作的心中燃起一把怒火，這股憤怒是針對企業的理論而來的。企業認為只要有錢，即使是人的身體也能做為研究的耗材。

到了大學，勇作混在學生當中，從開放自由進出的校門進入校園。他完全沒有和晃彥聯絡，他打算毫無預警地詢問他從壯介那裡聽來的話，殺他個措手不及。勇作認為，對付沉著冷靜的晃彥，若是不使用這種手段，根本佔不了上風。

之前曾經來過，所以沒有迷路。勇作一找到他要去的校舍，毫不猶豫地衝上樓梯。

一看手錶，已經快中午了。昨天和前天，晃彥從十點到十二點的兩個小時左右都待在研究室裡。

勇作敲了敲門。應聲露臉的是前一陣子見過的那個學生。他應該是姓鈴木，戴著金框眼鏡的稚嫩臉龐和身上的白袍依舊很不搭調。

「啊……」鈴木好像想起了勇作是誰，看到他即半張開嘴巴。

「瓜生老師呢？」

「他今天還沒來。」

「請假？」

「不，」鈴木偏著頭答道，「他沒有打電話來說要請假。」

看來今天似乎沒辦法馬上找到要找的人。

「這樣啊……我可以在這裡等一下嗎？」

「好的，請便。」

鈴木敞開大門。勇作不好意思地走進一看，研究室裡面還有其他兩個學生，坐在各自的書桌。他們一看到勇作，一臉狐疑地向他點頭致意。

鈴木向他們解釋勇作來的原因，兩人才接受似地重重點頭。

勇作在之前來時坐過的客用簡陋沙發上坐下。鈴木在流理台附近煮開水洗起了咖啡杯，似乎是要請勇作喝即溶咖啡。

「那起命案大概會如何收場呢？」鈴木邊從瓶子裡舀咖啡粉，邊婉轉地問道。

「不曉得，目前還沒查出個所以然。」勇作打馬虎眼。

「我聽說瓜生老師的弟弟被逮捕了，怎麼樣呢？他眞的是犯人嗎？」

「這還不知道，目前正處於向他聽取案情的階段……哎呀，眞是不好意思。」

鈴木將即溶咖啡端了過來。勇作喝了一口，有一種令人懷念的滋味。

或許是不好意思問太多，鈴木欲言又止地回到了自己的座位。其他兩個學生也面對著書桌，沒有往勇作的方向偷看。

勇作環顧室內。牆上到處貼滿了看不懂的圖表，其中還包括了腦部的各種切面圖。

「我這樣問可能很怪，」勇作對著三個學生說。三人幾乎同時抬起頭。

「你們知道電腦這兩個字嗎？電氣的電，大腦的腦。」

「你指的是 computer 吧？」小臉的學生說，他身後的兩人也點頭。

「那麼，電腦式心動操作呢？」

「電腦式……什麼？」

「字是這樣寫的。」

勇作拿粉筆在一旁的黑板角落寫下「電腦式心動操作」。三人都側著頭，不知其意。

「沒聽過耶。」

「我也不知道，那到底是什麼？」

「不，」勇作用板擦將字擦掉，「也沒什麼。這是很久之前的事情，也難怪你們不知道。」

他回到沙發，拿起咖啡杯。當學生們要繼續做自己的工作時，鈴木開口說：「噢，對了。」

「你之前問過那天午休有沒有看到瓜生老師，對吧？」

「嗯。你說午休沒有看到，是嗎？」

「是的。關於那件事，」鈴木臉上露出尷尬的神情，然後浮現害羞的笑容。「昨天我發現，老師他確實是在這裡。」

「怎麼說？」

「你看這個。」

鈴木從自己的桌上拿起一張紙，遞給勇作，那是電腦的印表紙。上頭印著幾個片假名的小字，好像是什麼書名，而紙張留白的部分，則以紅色鉛筆寫著：「鈴木　請在明天之前搜集好以

上的資料 瓜生」。

「我們大學有一套搜尋文獻資料的系統。只要提示關鍵字，就能夠找關鍵字相關的文獻或資料，並查出大綱。老師他那天用電腦列印出了這些資料的標題。當我回到這裡的時候，這就放在我的桌上。」

「但那未必是在午休列印出來的吧？」

「肯定是的，因爲這裡有時間。」

鈴木指著印表紙的右邊。那裡除了日期之外，確實還印著「12:38:26」，意謂著是在十二點三十八分二十六秒開始列印。

勇作開始感覺到輕微的耳鳴。不，自己並不是耳鳴，而是耳朵聽見了心跳聲。

他潤了潤嘴唇，然後問：「這確實是瓜生醫生寫的字嗎？」

鈴木重重地點了個頭。「我想是他的字沒錯。雖然看起來潦草，但如果仔細看，其實那是很漂亮的字跡。」

勇作將印表紙還給鈴木，彷彿手就要開始顫抖。

晃彥有完美的不在場證明，如果他十二點四十分左右在這所大學裡，就絕對不可能犯罪。

——那麼，小美看到的那個背影是誰呢？

當勇作癱坐在沙發上時，西裝外套裡的呼叫器響起，他手忙腳亂地切掉鈴聲。學生們一臉驚訝。

「我可以借用電話嗎？」

「好的，請用。外線請撥0，由總機轉接。」

勇作按照鈴木說的，打電話到島津警局。接電話的是渡邊警部補。渡邊說：「你馬上給我回來！」

「發生了什麼事嗎？」勇作問。

「好消息！破案了。內田澄江招供了。」

七

織田第一次覺得松村顯治可疑，是在和勇作一起到UR電產總公司訪客室見他的時候。織田很在意松村當時隨口說的一句話。

當織田和松村針對這起命案展開論戰時，松村說：

「即便如此，也不可能欺近須貝社長的身體……你們警方還是應該考慮，是誰從墳墓後面瞄準社長的背後放箭。」

松村這麼說。重點在於這段話當中的「墳墓後面」這幾個字。

「當我聽到這幾個字時，我心想：『這個男人大概沒看新聞吧。』新聞播過好幾次，『現場發現了腳印，所以犯人可能是從墓地的圍牆外瞄準須貝正清。』不過，常務董事不太可能搞不清楚社長遇害的命案內容。那麼，他爲什麼會說出那種話呢？是單純地記錯嗎？當時我突然想到，說不定這個男人說的是實情。我想他會不會是基於某種原因知道了眞相，一時不小心說溜了嘴呢？後來局裡收到密函，更加令我驚訝。因爲說不定我們原本認爲犯人在射箭的地方所留下的腳印，只是犯人在藏十字弓時所留下的。如果是這樣的話，那麼實際射箭的地方就可能不是在那裡。不，如果考慮到準確性的話，就像松村說的，當然要從鄰近的墳墓背後瞄準須貝正清，我眞正開始懷疑松村就是在那個時候。和命案無關的人不可能知道眞相，所以我懷疑這個男人就是犯人。」

當天晚上的調查會議上，織田洋洋得意地報告。前幾天第一次聽到這番推論時，勇作沒想到眞會給他說中。

總而言之，是這番推論使得警方轉而將調查重點放在松村的不在場證明，和他與澄江之間的關係上的。

據前去請松村顯治到警局一趟的刑警說，他幾乎毫不抵抗地乖乖順從，想必他已經做好了會有這麼一天的心理準備了。他和刑警離開公司前，只打了通電話給鄰居，請對方代爲處理他飼養的貓。

「如果您能收養牠自是再好也不過了。但如果不行的話，請和衛生局聯絡。……是，我也不好意思造成您的困擾。……是，一切就麻煩您了。」

他似乎是向對方解釋自己必須離開家好一陣子。松村顯治孤家寡人一個，沒有妻兒，也沒有兄弟。

松村進入偵訊室後，爽快地全部招認了，反倒讓偵訊官覺得掃興。負責偵訊的刑警說：「他在我問話之前就招了。」

松村說，他的殺人動機有二。一是他無法忍受瓜生家一手建立的ＵＲ電產淪爲須貝的囊中物，二是瓜生派當中唯一沒變節的他肯定會遭到須貝的迫害。爲了阻止須具那麼做，他只好先下手爲強。

「還有，」松村笑著說，「那男人是個瘋子，不能讓瘋子掌權。」

刑警問：「他哪裡瘋了呢？」松村挺胸回答：

「他應該今後才會發瘋，所以我在防止他傷及無辜。」

西方的上司紺野警視認爲，基於這個回答，說不定需要讓松村接受精神鑑定。

關於松村犯罪的過程，幾乎和調查小組想的一樣。企圖殺害須貝正清的他，注意到當天瓜生家裡聚集了許多人，於是想到將瓜生家的十字弓做爲凶器使用。他認爲這麼一來，警方大概就不會懷疑他了。很幸運地，長年來有老交情的澄江就在瓜生家裡幫傭，於是松村決定說服她，讓她將十字弓拿出屋外。

松村針對這一點主張：「她沒有任何責任。」他只告訴澄江，說他想要讓認識的骨董商看看那把十字弓，希望澄江將它偷偷地拿出來，所以當她知道命案發生的當下，應該就知道是松村犯案的了。關於這一點，松村認爲她是因爲基於彼此的關係親密，而且相信自己遲早一定會去自首，所以才會知情不報。

然而，偵訊澄江的刑警卻聽見了迥然不同的口供。她說她是聽到松村的目的之後，決定出力相助的。因爲這樣，當她知道弘昌被逮捕時，才會感到過意不去。

「我一想到松村先生，就覺得不能告訴警方，因此痛苦不堪。可是聽到警方說到弘昌先生的事，我不得已只好說了出來。」

現階段還沒有決定要採信誰的供詞。松村說澄江知道他要犯案，卻還騙她要她將十字弓帶出來，這番話確實有不自然的地方。另一方面，澄江實在不可能在聽了松村的殺人動機之後，還肯爽快答應幫他的忙。

關於密函，松村說是他寫的。他說他是爲了救弘昌，才會想要在不讓警方識破的範圍內寫出眞相。爲了愼重起見，警方讓松村背出密函的內容，雖然幾個細節有出入，但原則上應該可以判定是松村本人所寫。

「給你們警方添麻煩了。」松村顯治坦誠一切，道完歉後，問了偵訊官一個問題。

「刑警先生，我應該是死刑吧？」

偵訊官回答：「應該不至於吧。」松村微笑著說：

「是嗎。那麼，我還有第二個人生囉。」

偵訊官事後向大家報告，當時他的眼神簡直就像即將參加入學典禮的小孩。

八

殺人案是解決了，但對勇作而言一切並還沒解決。專案小組解散當天，勇作撥了通電話給瓜生晃彥。

「我該說，辛苦你了嗎？」晃彥在電話的那一頭說。

「這次的案件中，我什麼也沒做。」

勇作說完，耳邊傳來了意有所指的笑聲。他壓抑住想要出言不遜的情緒，平靜地說：

「我有話想對你說。」

「嗯。」晃彥說，「和你聊聊也好。」

「我去你家，幾點去方便？」

「不，我們在別的地方見面吧。」

「有什麼好地方嗎？」

「有一個絕佳的地方，我想在眞仙寺的墓地碰面。」

「墓地？你是說眞的嗎？」

「當然。五點在眞仙寺的墓地。如何？」

「好。我不知道你要搞什麼花樣，不過我奉陪。五點對吧？」

勇作再次確認時間之後，掛上了話筒，然後側著頭心想，「這傢伙講話怪怪的。」

當勇作在寫報告時，看到一個年輕刑警將十字弓和箭放進箱子裡，準備外出，於是出聲問他：「那個要怎麼處理？」

「我要拿去還給瓜生家。用來犯案的箭和弘昌處分掉的箭由我們保管作爲證據，但十字弓有藝術品的價値，所以得還人家。」

「那支箭呢？」

「這是沒有被用來犯案的第三支箭，案發隔天在瓜生家的書房裡找到的。」

聽他這麼一說，勇作才想起是有那麼一支箭，意識到原來還有一種偶然是命中注定的。毒箭只有一支，一開始弘昌拿走的箭並不是毒箭。如果那是毒箭的話，松村射出的就會是沒有含毒的箭。如果是那樣的話，須貝正清說不定就不會死了。

——這對松村而言，該說是他運氣好嗎？

勇作稍微思考了一下，這個問題似乎不容易下結論，於是他放棄了思考。

「那把十字弓和箭，我替你拿去瓜生家。」

「咦？真的嗎？」年輕刑警露出喜出望外的表情。

「嗯，因爲我正好有點事情要辦。」

於是年輕刑警毫不客氣，笑容滿面地將箱子搬到勇作的桌上，說：「哎呀，眞是謝謝你了。」

距離和晃彥碰面的時間，還有充分的時間。勇作之所以接下這項雜務，是因爲他心想說不定能夠見到美佐子，她昨天回瓜生家了。

抵達瓜生家，走近大門，勇作將手伸向對講機的按鈕。但，在按下按鈕之前，他的目光停在正在大門對面清掃庭院的美佐子。

「太太。」勇作低聲喚她。第一次她沒聽到，勇作又叫了一次。

她抬起頭來動了動嘴，做出「哎呀」的嘴形。那一瞬間，勇作嚇了一跳，因爲她的表情看起來比平常還要耀眼動人。

「請進。」美佐子說，勇作從小門進入。美佐子馬上察覺他手上的箱子。「那是什麼？」

勇作說明箱子裡面裝的東西。美佐子一想起命案的事，表情終究還是變得僵硬。

「它們又回到這裡了。」

勇作壓低聲音說。美佐子的臉上隱隱透出苦笑。

「你也知道澄江小姐不在了。所以我想得稍微幫點忙，做做家事才行。」

「是嗎，」說完，勇作仔細地端詳她的臉，「妳是個好媳婦。」

美佐子搖頭。

「你別取笑我了，我哪是什麼好媳婦。」

「我是眞的那麼認爲。」

「別說了。倒是……」美佐子往主屋的方向看了一眼，稍微伸長脖子，將臉湊近勇作。「那件事情後來怎麼樣？你有沒有查到什麼？」

「嗯……我被命案弄得焦頭爛額，結果那些資料本身和那件事並無相關，實在很難調查。」

勇作發現自己講話含混不清，不敢正視美佐子的眼睛，因爲他不能告訴她壯介的祕密。

但美佐子出乎意料之外地沒有深究，反而拜託他：

「那麼，你如果知道什麼的話，要告訴我哦。」

「我知道。」勇作回答。

「我差不多該走了，這個箱子放哪裡好呢？」

「沒關係，你放在這裡就好。我待會再搬進去。」

既然美佐子這麼說，勇作便將箱子放在腳邊，然後打開蓋子。

「基於形式，能不能請妳確認一下箱子裡的東西？」

「好。不過一想到這被用來殺人，就覺得很可怕。」

美佐子蹲下來瞄了箱裡一眼，然後拿起箭說：「這個是？」

「沒有用過的第三支箭，聽說放在木櫃的最下層。警方借來供參考用。」

「噢，那支啊。」她邊說邊盯著箭，但旋即偏著頭說：「咦……？」

「怎麼了嗎？」

「嗯，那個……說不定是我記錯了，但這支箭的羽毛不是掉了一根嗎？」

「咦？」勇作接過箭一看。三根羽毛都和箭緊緊地黏在一塊兒。

「這支箭好像好好的嘛。」

「是啊，眞是奇怪。」美佐子依舊沉著一張臉。「我記得我當時還想，這支箭大概是因爲掉了一根羽毛，所以只有它放在不同的地方吧。這其中會不會有什麼誤會呢？」

她邊說邊將箭放回箱中。勇作一時眼花，以爲自己看見她的纖纖玉指和金屬製的箭交纏在一起。

那一瞬間，有一股微弱電流麻酥酥地在周身百骸奔竄，接著全身泛起雞皮疙瘩，直冒冷汗。

美佐子回頭，看到他的臉色，不安地問。

「哎呀，你怎麼了？」

「不，沒什麼。」他勉強出聲，「我還有事，沒時間了。這就告辭。」

「嗯……你會再跟我聯絡嗎？」

「我會的。」

勇作勉強穩住腳步，走出大門。但一踏出大門口，他就像是放開了拉到不能再緊的橡皮筋似地，開始拔足狂奔。

尾聲

墓碑的其中一面沐浴在夕照下，染成一片朱紅。勇作大步走在夕陽餘輝下，腳踩過泥土發出的聲音，消逝在沁涼的晚風中。

瓜生晃彥站在瓜生家的墳前，兩手插在褲子的口袋中，眺望遠方的天空，似乎是聽見了腳步聲，將臉轉向勇作。

「你很慢喔。」

他緩和了唇邊的線條，說道。勇作默默朝他走去，在距離晃彥身前幾公尺的地方停下腳步，凝視著他的臉。

「因爲我來之前先去鑑識了一樣東西。」勇作說。

「鑑識？」

「嗯。去確認一件重要的事。」勇作慢慢地繼續說：「就是箭的羽毛。」

晃彥的表情只僵了那麼一會兒。過了幾秒，馬上又恢復成原本的表情，眼角甚至還浮現了微笑。「然後呢？」

「美佐子還記得，」勇作說，「她看到另外放的第三支箭時，箭上掉了一根羽毛。可是，那支箭之所以另外放，並不是因爲這個原因。那一支正是毒箭。也就是說，弘昌拿走的和澄江小姐交給松村的都不是毒箭。」

晃彥一語不發，似乎打算先聽勇作說完再做反應。

「但松村射中須貝正清的卻是毒箭沒錯。爲什麼會有這種事呢？可能的原因只有一個。就是在松村將十字弓和箭藏在這個墓地的圍牆外之後，有人將無毒箭換成了有毒箭。」

勇作做了一個深呼吸。他看見晃彥微微點頭。

「那個人可能是知道松村的計劃，而到這裡來觀察情形的。當他發現十字弓和箭，知道箭上沒毒時，他慌了。因爲光是被一般的箭射中，死亡率非常低。於是他拿著那支箭，急急忙忙趕到瓜生家，偷偷溜進書房，將手上的箭換成毒箭。當他要從後門離開時，被美佐子看見了。」

晃彥或許是害怕勇作提到美佐子的名字，只有這一瞬間低下了頭。

「換完箭之後，他發現了一件事。那就是他在這段時間內沒有不在場證明。於是他打電話到工作場所附近的套餐店，點了正好在自己回去時會送到的外賣。因爲如此，他才會不得不點自己討厭的蒲燒鰻。」

勇作繼續說：「這就是命案的眞相。」

勇作說完後，晃彥依舊沉默了好一陣子。他一下看著腳邊，一下望向夕陽。

「原來如此啊，」他總算是開了口，「原來是蒲燒鰻露出了破綻。不過，你還記得眞清楚。」

「那當然，」勇作應道，「只要是你的事，我全都記得。」

晃彥舒了一口氣。「我該爲這感到高興嗎？」

「天曉得。」勇作聳聳肩。

「關於換箭一事，你有什麼證據嗎？」

「調查實際使用過的箭就會知道。我剛才親眼確認過了。三根羽毛當中，有一根有用接著劑黏合的痕跡。我想，那大概是瞬間接著劑吧。」

「這樣啊。再加上美佐子的證言的話，說不定就能證明這一點了吧。」

晃彥嘆了一口氣，但勇作說：

「不，她什麼都還沒發現，知道這件事的只有我一個人。」

「你不告訴警方嗎？」

「告訴警方也沒意義。我想光是這樣大概不足以成爲證據。重點是實際射箭的人是松村，不是你。」

勇作盯著晃彥的眼睛，靜靜地說：「是你贏了。」

晃彥別開臉去，眨了眨眼，然後看著勇作說：

「聽說你見過江島先生？」

壯介似乎已經告訴晃彥，勇作去找過他的事了。

「不過，我還有很多事情想不通。」

「我想是吧。」晃彥從口袋裡伸出右手，將瀏海撥上去。「你知道上原博士在諏訪療養院待過嗎？」

「知道。」

「那麼，我就從那裡說起吧。」

晃彥環顧四周，在瓜生家墳邊的石階上坐下。

「腦醫學學者上原博士待在諏訪療養院時，遇見了一個非常有趣的病患案例。那名病患的側頭部中了槍傷，但一般生活幾乎都沒問題。不過，他對特殊的聲音和氣味會產生極度敏感的反應，那些反應五花八門，有時是露出恍惚的神情；有時是吃吃地笑；有時發作情形嚴重，還會大吵大鬧。博士對他進行許多檢查之後，發現他側頭部的神經線路有問題。一旦受到某種外來刺激，那個部分就會產生異常電流。於是博士提出了一個假設。也就是說，那個部分有控制人類情感的神經，可能是因槍傷而產生的異常電流刺激了那種神經。爲了確認這點，博士刻意對他施加電流刺激，觀察他的反應；結果發生了意想不到的事情。」

勇作吞了一口口水，想像不到究竟發生了什麼事。

「那名病患的樣子開始變得怪異。」晃彥說。

「病情惡化了嗎？」

「那倒不是。變得怪異的是他的行爲，當時那名病患說他喜歡博士。」

「咦？」勇作發出驚訝的聲音。

「那名病患本來話不多，卻在實驗進行的過程中變得饒舌，並且開始說出那種話。最後甚至還說，只要是博士說的話，他一定全都遵從。實驗結束後，他恢復平靜了好一段時間，說他不太記得實驗時發生的事了。反正博士也不用拒絕他的示愛，因爲這名患者是個一般性取向的男人。」

「他爲什麼會說出那種話呢？」

「博士刺激的神經是主管情感的神經，這點是無庸致疑的。另外，博士發現，這名病患聽到某種特別頻率的聲音，也會出現相同的反應。也就是說當博士讓他聽那種聲音時，他就會一直認爲自己愛博士。」

勇作搖搖頭，這件事情眞是匪夷所思。

「博士將這起病例、實驗內容整理成一份報告，並下了一個結論，他認為如果運用這項實驗技術，將可控制人類的情感。然而，即使這是一項劃時代的發現，這份報告卻幾乎沒有見過光。因為當時戰爭剛結束，沒有能夠正式發表的場所。況且，上原博士也必須將心力投注在自家醫院的重整上。就這樣過了幾年，瓜生工業社長瓜生和晃，也就是我的祖父去找博士，說他對博士先前的研究成果非常感興趣。」

「我不懂。為什麼製造業的社長會對那種東西感興趣呢？」

此時勇作說出了心中長期以來的疑問。

「要說明這一點，就必須先說明瓜生工業這家企業的文化。瓜生工業原本是一家專門做精細加工的公司，戰爭期間因為軍方的命令，負責製造武器的精細零件。因為這個關係，我祖父和某政府相關人士搭上了線。這名政府相關人士似乎是隻老狐狸，他不知道從哪弄來上原博士的報告，跑來找我祖父商量。他認為如果能將精細零件植入人類腦中的話，就能從外部傳送電波至腦部，進而控制人類的情感。如果能做到這點的話，就能讓任何人成為間諜……」

勇作聽了瞠目結舌。居然還有這一招？

「戰敗之後，馬上就有人想到那種事情？」

「這就是想法的不同了，他們的說法是這樣的。無論怎麼研究，也不可能立刻實現這件事。然而，只要當下開始累積基礎研究，將來總有一天會開花結果。到時候，征戰的對象就是全世界了。」

「他們的思想有毛病。」勇作啐了一句。

「沒錯。但我祖父卻參與了那項計劃。他像是著了魔，幻想用科學的力量操控人類。於是他接近上原博士，讓博士在瓜生工業展開研究，那就是名爲電腦式心動操作方法的研究。爲了這項研究，博士找來七個貧困的年輕人，進行人體實驗。總而言之，應該說我祖父和上原博士都瘋了。」

「這麼說來，那項研究是在政府的協助之下進行的囉？」

但晃彥皺起眉頭，輕閉雙眼搖了搖頭。

「這我不清楚。並沒有留下這方面的資料或證據，表面上是一家企業以極機密的方式進行研究。」

「這樣啊……那麼，研究後來怎麼樣了呢？」

「就某種程度而言，研究是成功了。博士確定可以經由電流刺激受驗者控制情感的神經，操控本人的意志和情感的變化。博士緊接著想要製造出一種症狀，讓實驗對象能夠像在諏訪療養院裡遇到的那名病患一樣，對某種聲音產生反應。但這項實驗卻進展得並不順利，實驗對象沒有出現預期的反應。就在反覆實驗的過程中，發生了一件預想不到的事情。七名實驗對象當中，竟然有四人逃跑。」

「那我知道。」

那四人之中，還包含了江島壯介。

「他們原本就是身份不明的人，要找出他們並不容易。再說，這項實驗也不能讓世人知道，於是博士姑且用剩下的三人繼續實驗。後來終於找到了讓他們產生敏感反應的特殊條件。博士等人欣喜若狂地取得數據後，便將他們的腦部恢復了原樣，但這卻是一個陷阱。」

「陷阱？」

「嗯。博士自以爲將實驗對象的腦部恢復成了原樣，但卻沒有恢復原樣。三名受驗者當中，死了兩人。」

晃彥表情扭曲地說。勇作屏住氣息問：「爲什麼？」

「不知道，至今仍是個謎。」

「三人當中死了兩人……那麼，剩下的一人呢？」

「命是保住了，但智力明顯降低，減退到幼兒的程度。」

「智力降低、幼兒程度……那個人該不會是……」勇作欲言又止。晃彥點頭。

「日野早苗小姐。」晃彥邊從外套的內袋裡拿出勇作的筆記本，邊說。

太陽漸漸西沉，天空的彩霞似乎也即將消失了。

「犧牲了那麼多人，我祖父他們好像終於清醒了，於是決定凍結那項研究，將那之前的數據彙整成兩本檔案夾，一本由上原博士保管，另一本收放在瓜生家的保險箱中。那項研究於是成了永遠的祕密，只不過事情並沒有因此而完全落幕。負責研究的相關人員不放心逃跑的四個人。你可能已經聽江島先生說了，他們的腦中就像是給人埋了一顆炸彈，必須設法處理。首先該做的就是找出他們四人。這是一件很困難的工作。不過，在機緣巧合之下，找到了其中三人。上原博士當時還健在，他負責檢查他們的狀況。那個資料夾當中，也收了記錄他們三人身份和當時症狀的資料。」

「三十年後，有個男人想要奪取那份極機密的資料夾，是吧？」

聽到勇作這麼一說，晃彥苦笑。

「須貝正清的父親也參與了研究。但在研究計畫遭到凍結之後，他父親似乎還想要暗自重新展開研究，他們父子怪異的程度眞是不相上下。只不過當我祖父死後，在我父親還健在時，他無從下手。那或許可以說是象徵著瓜生家和須貝家之間的角力關係。我想，恐怕是正清的父親命令他要由須貝家的人重新展開那項計畫，他們非常執著於這個計畫，所以當他們看到我父親倒下，實權又將回到自己的手中時，便開始一步步地著手準備。」

「於是他從瓜生家拿走了檔案夾，但卻遭受到了意想不到的抵抗，是嗎？」

「當我知道檔案夾落入須貝的手中時，我馬上和松村先生聯絡。因爲必須從許多方面，研擬善後措施。」

「松村是站在什麼樣的立場呢？」勇作問。

「計畫展開的當時，他剛進公司擔任技師，在實驗上負責電流相關的工作。他是親眼看到實驗情形的少數人之一，聽說那簡直不是人做的事情。他說他每次眼看著受驗者們的樣子改變，就想要逃走。可想而知當他知道有人因此而死亡的時候，遭受的打擊有多大。後來他罹患神經衰弱症，過了好一陣子才恢復。他現在依然對自己參與那項實驗感到後悔不已。」

勇作心想，如果松村當時還是個年輕人的話，會出現那樣的反應是理所當然的。剛才晃彥也說過上原和瓜生和晃都瘋了。

「你們是誰提出要殺害須貝的？」勇作問，但晃彥斷然否認。

「沒人提出，我們之間不曾談到那種事。只不過，我們兩個心裡想的卻是同一件事。」

「於是你們共謀殺害他，是嗎？」

「共謀的人是松村先生和澄江小姐。澄江小姐也聽松村先生說過瓜生家的祕密，所以應該理解事情的嚴重性。如果能夠避免的話，我並不想將她捲入這件事當中。」

晃彥遺憾地蹙眉。

「你原本打算怎麼做？」勇作問，「你果然還是打算殺掉須貝吧？」

「當然，」晃彥說，「那份檔案夾絕對不能交給那個男人，連讓他看也不行。」

「爲了不讓他重複那種瘋狂的研究嗎？」

「那也是原因之一。不過更重要的是，不能讓須貝知道目前還有三名受害者活著。要是須貝知道了，一定會去找他們。我們有義務保護那三人的生活。」

「況且，其中一人是你的岳父。」

「不光是因爲這樣。他們其中一人，目前已經成了政壇上舉足輕重的大人物。要是須貝知道那個人的腦中依舊存在控制情感的線路的話，不知道會採取怎樣的行動。」

「政壇？」

勇作聽到這兩個字，想起了江島壯介說的話。計劃逃亡的帶頭者好像叫做席德，而目前身爲某派系的智囊聞名全國的人也叫席德。

晃彥察覺勇作發現了什麼。

「這是極機密。因爲是你，我才說。」晃彥低聲說。

「我知道。總之，你是因爲這個理由，才決定殺他的是吧？」

「因爲只有這個方法才能解決問題。」

「果然是用十字弓？」

聽到勇作這麼一說，晃彥忍俊不住地笑了出來。

「怎麼可能，我打算用手槍。」

「手槍？」

「那是我父親的遺物之一，但沒人知道他有那把槍。我想，這最適合當作凶器。於是我到這裡來勘察犯案現場，結果卻發現這裡藏著十字弓和箭。我心想：『大概是松村先生藏的吧。如果有人替我動手，那也不錯。』但當我發現那不是毒箭時，我慌了。剩下的就如同你的推論。」

「松村知道是你換箭的嗎？」

「不，他到現在應該也不知道。」晃彥回答，「因爲他一心以爲三支箭都有毒。」

「原來是那麼回事啊……」

勇作低喃，然後想到了一件事。「那封密函……該不會是你寄的吧？」

晃彥尷尬地搔搔人中。

「爲了救弘昌，我只好那麼做。我試著告訴松村先生，我想要寄那種密函給警方。他認爲那麼做無妨。他說，如果因爲這個原因被捕，那也只有認命了。」

勇作這才想通，難怪松村會那麼乾脆地認罪。原來他是從一開始就做好了心理準備。

「當你知道須貝正清遇害的時候，馬上去了須貝家，對吧？那是爲了奪回檔案夾嗎？」

「是啊。另外還有一個目的，就是沒收留在須貝家的資料。」

勇作心想，所以須貝正清的父親留給他的那本黑色封面的筆記本才會不翼而飛。

「我弄清須貝正清遇害的始末了，我也能理解你們不得不那麼做的理由。」

晃彥緩緩地眨眼，將下巴抬到四十五度角。

「不過，你還沒說到重點。」

「我知道，」晃彥說，「早苗小姐的事，是吧？」

「我祖父去世後，接任社長的是須貝正清的父親忠清。他企圖讓那個計畫在自己手上復活，然而他卻沒有研究數據。於是他看上了唯一的生還者早苗。他認爲如果聘請學者調查她的腦部，應該就能掌握各種專業知識。」

「這麼說來，須貝他們那天晚上想要抓走她嗎？」

「好像是。他們大概是認爲，要抓走低能的她只是小事一樁，而且想要將那個計畫保密的上原博士他們應該也不會張揚，但沒想到她卻抵死不從，結果就……」

晃彥沒有說下去。

「原來是那麼回事啊……」

勇作咬緊了牙根。原來早苗是想逃離來路不明的男人們，才會從窗戶跳下來的。勇作還記得，她生性膽小，他的心中湧起悔恨的情緒，好幾年不曾眼眶泛熱了。

「這個還你。」晃彥遞出筆記本。「長年的疑問解開了吧？」

勇作收下筆記本，看著封面的文字——腦神經外科診所離奇死亡命案調查紀錄。他心想，或許不會再翻開這本筆記本了吧。

「對了，我想告訴你一件關於早苗小姐的事。」晃彥有些正經地說。

「什麼事？」

「我剛才說過，她在動完腦部手術之後智力開始減退。但其實，她的身體在那之前就有了變化。」

「變化？什麼變化？該不會是……」

「她懷孕了。」晃彥說，「似乎是和其他受驗者之間的小孩。她本人沒有意思墮胎，所以當時正在待產。從懷孕的第六個月起，她出現了精神異常的情形，到了第八個月，她的智力明顯開始減退。相關人士慌了手腳，因爲在這種情況下，就算小孩子生下來了也無法養育。不過，事到如今他們也束手無策了。不得已之下，只好按照計畫讓她生產。她產下的是男嬰。」

「早苗小姐有小孩……」

這麼一說，勇作想起了一件事。她總是揹著一個洋娃娃，她是將那當成了自己的小孩。

「那個孩子後來怎樣？」

晃彥先是別開視線，隔了一會兒才說：「被人領養了。其他受驗者當中，有人的妻子因爲體弱多病無法生小孩，是那個人領養了早苗小姐的孩子。上原博士能夠在出生證明上動手腳，讓那個小孩以親生骨肉的身份入籍。那名受驗者的妻子長期住在療養院裡，所以只要說是她在那裡生的，親戚們也就不會覺得可疑了。這件事情在相關人士當中，也只有當事人和當事人的父親，以及上原博士知道。」

「當事人和當事人的父親？」勇作聽到這幾個無法理解的字，臉部的表情變了。「你這話是什麼意思？相關人士當中，就只有瓜生和晃和直明這一對父子……」

勇作看著晃彥的臉，一句話也說不出來。「是……你嗎？」

「我高二的時候知道了這一切。」

「是嗎。」

勇作不知道他還能說什麼，眼前的男人身體裡流著和早苗相同的血液。想到這裡，他的心中萌生了一種類似微微嫉妒的情感。

「對了，那本筆記本裡寫到，你去早苗小姐的墳前祭拜過？」晃彥指著勇作的手邊問。

「只去過一次。」

「你記得那座墓在哪嗎？」

「不記得了，後來父親沒再帶我去，我早就忘了。」

晃彥從石階上起身，面對瓜生家的墓。

「早苗小姐就在這下面哦。」

「咦？」勇作發出驚訝的聲音，「不會吧？不是這種墓。」

但晃彥卻說：「這裡大約五年前重建過。她就在這下面沒錯。因爲她是我的親生母親，所以我父親將她葬進了這裡。」

勇作走近墳墓，環顧四周。當時看到的情景，是這副模樣嗎？之所以覺得當時應該更大，肯定是因爲自己還小。

勇作回過神來，發現晃彥正盯著自己看，於是他向後退了一步。

「你不覺得這是個不可思議的緣份嗎?」晃彥問他。

「緣份?」

「你和我啊,你不覺得嗎?」

「當然覺得啊,」勇作回答,「不過,當知道事情的來龍去脈之後,或許也就不覺得那麼不可思議了。你的身世如此,而我又一直對早苗小姐的死心存疑問。我們兩個人會扯在一起也是理所當然的。」

「不,眞的是那樣嗎?撇開我的事情不談,爲什麼你會對早苗小姐的死那麼執著呢?」

「那是因爲……她對我而言是一個重要的人。再說,這也是我父親生前很在意的一起命案。」

「可是,爲什麼早苗小姐會那麼吸引你呢?另外,爲什麼令尊會只對那起命案感到遺憾呢?」

晃彥連珠炮似地發問。勇作懶得回答,用力搖頭。

「你想要說什麼?」

「你到她墳前祭拜的事,」晃彥說,「那本筆記本寫到你們到她墳前祭拜的事。可是很奇怪。我聽我父親說,應該只有領養她小孩的人,才知道早苗小姐埋在瓜生家的墓裡。」

「……什麼意思?」

「我的意思是,能到她墳前祭拜的只有領養她小孩的人家。」

「換句話說,你是想說只有你們能夠去祭拜她嗎?」

「不是。除了我們之外,就算有人去祭拜她也不奇怪。畢竟……」

晃彥做了一個深呼吸,然後繼續說:「畢竟,早苗小姐生下的是一對雙胞胎。」

勇作無法立即理解這句話的意思。

不，他能理解，但應該說是事情太過突然，他沒有辦法相信自己聽到的事情。

「你說什麼？」

勇作發出呻吟。

「早苗小姐生下了一對雙胞胎。其中一人由瓜生直明收養，另一人則是由妻子患有不孕症的夫婦收養。這對夫婦也是在上原博士的協助之下，讓孩子以親生骨肉的身份入籍。這兩個小孩是異卵雙胞胎，所以不像一般的雙胞胎長得一模一樣。」

晃彥的聲音鑽進了勇作的耳裡，勇作感覺腳底下彷彿裂開了一個大洞。

「你說什麼？」勇作又問了一次。晃彥沒有回答勇作的問話，只是點了點頭。

沉默了好一會兒，風從腳邊拂過。

勇作心想，一切都說得通了。那麼熱中追求早苗命案眞相的興司，居然會在和瓜生直明談過話後放棄調查。這是因爲當時瓜生直明告訴興司，早苗是勇作的親生母親。恐怕當時瓜生直明是拜託興司，什麼都別問，停止調查就是了。

勇作看著晃彥的臉，晃彥也看著勇作。

——原來是那樣啊，難怪……

勇作第一次遇見晃彥時，就知道自己爲什麼無法喜歡這個男人、爲什麼莫名地討厭他了。

因爲，他們太像了。

勇作自己也覺得，自己和他很像。但他卻不願承認。他無法忍受自己像誰，或誰像自己。朋友當中，也有人說他們兩人長得很像。然而，每當這種時候勇作都會大發雷霆，久而久之，再沒有人說他們長得很像了。

「高二的時候，我知道自己有一個兄弟，但我並不知道他是誰。沒想到居然會是你。」晃彥嘆息，感觸良多地說。

「讓你的想像幻滅了嗎？」

「不，你很適合。」晃彥語帶玄機地說，「事實上，第一次見到你的時候，我就有種特殊的感覺。不過，大部分是嫉妒就是了。你的年紀和我相仿，擁有的卻截然不同。你有自由，能夠隨性而活，還有一種討人喜歡的氣質。」

「說是這麼說，但你不是比我富有嗎？」

聽到勇作這麼一說，晃彥臉上的笑容瞬間消失。他低下頭，然後又笑著抬起頭。

「被經濟富裕的家庭收養比較好嗎？」

「我是那麼認爲。」

勇作想起自己生長的環境說道。雖然他對自己從小在那個家庭裡長大，並沒有任何怨言。

「你知道我們的父親是誰嗎？」勇作試探性地問。

「知道是知道，但他的下落不明。他是最後一個逃亡的人。」晃彥回答。

「他是個怎麼樣的人？」

晃彥不知該如何回答，隔了一會兒才說：「他是中國人的孤兒。」

「中國人……」

勇作看著自己的手掌。原來自己的身體裡流著外國人的血。這麼一說，勇作才發現早苗總是唱著外國歌曲。

「我父親告訴我所有的事情之後，他說：『瓜生家的人必須在各方面贖罪。雖然覺得對你過意不去，但我希望在我身後，你能接下我肩上的重擔。正因爲如此，我才會從小對你施行各種英才教育。』於是我說：『既然如此，我會用我自己的方式去做。我要唸腦醫學，將受害者恢復原樣給你看。』最後我想要去中國尋找親生父親，親手治好他。」

「所以你才會去唸醫學……」

又解開了一個謎。眼前的男人之所以想當醫生，果然不是鬧著玩的。

「但奇怪的是，你是受害者這邊的人吧？爲什麼你得贖罪呢？」

勇作這麼一說，晃彥彷彿像是看到了什麼令人眩目的東西似地，瞇起了眼睛。

「這和自己身上流著何種血液無關。重要的是，自己身上揹負著何種宿命。」

「宿命啊。」

這兩個字在勇作的腦海中迴盪，同時他開始對剛才嫉妒晃彥被瓜生家收養感到羞恥。因爲這個宿命，他失去了天眞，必須犧牲掉人生的大半。爲什麼自己會羨慕站在這種立場上的他呢？

「我全都懂了，」勇作低喃道，「看來是我輸了。我是贏不了你的。」

晃彥聽了笑著揮揮手。

「沒那回事，你還有美佐子。關於她，我是輸得一敗塗地。」

「她啊……」

勇作的眼前浮現出美佐子的臉，那是十多年前的她。

「你和她結婚，也是贖罪的一部分嗎？」

勇作突然想到這件事，他開口問晃彥。晃彥的表情變得有些嚴肅。

「遇見她的契機是那樣沒錯。就像我父親長期以來做的一樣，我是基於補償受害者的想法和她見面的。但是……」

晃彥搖頭。「我並不是爲了贖罪和同情她才和她結婚的，我沒有那種扭曲她的人生的權力。」

「但她很苦惱，」勇作說，「她想了解你，你卻拒絕讓她了解。你不願對她敞開心胸，連房門也上了鎖。」

「我完全沒有拒絕讓她了解我的意思。」

說完，晃彥微微笑了。他的眼中，有著無限的落寞。「坦白說，我本來相信我們會相處得更融洽。我不想讓她發現瓜生家的任何祕密，我希望帶給她幸福。」

「原來也有你辦不到的事情啊。」

聽到勇作這麼一說，晃彥的笑容中浮現出一抹苦澀。

「我自己也衷心期盼，能夠和美佐子心靈相通。和她在一起的時間越久，我的這個念頭就越強。可是，在這種心情之下，我沒有自信是否能夠繼續保守祕密。我害怕自己可能會對她說出一切，以便得到解脫。我之所以把房門上鎖，並不是爲了讓她進不去，而是爲了防止自己逃到她身邊。」

「心門上的鎖啊……」

「但生性敏感的她，似乎輕易地就發現了我的不自然之處。對她，我舉雙手投降，我是進退兩難啊。」

說完，晃彥眞的微微舉起雙手。

「那麼，你打算怎麼辦？」勇作問，「不是前進，就是後退，你總得選一個。」

晃彥霎時低下頭，然後再度抬頭，目光筆直地盯著勇作，說：「照目前的情況看來，已經瞞不下去了吧？」

勇作點頭。他有同感。

「我打算慢慢向她解釋。」晃彥繼續說道。

「這樣很好。」

勇作想起了剛才見到的美佐子。她之所以回到瓜生家，肯定是感受到了晃彥的決心。她之所以看起來耀眼動人，也是因爲這個原因。

勇作心想，她的心再也不會向著自己了。

「一敗塗地。」勇作低喃道。

「咦？」晃彥問。「沒什麼。」勇作搖搖頭。

勇作望向遠方。

「太陽完全下山了。」

四周漸漸籠罩在暮色之下。勇作高舉雙臂，說：「那麼，我們差不多該走了。」晃彥點頭。

勇作走了幾步，然後停下腳步，回頭問：

「最後我可以再問你一個問題嗎？」

「什麼問題？」

「先出生的人是誰？」

晃彥在黑暗中微微笑了。

勇作聽到耳邊傳來晃彥略帶戲謔的回答：「是你。」

東野圭吾創作年表

一九八五年《放學後》（第三十一屆江戶川亂步獎）
一九八六年《畢業——雪月花殺人遊戲》
《白馬山莊殺人事件》
一九八七年《學生街的殺人》
《11文字的殺人》
一九八八年《魔球》
《以眨眼乾杯》
《浪花少年偵探團》
一九八九年《十字豪宅的小丑》
《沈睡的森林》
《鳥人計畫》
《布魯塔斯的心臟——完全犯罪殺人接力》
《殺人現場在雲端》
一九九〇年《宿命》★

一九九一年
《面具山莊殺人事件》
《偵探俱樂部》
《沒有犯人的殺人夜晚》
《變身》
《迴廊亭殺人事件》
《天使之耳》

一九九二年
《雪地殺機》
《美麗的凶器》

一九九三年
《同班同學》
《分身》
《向忍老師說再見——浪花少年偵探團・獨立篇》

一九九四年
《我以前死去的家》
《操縱彩虹的少年》
《怪人們》

一九九五年
《平行世界的愛情故事》
《天空之蜂》
《那個時候我們都是傻瓜》（散文集）
《怪笑小說》

一九九六年　《誰殺了她》
《惡意》★
《名偵探的規矩》
《名偵探的咒縛》
《毒笑小說》
一九九八年　《秘密》（第五十二屆日本推理作家協會獎、第一百二十屆直木獎入圍作）
《偵探伽利略》★
一九九九年　《我殺了他》
《白夜行》（第一百二十二屆直木獎入圍作）
二〇〇〇年　《再一個謊言》
《預知夢》
二〇〇一年　《暗戀》★（第一百二十五屆直木獎入圍作）
《超・殺人事件》★
二〇〇二年　《湖邊凶殺案》
二〇〇二年　《時生》
《綁架遊戲》★
二〇〇三年　《信件》（第一百二十九屆直木獎入圍作）
《殺人之門》★

二〇〇四年 《我是非情勤》（註）
《幻夜》 （第一百三十一屆直木獎入圍作）
《挑戰？》（散文集）
《徬徨的刀刃》
二〇〇五年 《黑笑小說》
《嫌疑犯X的獻身》

★表示商周已出版以及即將出版品，之外的作品名稱爲暫譯

註：本書書名和「非常勤」（中文意爲兼任）同音，是作者特別設定的雙關語趣味。

解說 以宿命爲名

凌徹

出道於一九八五年的東野圭吾，寫作生涯已經堂堂邁入二十週年。他的創作能量充沛，二十年的時間，已經累積了五十多部作品。

早期的東野圭吾作品具有濃厚的本格風味，代表作莫過於他拿下江戶川亂步獎的《放學後》。在充滿寫實色彩的亂步獎得獎作中，《放學後》顯得格外與眾不同。踏襲著傳統本格的形式，當時的他會被視爲本格推理作家，完全不令人意外。

這兩年來，由於作品不斷地被翻譯引薦，台灣讀者對他不再陌生之後，自然很清楚地知道，東野圭吾絕非獨沽本格推理一味。他的創作量驚人，種類繁多，風格更是多樣化，相較於初期的本格作風，差距不可謂不大。

倘若作家的創作風格，不是突然間的改變，而是逐漸累積之後的結果，那麼我們是否可以在他的哪一部作品中，發現轉變的痕跡？

發表於一九九〇年的《宿命》，似乎正可以回答這個問題。

和倉勇作與瓜生晃彥是從小便認識的同學，但除了同學關係之外，他們更是在各方面都互相競爭的宿敵。畢業之後，勇作當上警察，而晃彥則成爲腦神經外科醫師，兩人之間似乎再也沒有交集。然而，UR電產的社長須貝正清遭到十字弓的射擊而死亡，卻意外地讓兩人再次碰面。從殺人事件中所得到的種種線索，都將矛頭指向前社長的兒子晃彥。在命運的捉弄下，這一對宿敵分別以搜查者與嫌疑犯的身分，展開宿命的對決。

從故事的發展看來，《宿命》仍然謹守在本格的範圍中。現在事件的發生，背後有著過去事件的陰影，關係者不在場證明的檢討，以及殺人詭計的實行方式，這些要素都帶有本格風味。儘管如此，在某一個要素上，《宿命》卻有著與傳統本格截然不同的處理方式。那就是偵探。

縱觀東野圭吾的作品，會發現他極少起用系列角色。儘管他的小說數量龐大，但名偵探卻往往不在他的構圖之中。歸根究底，這也正是他的創作理念之一。

推理小說中的偵探，說穿了就是解謎者。推理小說的謎團必須解開，而最傳統的解謎形式就是繼承愛倫坡的作法，創造出一名神探，讓神探根據線索以智慧將眞相解明。無論神探的個性如何古怪，相貌多麼俊美，都必須以解謎爲最重要的任務。

排斥系列偵探的東野圭吾，在他的作品中，理性解謎者的色彩變得極淡，表現在《宿命》中的，就是和倉勇作。身爲兩名主要角色之一，身分又是警察，勇作當然應該肩負起解謎者的責任。然而，他所扮演的卻絕非解謎者，事情的發展永遠超乎他的能力與想像，他所能做的就只是搜查與傾聽，當他遇到得知眞相的人時便被告知謎底，如此而已。這樣的角色與理性解謎的偵探，當然有著非常大的差距。

讓主角成爲非解謎者角色的東野圭吾，已經將故事從傳統本格那種「主動型的眞相解明」，轉化爲「被動型的眞相告知」。既然如何解謎不是重點，形式就不必拘泥在傳統本格的邏輯解明，神探自然也不需要存在。如此一來，東野圭吾愈來愈偏離本格推理的道路，不但是可以理解的，甚至可說是必然的結果。

《宿命》中的另一個特色，在於事件的數量。長篇推理常會描寫連續殺人事件，因爲多重的事件可以讓謎團倍增，而事件之間的交互影響，更是讓故事複雜化的重要利器。然而東野圭吾卻只安排一起殺人事件，故事並不複雜，感覺上也就單薄許多。當然，除了發生在現在的須貝命案，小說中同時穿插了過去的早苗命案，但是仔細檢討的話不難得知，對於故事中大多數人而言，眞正重要的只有須貝命案。找出殺害須貝的兇手也就夠了，過去的事件並不會對現在的人造成影響。如果是這樣，那麼早苗命案的意義何在？

勇作的出現在此時起了重大的作用。脫離解謎者角色的勇作，對於解謎並沒有太大的貢獻，然而，正是因爲他的存在，才使得早苗的死亡出現意義，並得以與須貝命案相連結，由此牽扯出隱藏在黑暗中的眞相。試想，若是沒有勇作，殺害須貝的兇手最終還是會現形，殺人動機也會以警方所認定的解釋加以說明。有犯人，有動機，在法理上已經有了交代，事件似乎已經解決。但是勇作使得過去與現在發生關聯，事件的全貌得以浮上檯面。眞相潛藏在別處，而這個眞相，絕對不是表面上所見的那麼膚淺。我們可以看到，這種作法在六年後的《惡意》中，發揮得更爲淋漓盡致。

只有事件，只有動機，只有犯人，只有詭計，對東野圭吾來說是不夠的。對他而言，除了這些構成推理小說的要素之外，絕對還有試圖想要描寫的事物。而這個解答，正如預期，就在書名中。

勇作與晃彥從小時候認識開始，就強烈地意識到對方，而且彼此之間絕非抱持好意，因此競爭無法避免，必然需要一較高下，是名符其實的宿敵關係。有競爭，當然就有勝負，而勇作始終都是晃彥的手下敗將，永遠無法贏過他。這樣的關係，就像是被宿命所操控，無論是對勝者或是敗者而言，必然都明顯感受到宿命的存在。

晃彥的妻子美佐子，也是被命運之繩操控的人。自從父親發生意外以來，無法想像的好運就持續降臨在身上。從家境、工作到婚姻，常人難以得到的幸運，卻是美佐子不需刻意強求就能自然到手的。對此，美佐子總是不得不感受到命運之繩的強烈羈絆。

人是渺小且軟弱的，無法獨自生存下去，必須生活在團體社會裡。但由於種種力量關係的牽絆，人總是感到無力，因此對於那些發生在自己身上卻又無法掌控的事，便給了它一個名稱，就是宿命。這種想法若是推衍到極端，就會認爲人生都是在宿命的支配下發生，自由意志是不存在的，人的力量也無法加以改變。所謂的宿命，就是如此嚴酷的存在。

那麼，宿命眞的就是這麼難以解釋的嗎？的確，人都很渺小，但是個體之間仍然有著差異，而差異也就造成強者與弱者的出現。當強者以權勢財力對弱者做出支配，並且不讓弱者注意到強者的存在時，對弱者而言，那和宿命並沒有什麼不同。甚至可以這麼說，對弱者而言，那其實就是宿命。

人爲的操控或許可以爲宿命做出解釋，但宿命絕非以如此理性的說明就可以涵蓋。眞正的宿命，來自於人最根本的本質，而那才是故事的最終眞相。

在小說裡，晃彥這麼說著：「這和自己身上流著何種血液無關。重要的是，自己身上揹負著何種宿命。」

不否認宿命的存在，更以宿命存在為前提，了解自己揹負著什麼樣的宿命，並做出相應的事，東野圭吾透過晃彥做出這樣的結論，精確地傳達出宿命論對人的影響。這個結論是重要的，因為我們都很清楚，這樣的人，絕不在少數。

在二〇〇四年，《宿命》被改編為電視劇，兩位靈魂人物勇作與晃彥，分別由柏原崇與藤木直人飾演。距離小說的出版已經十五年，但故事卻不見陳舊，仍然具有現代感。或許正如勇作在故事中的體認，無論何時，人總是繞著相同的問題打轉。雖然希望行動是經由自己的支配，卻又期待冥冥之中的力量能夠指引方向。只是決定論若是存在，未來的一切都早已註定，那麼人們的所做所為又有何意義？

人們總是如此一面懷疑，一面過活。無論多久，人們都還是會煩惱著這樣的問題，因為那是最神秘難解，卻也最切身相關，足以影響一生的事。

是的，那就是宿命。

（本文作者為推理小說研究者）

國家圖書館出版品預行編目資料

宿命／東野圭吾著；張智淵譯 --.初版.-
臺北市：商周出版：
家庭傳媒城邦分公司發行，2005〔民94〕
面　；　公分. --
（日本推理名家傑作選：18）
譯自：宿命
ISBN 986-124-519-7（平裝）

861.57　　94020187

《SHUKUMEI》
©東野圭吾 1990
All rights reserved.
Originally Japanese edition published by KODANSHA LTD.
Complex Chinese character translation rights arranged with KODANSHA LTD.
through Bardon-Chinese Media Agency.
著作權所有・翻印必究 ISBN 986-124-519-7

日本推理名家傑作選 18 **宿命**

原著書名／宿命
原出版者／講談社
作者／東野圭吾
翻譯／張智淵
總編輯／陳蕙慧
責任編輯／張麗嫺
發行人／何飛鵬
法律顧問／中天國際法律事務所　周奇杉律師
出版／商周出版
　　城邦文化事業股份有限公司
台北市中山區民生東路二段 141 號 9 樓
電話：(02) 2500-7008　傳眞：(02) 2500-7759
發行／英屬蓋曼群島商家庭傳媒股份有限公司
　　城邦分公司
台北市中山區民生東路二段 141 號 2 樓
讀者服務專線：0800-020-299
24 小時傳眞服務：02-2517-0999
讀者服務信箱 E-mail：cs@cite.com.tw
劃撥帳號：19833503
戶名：英屬蓋曼群島商家庭傳媒股份有限公司
　　城邦分公司
香港發行所／城邦（香港）出版集團有限公司
香港灣仔軒尼詩道 235 號 3 樓
電話：(852) 25086231　傳眞：(852) 25789337
E-mail：hkcite@biznevigator.com
馬新發行所／城邦（馬新）出版集團
Cite (M) Sdn. Bhd. (458372 U)
11,Jalan 30D/146, Desa Tasik,Sungai Besi,
57000 Kuala Lumpur, Malaysia
電話：(603) 9056 3833　傳眞：(603) 9056 2833
E-mail：citekl@cite.com.tw

封面設計／張士勇
印刷／中原造像股份有限公司
排版／浩瀚電腦排版股份有限公司
總經銷／農學社
電話：(02)29178022　傳眞：(02)29156275
□2005 年（民 94）11 月初版
定價／280 元　　Printed in Taiwan

商周出版

廣　告　回
北區郵政管理登
台北廣字第00079
郵資已付，免貼

104台北市民生東路二段141號2樓

英屬蓋曼群島商家庭傳媒股份有限公司　城邦分公

請沿虛線對摺，謝謝！

商周出版

書號：	BS7018	書名：	宿命	編碼：	

請於此處用膠水黏貼

商周出版

讀者回函卡

謝謝您購買我們出版的書籍！請費心填寫此回函卡，我們將不定期寄上城邦集團最新的出版訊息。

姓名：____________________

性別：□男 □女

生日：西元 ________ 月 ________ 日 ________

地址：____________________

聯絡電話：____________ 傳真：____________

E-mail：____________________

職業：□1.學生 □2.軍公教 □3.服務 □4.金融 □5.製造 □6.資訊
□7.傳播 □8.自由業 □9.農漁牧 □10.家管 □11.退休
□12.其他 ____________

您從何種方式得知本書消息?
□1.書店□2.網路□3.報紙□4.雜誌□5.廣播 □6.電視 □7.親友推薦
□8.其他 ____________

您通常以何種方式購書?
□1.書店□2.網路□3.傳真訂購□4.郵局劃撥 □5.其他 ____________

您喜歡閱讀哪些類別的書籍?
□1.財經商業□2.自然科學 □3.歷史□4.法律□5.文學□6.休閒旅遊
□7.小說□8.人物傳記□9.生活、勵志□10.其他 ____________

對我們的建議：____________________

請於此處用膠水黏貼